Mente

AUDREY CARLAN

Mente

TRINITY LIVRO 2

Tradução
Patricia Nina R. Chaves

1ª edição

Rio de Janeiro-RJ / Campinas-SP, 2017

VERUS
EDITORA

Editora
Raïssa Castro

Coordenadora editorial
Ana Paula Gomes

Copidesque
Lígia Alves

Revisão
Raquel de Sena Rodrigues Tersi

Capa, projeto gráfico e diagramação
André S. Tavares da Silva

Título original
Mind

ISBN: 978-85-7686-620-6

Verus Editora Ltda.
Rua Benedicto Aristides Ribeiro, 41, Jd. Santa Genebra II, Campinas/SP, 13084-753
Fone/Fax: (19) 3249-0001 | www.veruseditora.com.br

CIP-BRASIL. CATALOGAÇÃO NA FONTE
SINDICATO NACIONAL DOS EDITORES DE LIVROS, RJ

C278m

Carlan, Audrey
Mente / Audrey Carlan ; tradução Patricia Nina R. Chaves. - 1. ed. - Campinas, SP : Verus, 2017.
23 cm. (Trinity ; 2)

Tradução de: Mind
Sequência de: Corpo
ISBN 978-85-7686-620-6

1. Romance americano. 2. Ficção erótica americana. I. Chaves, Patricia Nina R. II. Título. III. Série.

17-44195 CDD: 813
CDU: 821.111(73)-3

Revisado conforme o novo acordo ortográfico

Para Dyani Gingerich, Nikki Chiverrell e
Carolyn Beasley, minhas lindas irmãs de alma.
Vocês sempre serão parte do meu passado, uma porção
incrível do meu presente e eternamente no meu futuro.
Obrigada por terem um papel tão importante nesta série.
Eu sempre vou amar mais vocês três.

BESOS
Bound eternally sisters of souls (irmãs de alma unidas eternamente)

1

GILLIAN

No momento em que os paparazzi descobrem que você fisgou um dos solteiros mais cobiçados dos Estados Unidos, você também fica famosa. Infelizmente. Não é algo que eu imaginava que fosse se tornar parte da minha realidade quando aceitei me casar com Chase Davis. Não. Ver o meu rosto estampado em incontáveis revistas não estava na minha lista de objetivos de vida. Pior é o que vem com a fama: a repercussão. Já fui rotulada de tudo, desde interesseira até apenas a primeira das *muitas* esposas que Chase certamente terá. Parece que uma única mulher não é capaz de manter realizado e satisfeito um magnata bilionário como Chase Davis. Só um harém poderia dar conta do recado.

— Olha isso. — Minha melhor amiga, e em breve ex-colega de apartamento, Maria, abafa uma risada com a mão enquanto folheia a mais recente revista de fofocas. — "Triplo B: bilionário do big business, Chase Davis está de casamento marcado com a jovem triplo D Gillian Callahan."

— O quê?! — grito, com a voz aguda. — Me deixe ver.

Maria joga a revista para mim por sobre as pilhas de caixas de mudança. Esquadrinhando a página, vejo Chase com o braço à minha volta, segurando possessivo minha cintura. Ele é devastadoramente bonito, mesmo numa foto informal de paparazzo como esta. Foi tirada em um baile beneficente onde estivemos há pouco. Só que a imagem me mostra com os seios claramente aumentados, pelo menos duas vezes maiores que os que Deus me deu. Fervilho de raiva.

— Fizeram os meus peitos ficar enormes!

Maria ri, e eu jogo a revista de volta para ela, acertando-a na cabeça.

— *¡Puta!* — ela brinca comigo em espanhol.

— Estou tão cansada desse lixo que escrevem sobre mim. Eu procuro nem ler. O Chase ignora completamente. Se fosse fácil assim... — Um longo suspiro me escapa enquanto coloco mais livros em uma caixa já cheia.

— *Cara bonita*, você não pode deixar que estranhos te coloquem pra baixo. Você é muito melhor que isso. — Ela completa a afirmação com um puxão no meu rabo de cavalo. — Ah, o *Kama Sutra*. Esse é meu! — Ela arranca o livro da pilha que eu estava examinando.

— Deus me livre de roubar o seu manual do sexo... — Reviro os olhos e mostro a língua.

Ela me ignora e se afasta, rebolando em direção à cozinha.

— Sabe do que esta festa precisa? De mais peruas e *vino*. Ahhhh... e pizza! — Com a velocidade de um raio, ela digita no telefone. Uma das meninas deve ter atendido prontamente, porque, sem dizer "oi", ela vai direto ao ponto. — Por que você não está aqui ajudando suas melhores amigas com a mudança, *puta perezosa*...? Isso mesmo, acabei de te chamar de puta preguiçosa, sim. Largue a *polla* do Carson e mexa esse *culo* pra vir aqui ajudar a gente. — Ela desliga sem se despedir.

— Você mandou a Kat largar o pau do Carson? — Dou risada.

— Sim, mandei. A próxima é a Bree.

Maria digita rápido e espera, tamborilando os dedos na bancada da cozinha. Enquanto aguarda, ela estica uma perna para trás com toda a sua habilidade de bailarina e em seguida a dobra para a frente, segurando o tornozelo. Com um braço, ela o puxa para cima até as costas. Parece uma contorcionista, ou um pretzel. É impressionante e inspirador. Depois ela desce a perna graciosamente até colocar o pé no chão.

— Você tem aula? — ela pergunta carinhosamente ao telefone. Delicada demais para nossa espoleta ítalo-hispânica. Pobre Bree... Nem sonha com o que a espera.

Maria continua:

— Não? — Faz uma pausa e em seguida sua voz mordaz de garota malvada troveja: — Então levante o seu gracioso *culo* daí e venha ajudar suas *hermanas* a empacotar esta bagunça! E nem perca tempo com a desculpa de que está com o Phillip.

Maria escuta por um momento e então exclama:

— *¡Mierda!* Nós todas sabemos que a sua periquita não bate as asas há meses. Ah, e traga vinho. — Ela desliga.

O riso borbulha em minha garganta e escapa em um som que combina uma espécie de engasgo com uma tentativa de respirar. Meu Deus, esta mulher me faz bem. Ela sabe exatamente como fazer a vida parecer mais leve, afastando o incômodo holofote sob o qual me encontro desde que meu noivado com Chase foi anunciado, na semana passada. Com tudo isso, ainda não estamos mais perto de descobrir quem é o cara que está me assediando. Quando o anúncio do nosso casamento foi divulgado, fomos soterrados com flores de felicitações. Mas alguém enviou uma dúzia de rosas murchas com um cartão anônimo. Os dizeres ainda me arrepiam.

Gillian,

Pior decisão que você já tomou na vida. Grave estas palavras.

Você é minha... Vadia.

A lembrança dessas palavras me causa calafrios na espinha e frio na barriga. Com a pele arrepiada, inspiro fundo. Algumas respirações em estilo ioga e eu consigo afastar os pensamentos negativos e me concentrar em coisas boas. Chase. Meu noivo.

O anel de diamantes no meu dedo reflete a luz, cintilando, me lembrando do que importa e no que eu tenho que me focar. Uma vida com o homem dos meus sonhos.

O apito do meu celular me traz de volta ao presente. Eu o pego sobre a mesa e verifico a tela. Uma felicidade instantânea toma conta de mim quando vejo o nome de Chase.

> O apartamento da Maria está pronto para quando ela quiser. Quanto antes, melhor. Quero você e a sua irmã maluca em segurança.

— Ria, o Chase está dizendo que o seu apartamento está pronto — aviso enquanto digito uma resposta para o meu amor.

Ela dá um grito de alegria e faz uma dancinha no meio de nossa pequena cozinha. Fica ainda mais engraçado porque Maria está usando um short curtinho e apertado e um top esportivo de malha que faz seus seios avantajados balançarem de maneira vulgar.

— Para com isso, irmã. Os seus peitos vão pular para fora. — Dou risada e ela sorri com malícia.

— Foi muito legal o Chase ter me arrumado um apartamento pertinho da cobertura de vocês. Mas é estranho ele não querer discutir *dinero*.

Eu me encolho e mordo o lábio.

— O quê? O aluguel é controlado, não é? — Ela bate o pé, desafiadora. — Você prometeu que seria um aluguel com aumento controlado. Eu não vou dividir o apartamento com outra *chica* maluca. E, por Deus, não vou morar com o Tommy, por mais que ele insista — ela resmunga.

— Não, não vai ser nem um pouco caro. — Tento ser vaga, mas ela me olha de soslaio, arqueando uma sobrancelha escura perfeitamente desenhada. Eu detesto quando ela faz isso. É irritantemente charmoso.

— E quanto eu vou pagar por mês, sra. Davis? — Ela usa meu futuro sobrenome numa voz enjoativamente adocicada. Não é bom sinal. Quando Maria começa a falar com essa voz doce, geralmente significa que o urso oculto está prestes a pôr as garras para fora, pronto para um ataque furtivo.

— Hum, menos do que a sua parte aqui — arrisco, na esperança de que ela abandone o assunto e deixe para falar com Chase a respeito.

Maria encosta o quadril na bancada central, inclina a cabeça para o lado e curva os lábios num sorriso falso.

— Menos quanto, *bonita*? *¿Cien? ¿Doscientos?*

— Hum, provavelmente menos. — Vou empurrando com o pé a caixa lotada de livros até um canto. Fingindo ignorar Maria, trato de fechar a caixa e colocar a etiqueta indicando o destino. Esta vai para a cobertura.

— *¿Cuatro?* Quanto, Gigi? — Ela continua com a mão no quadril.

Torço o nariz.

— Nada — murmuro e volto para a cozinha a fim de pegar vinho. De repente minha garganta ficou seca. — Que sede... Onde foi mesmo que a gente colocou o vinho? — tento mudar de assunto.

Uma mão fria segura meu braço e me faz virar.

— *¿Nada?* Quer dizer, zero dólar? Grátis? — A voz dela está subindo para um tom agudo, do tipo que me faz ranger os dentes.

Faço que sim com a cabeça.

— Não fique brava, por favor. É o Chase. Ele não vai aceitar que você pague. É que ele tem mais dinheiro que Deus... mais até que a Oprah!

Maria balança a cabeça para um lado e para o outro.

— *Bonita*, isso não vai dar certo. Eu não aceito caridade.

Agarro o braço dela, que se retrai. Nós duas temos essa reação a toques bruscos. É o resultado de anos de abuso físico.

— Eu sei, eu sei. Eu entendo. De verdade. Mas o Chase é tão irredutível... Quando eu tento argumentar, ele usa aquele corpo pecaminoso contra mim. Literalmente *contra* mim!

Ela vira a cabeça para o lado e cobre a boca com a mão, numa tentativa fracassada de segurar o riso.

— É mesmo?

Assentindo com a cabeça, explico que tive essa mesma conversa com Chase. Eu disse a ele que Maria não aceitaria caridade. Um punhado de orgasmos depois, ele tinha me convencido a prometer que a faria aceitar. Quando termino de contar essa história, Maria está no chão se debatendo, como se tivesse sido atingida por uma arma de eletrochoque. O que na verdade pode mesmo acontecer se ela não parar de me zoar. Essa é mais uma novidade na minha vida cotidiana. Agora eu carrego escova, batom, carteira, meu celular rastreado por GPS e uma elegante e prática arma de choque, sendo os dois últimos itens cortesia do meu noivo controlador. Mas, claro, são para o caso de uma eventual ausência do guarda-costas de mais de um metro e noventa que eu chamo de Rambo.

Maria continua no chão, se matando de rir.

— Pare com isso, Ria. Você não tem ideia do que aquele homem consegue fazer comigo na cama. Ele é capaz de fazer uma freira gozar sem encostar nela.

— Sério? Conta tudo!

O susto me faz dar um pulo. Kat se esgueira atrás de mim enquanto Maria continua tendo convulsões de tanto rir. Nunca devíamos ter dado uma cópia da chave para as meninas.

— Kat! Caramba, você me assustou! Já estou com os nervos à flor da pele por causa dessa história do assediador... — eu a repreendo, tentando em vão fazê-la se sentir culpada.

— Parece que um cara alto, moreno e bonito te deixa com os nervos à flor da pele mais que o assediador. Estou certa, irmã?

Maria pula feito um pássaro e cumprimenta Kat com um high-five. Maldita agilidade de bailarina. Na maior parte do tempo eu me sinto desajeitada.

Somente Chase me faz sentir sexy. Minhas amigas loiras também são graciosas. Mas Maria... essa consegue pular feito uma ninja dos tempos modernos no palco, porém considera um desafio andar por aí. A criatura tropeça em rachaduras na calçada. Até nas mais evidentes.

— *¡Perfecto!* — Maria concorda e pega as duas garrafas de vinho que Kat está segurando. — *¡Gracias!*

— Me fale mais sobre como o Chase te manipula. — O sorriso perverso de Kat se espalha sobre suas feições bonitas. Os olhos cor de caramelo brilham de alegria quando ela se apoia na bancada da cozinha. As pulseiras no braço esquerdo tilintam como um sino de vento ao sabor da brisa quando ela olha para mim.

— Meu Deus, vocês duas não têm jeito. — Fuzilo Kat com um olhar de esguelha. Não funciona.

— Por quê? — Bree entra na cozinha com uma caixa de pizza em uma das mãos e uma garrafa de vinho na outra. Seu cabelo loiro cai impecavelmente liso nas costas. Sempre que ela chega a algum lugar, é como uma lufada de ar fresco.

Maria bate palmas e pega a caixa de pizza.

— Vegetariana, massa extrafina e molho de tomate. Não aquela porcaria cremosa e engordativa cheia de alho — Bree resmunga.

Maria levanta a mão com o dedo do meio erguido enquanto vai buscar os pratos, deixando claro o que pensa sobre a obsessão de Bree por alimentação saudável.

Kat e eu ficamos lado a lado e lançamos a ela um olhar inexpressivo.

— O quê? Você não precisa se jogar nas gorduras e carboidratos se pode beber suas calorias. — Ela sorri e segura no alto a garrafa de pinot noir que todas nós adoramos, apropriadamente batizado de Soul Sister, ou seja, Irmã de Alma. Nós todas já tomamos vinhos melhores. Por Deus, o vinho que Chase costuma me servir pode fazer qualquer um chorar de emoção, mas nós quatro gostamos do simbolismo do nome. Como custa só doze dólares a garrafa, o bolso não sofre. E o vinho também é único porque é produzido pela vinícola Save Me, San Francisco, cidade onde moramos, que pertence à banda Train. Um vinho com uma história legal como essa tem um apelo ainda maior.

Bree puxa sua cadeira vermelha e se senta, dobrando um joelho e o abraçando. Ela está usando legging, camiseta larga e botas Ugg. O que Bree chama de elegância casual, eu chamo de pijama. Nós quatro temos opiniões *muito* diferentes sobre moda. Elas dizem que eu gosto de me sentir esnobe com meus conjuntos sóbrios e saias formais. Na verdade, a intenção é parecer inacessível e profissional. A realidade é que eu adoro uma promoção ou ponta de estoque. Infelizmente, sei que até isso vai mudar quando eu me casar com o Riquinho.

Recentemente Chase avisou que vai renovar meu guarda-roupa inteiro. No início fiquei chateada que ele opinasse sobre minha maneira de me vestir, mas ver o entusiasmo dele ao falar com sua assistente sobre o que queria que fosse comprado me fez sentir amada, cuidada... especial. Não é pelo dinheiro nem pelas roupas; é pelo fato de Chase querer me fazer sentir conectada a ele em tudo. Ele pediu especificamente a Dana — de quem eu tento com todas as forças não sentir ciúme — para comprar peças que combinem com itens que ele tem. Eu gosto da ideia de combinar com Chase, de formar um par harmonioso com ele nos eventos, especialmente considerando minha recém-descoberta e indesejável fama. A última coisa que eu quero é envergonhá-lo. Ele sempre diz que teria orgulho de mim ao seu lado mesmo que eu vestisse um saco de papel, mas eu sei que não é bem assim. O homem gosta de sofisticação. Muito.

Chase é muito exigente no que se refere a roupas. Não se trata simplesmente de não comprar roupas prontas; todos os ternos dele são feitos sob medida no melhor alfaiate da cidade. Assim como eu, o desejo de passar uma boa impressão é em parte o que me atrai nele. A questão é que eu consigo enxergar o verdadeiro Chase, o homem real, com todas as camadas removidas, metafórica e literalmente.

Infelizmente, porém, ainda não consegui convencê-lo de que não vou fugir. Por mais que eu esteja convicta do meu desejo de ficar com ele e de ser sua mulher, isso ainda me apavora. Me comprometer com um homem, dar a ele o poder de tomar decisões sobre minha vida, é assustador. Essa foi uma das razões pelas quais eu disse a Chase que deveríamos esperar um ano, mas não a principal delas. Na última semana, ele tem sinalizado que gostaria de encurtar bastante esse prazo. A princípio, quando me pediu em casamento, ele queria casar escondido, tipo, no dia seguinte. A ideia tinha seu charme, sem dúvida, mas alguma coisa dentro de mim sonha com o conto de fadas. Eu conquistei o príncipe encantado, agora quero um casamento de princesa. Nada grandioso ou arrojado; só a família dele, nossos amigos, as meninas,

Phillip e a pequena Anabelle. Eu adoraria vê-la entrando de daminha na igreja, jogando pétalas.

— Ainda pensando em tudo que o persuasivo Chase faz pra te convencer a fazer o que ele quer? — Maria ri e eu a ignoro.

— Bree, você acha que o Phil entraria comigo na igreja? — Afasto uma mecha do meu cabelo ruivo que escapou do elástico.

A fisionomia de Bree se ilumina. Caramba, a mulher é bonita. Ela tem uma vivacidade especial, uma pele perfeita, naturalmente bronzeada, grandes olhos azuis e um nariz aristocrático arrebitado na medida certa.

— Eu acho que ele ficaria honrado. De verdade. E a Anabelle seria a daminha, certo?

Aceno enfaticamente com a cabeça.

— E claro que as minhas três irmãs de alma vão ser minhas madrinhas.

Elas também assentem, felizes.

— Ainda não consigo acreditar que ele te pediu em casamento tão rápido — Kat comenta. — Quer dizer, vocês estão namorando há alguns meses. — Ela retorce os lábios, pensativa. — Não que seja impensado, nada disso, mas... por que a pressa? — Ela toma um gole de vinho.

Dando de ombros, aceito a taça que Maria estende para mim. O toque de cereja, ameixa e amora explode nas minhas papilas gustativas.

— Sinceramente? Quando você sabe, você sabe e pronto. Ele é o homem da minha vida. Não tem por que esperar.

Maria e Kat concordam com um movimento de cabeça. Bree morde o lábio e segura uma mecha de cabelo, enrolando-a em volta do dedo. Ela está se segurando para não dizer alguma coisa. Sua inquietação é eloquente. Aparentemente está tentando não dar sua opinião.

Estreito os olhos.

— Bree, quer falar alguma coisa?

— Hum, não... — Ela balança a cabeça e come um pedaço de pizza. Mas encher a boca não vai livrá-la do anzol com tanta facilidade. É óbvio que ela tem algo em mente, e eu quero saber o que é.

— Desembucha. E não minta para mim. Você sabe que eu tenho radar para mentirosos.

Ela revira os olhos e respira fundo.

— Está bem. Se você sabe que ele é o homem da sua vida, por que um ano de noivado?

A pergunta escava seu caminho, sem ser convidada, até meu subconsciente. Instintivamente sei a resposta, mas não quero abrir essa ferida. Não é que eu não acredite que ele é o homem da minha vida. Meu coração bate por Chase. A presença dele permeia o ar à minha volta o tempo todo. Quando ele não está comigo, eu o sinto. Peguei o costume de alisar e girar no dedo a aliança que simboliza o seu amor por mim.

— Às vezes a gente só precisa de um tempo para ter certeza. Como a Kat falou, ele me pediu em casamento muito rápido. Eu não quero que ele se arrependa dessa decisão.

As três mulheres mais importantes da minha vida olham para mim com ar espantado, como se de repente eu tivesse criado chifres.

— Nós passamos por muito estresse — acrescento, na defensiva. — Eu quase perdi o emprego, enfrentei o retorno da *vagabunda*, e agora esse maluco me assediando... — Meneio a cabeça e deixo o significado das palavras assentar, consciente de que há muita verdade contida nelas, porém não toda a verdade. Se eu for honesta comigo mesma, preciso dar tempo a Chase para ter certeza de que sou *eu* quem ele quer para sempre. Uma Gillian Callahan arruinada, cheia de cicatrizes.

— Gigi, fala sério... Você vai esperar porque quer dar *ao Chase* a chance de cair fora? — Kat pergunta, chocada.

— *¡Estúpida!* — Maria cantarola e bebe um longo gole de vinho.

— Não acredito! — Bree concorda, parecendo atônita.

— Nem eu — diz uma voz doce atrás de mim.

Sinto o sangue gelar, embora o calor do meu constrangimento se mostre claramente no meu rosto vermelho. Já ouvi essa voz tantas vezes... Nos meus sonhos, sussurrada contra o meu cabelo, gritando o meu nome na hora do prazer.

Meu amor.

Meu único.

Meu Chase.

Fecho os olhos quando mãos fortes enlaçam minha cintura, me pressionando contra o peito sólido e quente. O perfume cítrico amadeirado invade o aroma da pizza vegetariana que impregna o ar. Sinto a tensão nos antebraços de Chase quando ele me aperta.

— Desculpem, meninas. Preciso dar uma palavrinha com a minha noiva. — Seu tom de voz é bem-educado e cordial, mas, quando me viro, o olhar de Chase parece lava derretida. A luz ofuscante de relâmpagos brilha por trás dos olhos azuis, e eu sinto medo da tempestade que está em formação.

— Não ouvimos você entrar — digo com a voz fraca, tentando mudar de assunto. Já sei que essa conversa vai ser desgastante.

— Claro. — Ele dá alguns passos rápidos na direção da porta, pega meu casaco e gesticula para mim.

— Espere... Você quer sair? Mas as meninas...

Ele segura meu braço com firmeza, inflexível.

— As meninas vão entender — retruca, os dentes cerrados e o maxilar obviamente tenso.

— Aonde vamos? — Puxo o braço, irritada.

— Para casa. Para a cobertura — ele confirma.

Chase me arrasta contra minha vontade até o corredor e eu estaco de repente.

— Você não pode vir aqui e me tirar do meu apartamento só porque deu vontade. Eu estava empacotando as coisas da mudança e me divertindo.

Chase joga o paletó por cima do ombro e põe a mão no quadril.

— Ótimo. Quer voltar lá e conversar sobre por que a mulher que eu amo não confia em mim?

Seguro seu rosto bonito entre as mãos e o faço olhar para mim.

— Chase, não.

Os olhos dele esquadrinham os meus com franqueza e algo mais. Medo, talvez? Respiro fundo e encosto minha testa na sua, querendo que ele compreenda, implorando em silêncio para que compreenda.

— Você é o único homem em quem eu confio, do fundo do meu coração. O único em quem eu sempre vou confiar.

Ele afasta o rosto e segura meu queixo. Seu polegar acaricia meu lábio inferior. Um formigamento quente percorre meu corpo até a ponta dos pés.

— E você é a única mulher que eu amo e vou amar. Eu quero você na minha vida, como minha esposa. Quanto antes, melhor. Agora que eu sei por que você está procrastinando, não vou esperar mais. Um mês. É o prazo máximo.

— Um mês? Chase, você não pode estar falando sério. — Olho para ele sem entender, tentando desesperadamente ganhar mais tempo.

— Mais sério impossível. Gillian, eu não sou um homem paciente. Pensei que *você* precisasse de mais tempo para ter certeza. Agora que eu sei que você pensa que *eu* preciso de mais tempo, não estou mais disposto a adiar nada. Vamos nos casar daqui a um mês. Sem negociação.

Ele se vira e me puxa pela mão. Eu paro e faço força para trás.

— Você não pode fazer isso! — Estou me controlando para não bater o pé e dar um showzinho.

— Posso e estou fazendo. — A voz dele é firme e controlada.

— Mas o casamento... — Lágrimas nublam a minha visão, por mais que eu tente contê-las.

Os dedos de Chase deslizam pelo meu cabelo e se enterram na altura da nuca. Ele solta o elástico, libertando as mechas e cachos, que caem nas minhas costas. Ele adora meu cabelo solto.

— Você vai ter tudo o que sonhou. Eu vou cuidar para isso acontecer. A Dana vai te ajudar.

— Eu não quero a ajuda da sua assistente perfeita — respondo, ácida.

Os lábios dele se retorcem com satisfação diante do meu ciúme óbvio.

— Eu sei que você não quer, mas, com um prazo tão curto, vai precisar. Ela é supereficiente. Só diga o que quer e deixe com ela.

— Qualquer coisa que eu quiser? — contra-ataco, tentando demonstrar mais coragem do que normalmente tenho.

— Ah, baby, eu gosto do seu jeito de pensar. De agora em diante, eu quero que você tenha sempre essa atitude. Você vai ser a sra. Chase Davis e vai ter bilhões à sua disposição. — Ele se inclina para me beijar, mas eu me afasto.

— Do que você está falando? Você não vai querer que eu assine um acordo pré-nupcial?

Ele balança a cabeça e eu tenho certeza de que entendi errado. Nenhum homem com uma fortuna como a dele entraria num casamento sem proteger seus investimentos.

— Não vai ser necessário. O que é meu é seu, baby.

— Não, não, não. — Balanço a cabeça várias vezes e dou um passo para trás.

Chase avança e me pressiona contra a parede do corredor. Meu fôlego fica retido com a proximidade dele e o incrível poder que ele irradia. É uma coisa quase viva, que respira, uma energia magnética que se move e me cerca.

— Ah, sim — Chase murmura, enquanto segura meu quadril com uma das mãos, me mantendo colada aos contornos firmes e sólidos do seu corpo. A outra mão ele enterra no meu cabelo atrás da nuca, mais uma vez me mantendo quase imobilizada. É um dos pontos favoritos dele para me segurar, para ter o controle. — Você vai ser mais rica do que já imaginou.

Ele mordisca meu lábio, brincando.

— Você diz isso como se fosse algo que eu quisesse. Eu não quero nem preciso do seu dinheiro, Chase. Só de você. — Seguro seus ombros com força, tentando expressar o que é tão difícil dizer.

— Me dá um nó na cabeça.

Ele ri antes de se aproximar e capturar meus lábios. Seu beijo é selvagem, possessivo, vigoroso. Abro a boca com uma exclamação abafada. Ele tira pleno proveito disso, introduzindo a língua poderosa no jogo. O sabor do chiclete de canela atiça minhas papilas gustativas conforme a língua audaciosa se agita sobre a minha. A chama já familiar que arde entre nós se inflama instantaneamente. A mão no meu quadril se move para baixo a fim de segurar minha bunda, enquanto os lábios dele me exploram e devoram. É muita coisa e, ao mesmo tempo, não é suficiente. Faíscas explodem à nossa volta e uma sensação de peso se instala entre minhas coxas. Posso sentir que estou molhada, na expectativa de recebê-lo dentro de mim. A proximidade e o toque de Chase me deixam entorpecida de desejo, com uma dor que chega a ser física, com a demora de uma completude tão almejada.

— Eu quero... — balbucio, num murmúrio que é engolido pela boca ávida.

— Você vai ter...

Chase me ergue nos braços, e minhas pernas se entrelaçam na sua cintura quando ele pressiona a ereção sólida contra minhas coxas. Estamos no meio do corredor, no meu prédio. Ouço a tagarelice de minhas melhores amigas através da porta.

— Chase! Nós não podemos — consigo falar por entre os beijos molhados e inebriantes.

Com as duas mãos, ele segura minha bunda e me leva até a escada dos fundos.

— Nós podemos e vamos. Eu nunca mais vou abrir mão de ter você. — Seu tom de voz parece zangado, mas eu sei que não é isso. É que Chase está tão perplexo quanto eu com essa estranha e inegável força que nos aproxima nos momentos mais inoportunos.

— Chase — aviso, mas é tarde demais. Ele já conseguiu abrir a calça e pôr para fora o pau grosso e pesado. Ereto, enorme, com sua coloração rosa-

-escura, pronto para proporcionar prazer. A visão do seu membro, grande e desperto entre minhas coxas, tão próximo e tão longe ao mesmo tempo, me faz salivar. Quero sentir o sabor dessa masculinidade almiscarada e incomparável na minha língua, nos meus lábios, dentro da minha boca.

— Eu preciso de você — murmuro, olhando para ele através de uma névoa de desejo.

— Ah, baby... Eu fico mais louco ainda quando você implora.

Ele ergue minha saia rodada de jérsei até a cintura. Sem esperar, afasta minha calcinha de renda e me penetra com uma investida poderosa. Seus lábios cobrem os meus para abafar o grito. Com Chase, eu nunca consegui me controlar; ele desperta um lado meu desconhecido. Eu me dobro para trás, inalando lufadas de ar enquanto ele tira e coloca o pau dentro de mim.

— Baby... — sussurro no espaço aberto de concreto, e minha voz ecoa nas paredes conforme eu olho sem enxergar as escadas em espiral acima de nós.

Os dedos de Chase se enterram na minha bunda, apertando sem machucar.

— Baby, eu mal posso esperar para que você seja minha. Eu quero que o mundo inteiro saiba que você me pertence.

As palavras dele são roucas, densas. Ele sabe que "minha" é um termo letal para mim, e, se não fosse a certeza de que vou possuí-lo também, eu sairia correndo. De qualquer forma, saber que vou ter Chase Davis de corpo, mente e alma é tudo que importa. Ele desliza o pau grande e duro dentro de mim, com força e repetidas vezes, enviando centelhas de prazer para cada célula do meu corpo.

Eu já pertenço a ele e digo isso. Ele fica enlouquecido com minha declaração e aumenta implacavelmente o ritmo das estocadas. Sua pélvis comprime meu clitóris de maneira particularmente forte, e eu inclino a cabeça para trás, mergulhando no esplendoroso abismo. Faíscas luminosas brilham através dos meus olhos fechados conforme a pélvis dele pressiona meu clitóris, prolongando meu orgasmo. Chase está bem ali, comigo, seus gemidos abafados na curva do meu pescoço. Ele mordisca minha pele nesse ponto, enquanto sua essência se esparrama dentro de mim.

— Gillian, você acaba comigo — ele murmura em meio a beijos leves ao longo do meu pescoço, orelha e cabelo. Seus lábios cobrem cada centímetro do meu rosto, até que eu abro os olhos. Então ele sela os lábios sobre os meus em um beijo inebriante.

— Eu te amo. — A expressão dos olhos dele se suaviza, e eu posso ver a felicidade espelhada nas profundezas azuis. — Mas eu preciso de mais que um mês, Chase — completo.

Ele se retesa e balança a cabeça.

— A Kat vai fazer o meu vestido do zero, e ainda nem começou. Ela vai entrar em parafuso se eu disser que preciso dele em um mês.

— Eu vou ligar para a Vera Wang ou o Gabana. Poxa, a minha prima Chloe faria um vestido perfeito. Você vai ter o seu vestido em um mês.

Ele se afasta e eu coloco a calcinha no lugar, impedindo que seus fluidos escorram pelas minhas pernas.

Escolho as palavras com cuidado.

— Você disse que eu poderia ter qualquer coisa que quisesse. E um vestido de noiva feito pela minha melhor amiga é o que eu quero usar no dia do meu casamento. — Meu tom é calmo, porém firme.

Ele estreita os olhos.

— Vamos ver. — Endireita minha saia, e nós dois voltamos para o corredor.

Em questão de segundos estamos de volta ao apartamento, encarando três pares de olhos chocados e ligeiramente turvos pela embriaguez.

— *¿Qué pasa?* — Maria pergunta.

Chase a ignora e vira para Kat, que parece um pouco intimidada e se reclina na cadeira.

— De quanto tempo você precisa para fazer o vestido de noiva da Gillian?

Kat me avalia de cima a baixo. Tenho certeza de que as três perceberam meus lábios inchados dos beijos. Olho para baixo e vejo que minha saia está torta. Ela sorri e olha para Chase.

— Não tenho certeza. Mas pode ser feito em um ano, isso eu garanto.

Chase murmura um palavrão — um comportamento incomum para ele e nem um pouco educado.

— E se eu quiser que fique pronto daqui a um mês?

Kat arregala os olhos, boquiaberta.

— Ah... é... é um prazo bem curto.

— De quanto tempo exatamente você precisa? — ele pergunta, o maxilar tenso.

— Dependendo do trabalho no teatro...

— Eu contrato alguém para te ajudar no teatro, para que você possa se concentrar melhor... se não totalmente... na Gillian.

— Você não pode fazer isso — interfiro, mas ele aperta minha mão e continua falando. O Chase Controlador entrou em ação.

— Eu faço parte da diretoria do San Francisco Theatre.

O quê? Quando é que ele pretendia compartilhar essa informação comigo? Maria parece tão surpresa quanto eu, então isso é novidade para ela também. Chase continua, implacável.

— Eu posso e vou fazer qualquer coisa necessária para que você seja minha mulher o quanto antes. — Seu tom é cortante. — Kathleen, quanto tempo?

Ela parece chocada, porém determinada.

— Provavelmente de seis a oito semanas, isso se eu conseguir o tecido e se o custo ficar dentro do orçamento.

— Dinheiro não é problema. Eu vou transferir cinquenta mil para a sua conta hoje mesmo. Se você fizer o vestido em seis semanas, eu transfiro mais vinte e cinco como adicional de emergência.

— Puta merda! Você não estava brincando... — Kat aponta o queixo na minha direção.

Dou um sorriso amarelo, odiando o fato de Chase estar esfregando sua influência e seu dinheiro na cara das minhas melhores amigas. Mas ele não consegue evitar; é o jeito dele. Pelo menos suas intenções são honestas. Se bem que todo mundo sabe: de boas intenções o inferno está cheio.

Ele espera pacientemente que Kat pondere a proposta.

— Combinado, amigo. — Eles dão um aperto de mãos para oficializar o acordo, o que eu acho ridículo e desnecessário.

Chase se vira para mim.

— Agora que isso está resolvido... — Ele sorri, exibindo dentes brancos e simétricos. Um sorriso que é capaz de iluminar um dia cinzento. — Você vai ser toda minha, sra. Davis, em seis semanas. Não vejo a hora.

Ele sorri e me puxa para um abraço.

O entusiasmo de Chase é contagiante. Atrás de nós, as meninas dão gritinhos e aplausos quando ele me inclina nos braços para um beijo abrasador. A cena se torna quase indecente quando sua mão se espalma na minha bunda e ele pressiona sua ereção crescente contra minha barriga.

Maria passa por nós apressada e volta com uma taça. Ela a enche até a metade e a entrega a Chase, que aceita e acena com a cabeça em agradecimento.

— Aos futuros sr. e sra. Chase Davis — ela exclama. — *¡Salud!*

2

GILLIAN

*Chase me liberou para ficar em meu apartamento depois que insis*ti muito: vai demorar mais para eu me mudar oficialmente para a cobertura se ele não me deixar terminar de empacotar as coisas. Se bem que eu não tenho certeza se ficar é um plano melhor que escapar para a nossa torre nas alturas. As meninas não param de me provocar e de fazer perguntas. Kat está extasiada com a perspectiva de ganhar um dinheirão, mas nervosa com a pressão de agradar "sua alteza" em um prazo tão apertado. Seis semanas para fazer um vestido de noiva é pesado, mas eu fiz o possível para assegurar a ela que estou menos interessada em uma obra-prima da moda e mais preocupada em me sentir linda e confortável no dia mais importante da minha vida. Ela começa a desenhar esboços enquanto o restante de nós empacota a mudança. Além de costureira talentosa, ela é uma estilista incrível.

— Então você quer o corpete justo e a saia rodada, tipo um vestido de princesa? — Kat pergunta enquanto eu embalo retratos meus com Maria na viagem pela Califórnia, anos atrás. Estávamos numa missão de autodescoberta. No fim, chegamos à conclusão de que, enquanto tivermos o amor das nossas amigas e amor-próprio, podemos sobreviver a qualquer adversidade que a vida coloque no nosso caminho.

— Não tenho certeza. O corpete justo, sim. E decotado nas costas. O Chase adora costas nuas.

Ela assente, enquanto uma imagem de renda branca dança em minha mente.

— Eu quero algo elegante e sexy. Nada que levante meus peitos até o queixo, nem seja muito transparente ou revelador.

Kat se senta sobre as pernas cruzadas no sofá e apoia a prancheta no joelho.

— Tenho uma ideia. E se fizermos as mangas de renda e a parte de trás com decote V? — Ela desenha as costas do vestido com uma borda graciosa formando um triângulo acima da cintura. — Podemos colocar uma tira fina de pedrinhas brilhantes na linha dos ombros para segurar. E eu vou precisar colocar um bojo na frente.

Concordo com a cabeça, começando a sentir que isso vai mesmo acontecer.

— Eu gosto muito da ideia.

— Se você usar o cabelo preso, mostrando as costas, vai ficar perfeito.

Ela está entusiasmada, já desenhando a frente do vestido. Eu mordo o lábio e torço o nariz.

Os olhos cor de caramelo brilham quando ela para de desenhar e percebe a inquietação no meu olhar.

— O que foi? — Kat arqueia a sobrancelha. Assim como Maria, charmosamente irritante.

Dou de ombros.

— É que o Chase gosta do meu cabelo solto. — Sinto que meu rosto está ficando vermelho, e pela milionésima vez amaldiçoo minha origem irlandesa. — Ele sempre solta quando a gente se beija.

Os lábios de Kat se retorcem num sorriso malandro.

— Tudo bem, e se a gente ficar no meio-termo? Prender uma parte e deixar a outra solta, de lado? Assim as costas vão ficar expostas, mas o seu homem das cavernas vai poder te puxar pelos cabelos. — Ela dá uma risadinha e retoma o desenho.

— Perfeito! — exclamo e cruzo as mãos sobre o peito.

Mesmo nervosa com os preparativos, eu sei que vai ser o melhor dia da minha vida. O dia em que vou aceitar ser a sra. Chase Davis para sempre. Ele vai ser oficialmente o meu passado, presente e futuro. Assim como minhas irmãs de alma.

Kat continua, inabalável, fazendo esboços na velocidade da luz. O máximo que eu consigo fazer são figuras de palitinhos. Os dedos dela se movem sobre o papel, dando toques aqui e ali. Ela desenha um corpete com decote coração, com uma parte rendada sobre o busto, com a mesma borda recortada em ondas das costas. Quanto mais eu observo, mais admiro o incrível talento de Kat. Eu só queria que ela tivesse mais confiança na própria capacidade.

Nesse momento, prometo a mim mesma que vou extrair alguma coisa boa da minha nova e indesejável fama. Faço uma anotação mental para conversar a respeito disso com Chase, um plano já se formando em minha cabeça. A prima dele, Chloe, é uma jovem e entusiasmada estilista que Kat adora. Vou ver se consigo levar Chloe comigo à casa de Kat um dia para ela ver alguns dos seus desenhos. Talvez Chloe dê o empurrão de que Kat precisa para deslanchar. Com essa nova grana entrando, e um cliente famoso como Chase, o céu é o limite para o meu anjo desenhista.

Sorrio enquanto o esquema se encaixa na minha mente.

— Então você gosta. — Kat sorri para mim conforme me sento no braço do sofá.

Quando olho para o croqui, fico sem ar. Acho mesmo que meu coração pode ter parado por um momento, porque não consigo me mover. Nunca vi nada mais encantador. É um sonho, uma visão de rendas e brilhos. Mesmo a lápis, é a coisa mais linda que eu já vi.

— É tudo que eu sempre quis, Kat — digo, a emoção embargando minhas palavras, lágrimas escorrendo pelo rosto.

— Ah, amiga, não chore. — Ela me abraça. — Esta é uma ocasião feliz. Nada de lágrimas. — O sorriso dela é adorável e sincero.

Pego a prancheta e a seguro contra o peito, sem me importar se o grafite vai sujar minha blusa branca.

— Ah, meu Deus... Eu vou me casar!

Choro de felicidade. Minhas três melhores amigas me rodeiam e me abraçam. Eu mostro a Bree e a Maria o esboço maravilhoso, e as duas imediatamente apontam os detalhes que mais gostam. É em momentos como este que eu sei, acima de qualquer dúvida, que vou passar o resto da vida pertinho dessas meninas. Elas são uma fonte constante de amor e apoio. É oficial... eu sou a mulher mais sortuda do mundo.

— Eu amo vocês, meninas, muito — murmuro, enquanto elas me apertam num abraço que me deixa sem ar.

— Nós te amamos mais.

Todas elas dão risada, repetindo as palavras que eu mesma sempre digo, o que me emociona ainda mais.

X

Que piada... Estou ouvindo, me esforçando para escutar a voz dela. Apenas Gillian.

Ela está chorando, e eu sinto um formigamento na espinha, esperando que o ricaço filho da puta tenha terminado com ela, quem sabe. Não. Finalmente a voz dela ressoa acima das outras, enquanto minha amada e aquelas três vacas comemoram alguma coisa que tem a ver com o casamento. Mal sabem elas que não vai ter casamento nenhum. Eu vou cuidar disso. O babaca antecipou a data, provavelmente com medo do que eu posso fazer até lá. Eu só preciso agir mais rápido agora.

As mulheres vão ser um problema. As quatro são inseparáveis, e eu quero que Gillian conte comigo, e só comigo, para tudo. Se ela precisar de alguma coisa, sou eu que vou providenciar para ela. Não. Cada uma delas vai ser devidamente despachada logo, logo. Eu já estava executando meu plano de colher uma por uma, como quem arranca as pétalas de uma margarida. Kathleen e Maria vão ser mais difíceis, já que agora estão namorando firme, e Maria com aquele policial. Um sorriso se estampa em meu rosto quando olho para meu reflexo no espelho.

Desligo o som do dispositivo de escuta que instalei no apartamento dela algumas semanas atrás. Aquele ricaço idiota contratou o segurança para ela há poucos dias. Ainda bem que eu estou dez passos à frente dele. Foi fácil entrar no apartamento. Foi moleza fazer uma cópia da chave extra que ela deixa em cima da estante, sem ninguém se dar conta. Passei mais tempo no apartamento dela ultimamente do que gostaria de admitir. Fraqueza não é comigo. É um sentimento que me contraria, mas não consegui evitar. Eu *precisava* estar perto dela. Estar perto das coisas dela, sentir seu perfume e deitar em sua cama me proporcionou um abençoado momento de paz. A fúria que rodopia com força nas minhas veias só se acalma quando sinto a presença dela me envolver como antes. Ela sempre teve a capacidade de me acalmar, de me permitir afastar o meu lado brutamontes. Malhar obsessivamente ajuda a gastar o excesso de energia, mas não o suficiente para aquietar a mente. Eu preciso dela comigo. Saber que ela é minha, o tempo todo, é a única coisa que me faz sentir inteiro outra vez.

Pego os fios de que preciso e os conecto do lado liso do cilindro. Devagar e com cuidado, eu os enrosco para garantir o contato adequado com o vidro e o metal. Todo orgulhoso, examino a mais recente etapa do meu plano. A única decisão a tomar agora é: quem vai explodir primeiro? Eu adoraria detonar o Chase Maldito Davis. Ver as partes do corpo dele voarem pelos ares com os seus brinquedinhos caros, como o Porsche ou o Aston Martin, seria duplamente gratificante. Se puder levar de brinde o ex-militar, Jack Porter, vai ser a vingança final contra quem roubou a minha princesa.

É impossível evitar o sorriso que se alastra pelos meus lábios, da mesma forma que não posso evitar a lembrança de enfiar o meu pau em Gillian, repetidas vezes. Ela nunca abria os olhos durante o sexo, obviamente dominada pela emoção quando fazíamos amor. Nesse tempo, meu prazer secreto era ver o rosto dela se contorcer quando eu descarregava tudo. Nós usávamos preservativo, mas isso vai mudar quando ela for minha novamente. A primeira coisa que eu pretendo fazer é deitá-la e fazer as coisas do meu jeito. Enchê-la com a minha porra. Nem que seja à força, a cadela vai ser minha de novo. Não há nada que as amigas dela, o novo e bem-educado segurança ou aquele ricaço filho da puta possam fazer para me impedir de pegar o que é meu.

Então um nome surge no meu subconsciente, como uma música que você finalmente lembra que esteve martelando repetidamente em sua cabeça. É perfeito, na verdade. O desgraçado para quem ela sempre corre. A princípio eu achei que ele pudesse ser gay. Ele andava sempre com a mulher mais bonita do mundo e nunca encostava um dedo nela. Então eu descobri que ele já ficou com ela, sim. E foi o primeiro, na verdade. Eu soube, no instante em que o conheci, que ele era apaixonado por ela. Depois que a esposinha morreu, ele ficou mais atrevido, usando aquela filha como instrumento para conquistar o coração e a confiança da minha garota. Bem, não mais. Está na hora de amarrar essa ponta solta. Eu aposto inclusive que a morte daquele cara vai atrasar esse papo de casamento, e eu vou ter mais tempo para limpar a casa. Gillian será minha, só minha.

Todas aquelas vagabundas, o segurança e aquele ricaço panaca têm que desaparecer.

Mas primeiro eu vou fazer a garotinha ficar órfã. Vai ser um ato de caridade livrá-la daquele pai repugnante. Um homem que cobiça uma mulher a vida inteira, usando a filha como isca. Doente. Vai ser um favor que estarei fazendo para a menina. Ela vai ter vida nova.

Ficar órfão foi a melhor coisa que me aconteceu. Depois que espanquei meu pai bêbado até a morte e estrangulei minha mãe, atear fogo na casa foi fichinha. Eu fiquei como o garoto de catorze anos machucado que mal conseguiu escapar da casa com vida. Pelo menos foi isso que as autoridades pensaram. Então arranjei outro nome, com direito a pais de verdade, que não me usavam como saco de pancada.

Sim, eu vou vingar a menininha e a sua mãe morta. Ela ainda estava quente no túmulo e o pau do viúvo já queria outra bundinha. Gillian tem uma bunda perfeita, em formato de coração. Branca, firme e macia, pele impecável. Minhas lembranças já não bastam. Eu preciso de mais. Mas tenho que ser paciente e executar minha vingança no momento certo. Ela não tem família, a não ser o pai, que a abandonou há muito tempo. Me livrar do lixo que ela chama de "família" vai ser bom demais. Arrepios de excitação percorrem minha coluna, para cima e para baixo.

Meu pau endurece dolorosamente. Deslizo a mão sobre a protuberância na calça jeans e aperto. Uma descarga de adrenalina misturada com tesão se arrasta através de mim como uma cobra. Aperto os dentes e afasto a mão, desgostoso com a falta de força de vontade. Não. Não vou me satisfazer sozinho. Não até estar com ela, ou na casa dela, envolto em seu perfume. Esse é o único momento em que me permito uma trégua e ponho de lado o ódio amargo e a raiva por não tê-la comigo.

Agora é o momento de ter foco. Dou uma risada alta no cômodo silencioso, que ecoa nas paredes de concreto, onde todas as lindas imagens olham para mim. Gillian caminhando pela rua, praticando ioga, treinando na academia, almoçando com Davis. Rasguei a cara dele da foto e coloquei a minha no lugar. Vai ser tão bom destruí-lo... Só que, em vez de usar uma bomba, eu quero torturar o picareta como ele está me torturando. Me afastar do que é meu, da minha posse, da minha mulher, tudo isso merece muito mais dor do que uma explosão rápida.

O melhor amigo. A primeira trepada... Há algo de poético em eliminar esse cara primeiro. Tipo começar do início. Sinto o frio do cilindro de metal na mão enquanto avalio sua beleza. Liso, lustroso e com um golpe letal embutido. É quase fácil demais.

Tchauzinho, Phillip.

— *Ei, você...* — *Phillip me dá um abraço.* — *O que está fazendo* aqui?

Os olhos cor de chocolate parecem reluzir enquanto ele observa meu rosto à procura de sinais de inquietação. O cabelo claro se ondula um pouco em volta das orelhas. Está precisando de um corte.

— Achei que uma folguinha seria útil. Eu estou precisando. — Dou um sorriso e aperto a mão dele.

— Para onde? — Ele veste o paletó e em seguida amontoa numa pilha ordenada a papelada que estava examinando.

Reviro os olhos e dou um suspiro.

— Eu adoraria sugerir o Del Sol, mas tenho ordens restritas para não sair do prédio. Ou melhor, das dependências do Grupo Davis.

Phillip franze as sobrancelhas, olha por sobre meu ombro e acena para Austin, meu segurança. Aliás, no quesito segurança, eu não poderia ter pedido alguém melhor... não que eu quisesse ter um. O fato de Chase acreditar que eu *preciso* de um, e de ter provado estar com a razão em várias ocasiões, me chateia. Austin se afasta um pouco para o lado, escaneando a área. Ele é um autêntico cavalheiro — é grandalhão e se parece com um Rambo moderno. Tem um timbre e um maneirismo sulistas que eu acho incrivelmente cativantes. Faz o possível para ficar fora do meu caminho, me acompanhando de perto, se aproximando somente quando estamos na rua e em outras áreas públicas, no carro ou indo a algum lugar com Chase. Se meu noivo estiver comigo, Austin dá um jeito de nos dar privacidade, sempre atento à sua função. Se Chase não tivesse Jack na defensiva atrás dele o tempo todo, eu teria brigado mais. Mas, agora que a notícia do nosso casamento iminente foi divulgada e a história do assediador tomou vulto, eu me sinto mais segura com Austin a meu lado. Lógico que jamais vou admitir isso para Chase. Filho da mãe sexy e esnobe... Eu é que não vou inflar o ego dele ainda mais, se é que isso é possível.

— Sério? Você não pode sair do prédio? — Ele coloca a mão nas minhas costas e me conduz até os elevadores, diretamente para Austin. — Austin, eu vou levar a Gillian para almoçar no Del Sol.

— Perdão, sr. Parks. A srta. Callahan deve permanecer dentro do prédio, a menos que o próprio sr. Davis a acompanhe.

Pelo menos Austin tem noção suficiente para parecer constrangido. Ele fica contrariado por ter de me dizer o que fazer e, pior, não gosta nem um pouco de me perseguir quando eu ignoro as regras. Ainda assim, é o trabalho dele, e eu quero que continue sendo por enquanto.

O rosto de Phillip se contorce numa careta.

— Isso é loucura. Vocês não podem mantê-la numa redoma.

Austin encolhe os ombros e vai para o canto mais distante do elevador a fim de nos dar espaço.

Phillip resmunga quando entramos no elevador.

— O seu namorado tem problema — ele diz, enquanto aperto o número do andar da cafeteria. A comida de lá é boa, mas eu tenho comido sempre as mesmas coisas nas últimas semanas, e isso está começando a me irritar.

— Com todo o respeito, o sr. Davis só deseja garantir a segurança da noiva dele. Nós tivemos que reforçar a vigilância nos últimos dias, e é mais fácil se mantivermos a srta. Callahan ao alcance dos olhos.

Essa conversa é antiquada e humilhante. Eu não sou criança e não vou viver desse jeito. As portas do elevador se abrem e nós saímos. Assim como faz todos os dias, Austin imediatamente vai até a parede lateral para iniciar sua vistoria periférica. Antes que as portas do elevador se fechem, eu seguro o braço de Phillip, puxo-o de volta e aperto o "S", de saguão. As portas se fecham no momento em que Austin volta correndo, gritando:

— Não!

Phillip ri quando eu respiro fundo várias vezes para me acalmar e dou risada junto, me sentindo uma adolescente que acabou de escapar da casa dos pais.

— Você é maluca. Podia ter simplesmente dito ao cara que iria sair de qualquer maneira. Ele não poderia te impedir.

Calafrios de excitação percorrem meus nervos. Às vezes não seguir as regras é divertido.

— Sei lá, agi sem pensar. — Ergo os olhos para ele.

Nisso, nós dois desatamos a rir. É ridículo pensar que não posso ir a lugar nenhum por causa de um admirador perturbado. Além disso, Phil está comigo. Nada pode acontecer na presença dele. Ele passa o braço sobre meus ombros quando o tinido da porta do elevador ressoa.

— Vem, eu pago o almoço. — Ele balança a cabeça, com um sorriso no rosto.

Damos três passos antes de eu ver Chase e parar. Ele está incrivelmente atraente no terno cinza-claro com colete, camisa branca e gravata vermelha. Eu o examino de baixo a cima, dos finos sapatos brilhantes, passando pelas coxas que adoro sentir pressionadas em mim, e continuo subindo, acariciando-o com o olhar, até a terra prometida. Apenas uma leve protuberância pode ser vista na calça de tecido caro. Seguindo minha inspeção, observo os quadris, a cintura, o abdome, o tórax, relembrando a sensação de passar os dedos pelos músculos bem delineados. Por fim, me detenho nos olhos azuis profundos, tão azuis quanto as águas do mar de Cancún. Neste exato momento, porém, essas águas estão frias, glaciais em sua intensidade.

— Ah, que fofo — Chase ironiza conforme vem em nossa direção. Phillip segura meu ombro, sorrindo confiante. — Fugindo do castelo, princesa?

Argh. Detesto "princesa". Não gostava quando era usado no passado, e não quero ouvi-lo me chamar assim... nunca mais.

— Não precisa responder — Phillip intervém, com irritação na voz.

— Ah, precisa sim, porque, no momento em que ela sair por aquela porta — ele aponta para a parede de vidro alta atrás de si, com a porta rotatória do edifício —, vai estar correndo risco.

Phillip revira os olhos.

— Eu posso lidar com alguns paparazzi... — ele começa, mas Chase o interrompe ao se aproximar e parar com o rosto a poucos centímetros do dele.

Meu melhor amigo se inflama visivelmente diante do gesto. Chase fala em tom calmo, mas os tendões salientes no pescoço revelam sua tensão.

— O problema não são os malditos paparazzi. Quem me preocupa é o maluco doente que fica mandando mensagens ameaçadoras para ela, presentinhos repugnantes lambuzados com o sêmen dele e rosas mortas. — Ele estreita os olhos para enfatizar suas palavras, e meu estômago fica embrulhado.

Phillip se afasta, surpreso, quando Chase me puxa para seu lado de modo protetor.

— Gigi, do que ele está falando?

Faço uma cara feia para o meu namorado e ele se afasta um pouco, me fulminando com os olhos.

— Como assim? Você não contou para ele por que eu contratei um segurança? — pergunta, desconcertado e um pouco frustrado também.

Balanço a cabeça.

— Não exatamente. Eu falei das flores e dos bilhetes, mas na verdade não tive chance de me aprofundar no assunto... — Minha voz morre na garganta quando vejo o rosto de Phillip se contorcer numa carranca.

— A última coisa que eu quero é receber uma ligação apavorada do Austin. Você tem noção do que passou pela minha cabeça? — Chase me repreende, num tom de voz que apunhala meu coração.

Onde está o meu Rambo, por falar nisso? Ele já deveria ter aparecido a esta altura. Observando em volta, deparo com ele de pé, discretamente encostado na parede do fundo. Suas mãos estão crispadas, o maxilar tenso, e os olhos parecem mais escuros. Ele sempre me olhou como se eu fosse uma mulher dócil, mas agora tem motivo para estar com aquela expressão endurecida que transforma sua boca numa linha fina. Baixo o olhar, envergonhada, me dando conta de que minha atitude infantil magoou alguém. Não posso deixar Chase demiti-lo por ter me perdido de vista. De novo.

— Gigi, o que está acontecendo? Você está sendo perseguida por um louco e não achou importante mencionar a gravidade disso? — Phillip me olha com ar de interrogação, em seguida sua expressão se suaviza, demonstrando preocupação e tristeza.

Dou de ombros.

— Sinceramente, não me pareceu importante. E na verdade eu contei sobre as flores estranhas que recebi. Não sabemos nada sobre esse homem. Até onde eu sei, pode ser um antigo vizinho obcecado.

— Você devia ter me contado que era mais do que um admirador secreto. Eu não teria sugerido que a gente saísse para almoçar nem deixado você desprotegida se soubesse que tem um maníaco te perseguindo. Chase, desculpa, cara. De verdade.

Phillip estende a mão e Chase a aperta, assentindo com a cabeça. Uma espécie de telepatia masculina vibra entre os dois e eles estabelecem uma certa trégua.

Chase nunca adorou Phillip. No início, ele pode até ter se sentido ameaçado pela nossa proximidade, mas agora não. Depois que Phillip e Bree começaram a namorar, o sentimento dele em relação a Phil amenizou para algo mais próximo de amizade. Pelo menos respeito e cordialidade, como dois bons conhecidos. Mas eu espero que a relação deles se fortaleça. Eles são os homens mais importantes da minha vida, e eu não saberia o que fazer se não tivesse um dos dois. É primordial que se deem bem.

— Tudo bem, agora você sabe. Até termos mais informações sobre esse cara, eu quero a Gillian por perto e com o Austin, o tempo todo.

Phillip acena com a cabeça, concordando.

— O Austin vai te acompanhar ao restaurante e vocês vão em um dos meus carros — Chase decreta, inflexível.

— Nós íamos a pé... — Phillip se cala quando Chase lhe lança um olhar de censura.

— É mais seguro ir de carro. O Jack leva vocês e depois traz de volta.

— E eu? Não opino? — Estou cansada de ver os homens tomando decisões para lá e para cá sobre a minha vida, sem nem ao menos tentar saber como me sinto ou o que eu quero.

— Phillip, você pode esperar a Gillian no carro? Preciso falar um minuto com a minha noiva.

Eu me viro para Phil e abro bem os olhos, implorando em silêncio que ele não vá. Ele sorri e balança a cabeça, me enviando claramente um olhar de "sinto muito, não posso fazer nada". Vejo Phillip sair do prédio e, quando abro a boca para falar, Chase segura meu rosto com as duas mãos e me beija na boca.

Calor. Uma sensação úmida e confortável se infiltra em cada poro do meu corpo enquanto ele me beija. Ele enterra os dedos no meu cabelo e puxa minha cabeça para trás, me devorando. É um beijo indecente e erótico. Ouço vagamente o som de saltos no piso de mármore e o tinido do elevador, anunciando a chegada ao térreo. Introduzo as mãos por dentro do paletó de Chase e acaricio suas costas, roçando as unhas na pele dele enquanto sua língua invade minha boca com sofreguidão.

Depois de longos minutos, ele se afasta. Tento prolongar o beijo mordiscando o lábio inferior dele, para sentir só mais um pouquinho do seu gosto antes que termine. Chase geme e segura minha bunda, pressionando meu baixo-ventre contra sua pélvis. Sinto claramente a rigidez de sua excitação através do tecido das roupas. A umidade se espalha entre minhas pernas, deixando meu sexo sensível e ávido. Deixo um gemido escapar dos lábios, sem me importar com quem está olhando, enquanto ele desliza os lábios pelo meu pescoço.

— Nunca mais me dê um susto desses.

Anuo.

— Prometa — ele insiste, apertando firme minha bunda.

Estou chafurdando num poço de luxúria, mal conseguindo me manter de pé, mas a franqueza no pedido dele me perturba, me trazendo de volta ao presente.

— Prometo — digo, abraçada a ele, tentando fazê-lo acreditar que nunca foi minha intenção deixá-lo preocupado.

Ele se afasta de mim, mas eu continuo segurando seus braços.

— Agora aproveite o almoço com o seu amigo. E pare de me olhar desse jeito, senão eu vou te comer aqui mesmo, atrás dessa coluna.

Engulo em seco.

— Você não faria isso...

— Meu prédio, minha mulher. Não me tente.

Eu sei que ele não está brincando. Esse homem faz o que quer, e não há o que o impeça de fazer as coisas do seu jeito. Esse poder me atrai e me mantém cativa, e eu não quero nunca deixar de me sentir assim.

— Me desculpa.

A gravata dele está torta, então eu a endireito e a coloco no lugar, dentro do colete. Ele é o sexo personificado. Preciso fazer um esforço gigantesco para não me enroscar nele e ficar assim para sempre.

Ele levanta meu queixo para que eu o encare.

— Tudo bem. Só tome cuidado, por favor. Me mande uma mensagem quando voltar.

Dou risada.

— Tenho certeza de que o Austin, o Jack ou até o segurança do prédio vão avisar quando eu chegar.

Ele estala os dedos para Austin e acena para que ele se aproxime. Odeio quando ele faz isso. Parece que está chamando um cachorro.

— Chase, não estale os dedos para chamar as pessoas. Os seus funcionários não são cachorros nem crianças.

Ele me lança um olhar penetrante. Respira fundo e, quando exala o ar, seu olhar se abranda, tornando-se incrivelmente gentil.

— Tem razão. Vou prestar atenção nisso.

Seus lábios se curvam num sorriso sensual. Eu me ponho na ponta dos pés e beijo o cantinho de sua boca.

— Obrigada, baby. Te amo.

— Também te amo. Mas ainda quero receber uma mensagem da minha noiva quando ela voltar.

Chase adora me chamar de "minha noiva". Parece que fica buscando motivos para inserir a expressão na conversa. Eu me pergunto vagamente se isso torna a situação mais real para ele. Austin chega ao nosso lado e eu olho para ele com expressão culpada. Qualquer um percebe que ele está bravo, mas o cara é educado demais para dizer alguma coisa. Ou isso, ou ele está com medo do que Chase vai dizer.

— Austin. A Gillian e o sr. Parks vão sair para almoçar. O Jack vai dirigir. Fique por perto e não deixe a minha amada escapar outra vez. — Chase se dirige a ele em tom calmo. Essa experiência foi um aviso. Se eu sair de perto dele outra vez, Chase vai demiti-lo. Todo o meu ser se corrói de remorso. A tensão transborda de Austin enquanto os dois homens se encaram.

— Sim, senhor — ele responde simplesmente.

Depois de mais um beijo de despedida, Austin me leva até o carro, onde Phillip espera pacientemente. Antes de entrar, eu paro e observo o semblante de Austin. Ele não consegue me encarar.

— Desculpe. Eu não devia ter feito isso. Foi infantil da minha parte e poderia ter custado o seu emprego. — Baixo os olhos, envergonhada.

Ele segura meu cotovelo. É um gesto amigável, mas eloquente. Finalmente recupero a autoconfiança e encaro os olhos cor de caramelo.

— Se é que eu posso dizer isso, dane-se o meu emprego. Aquela transgressão poderia ter custado a sua vida. Não faça mais isso — ele me adverte, com o olhar suplicante.

— Não vou fazer — respondo com sinceridade. Se Austin tiver que grudar em mim feito cola até essa história do assediador acabar, que seja. De qualquer forma, tenho a impressão de que ele vai ficar comigo por um bom tempo. É muito improvável que algum dia Chase me deixe circular livremente outra vez. Ele já não gosta da ideia dos paparazzi me rodeando, quanto mais um admirador com vocabulário vulgar e um gosto mórbido por flores mortas.

Entrando no carro, recosto a cabeça, com um suspiro.

— Não pense que se safou comigo, bonita. Você está encrencada. Muito. Imensamente! — diz Phillip, enquanto eu reviro os olhos e cruzo os braços, na defensiva.

— Tá bom, tá bom. Pegue a senha.

3

GILLIAN

*O almoço com Phillip é desgastante. Ele passa o tempo inteiro re*petindo que eu preciso tomar mais cuidado e que não deveria ter tentado fugir da vigilância de Austin. O mais surpreendente de tudo é que de repente o meu melhor amigo está encantado com o meu noivo. Por fim, terminamos o almoço com um aceno de cabeça e de mão em vez do costumeiro e aconchegante abraço de urso. A experiência me deixou num astral azedo agora que tive o dia para pensar a respeito. Que outra mulher precisa lidar com tantos "zelosos protetores" seguindo cada passo seu? Nenhuma. Essa é a resposta.

Quando Chase entra na suíte máster, estou esparramada na cama, sem sapatos, a saia amontoada no chão, usando somente uma blusa de seda bege e a lingerie. O teto é a coisa mais interessante no quarto, e é para onde eu olho enquanto tento juntar as peças do meu dia. É impossível. O dia foi uma merda e eu estou com pena de mim mesma.

Tento não olhar para Chase, embora sinta a presença dele com a mesma vivacidade com que sinto uma brisa soprando em meu cabelo. Ele está circulando pelo quarto, e sei que está de olho em mim. Tecnicamente, eu ainda deveria estar chateada por causa do comportamento dele no saguão, mas aquilo só me deixou com uma dorzinha entre as pernas e um rubor no rosto. Algumas vezes hoje me perguntaram se eu estava com febre ou com alguma coisa incubada começando a se manifestar. Austin fez essa mesma pergunta quando subíamos de elevador, e eu não aguentei. Estava pronta para gritar aos quatro ventos, para quem quisesse ouvir, que eu estava excitada e que calassem a boca! A única coisa que poderia resolver isso era um cara de quase um metro e noventa de altura, parecido com o Super-Homem, que, neste exato momento, está tirando a gravata e o paletó e me olhando da cabeça aos pés.

— Cansada? — ele pergunta, enigmático.

— Não. Quente. — As palavras se derramam de meus lábios, soando mais como um resmungo do que como uma resposta.

— Ok... — Seu sorriso é devastadoramente sexy. Ele desabotoa a camisa, um botão por vez, transformando o processo num aperitivo. Minha atenção está inteiramente focada em cada pedacinho de pele que Chase revela. — Está com vontade? — Uma das sobrancelhas escuras se ergue no mesmo ritmo em que a camisa branca vai para o chão.

A pergunta é retórica, por isso faço que sim com a cabeça e arqueio as costas na cama, deslizando as mãos dos quadris, cobertos pela calcinha de renda preta, até os botões da minha blusa. Chase desafivela o cinto sob meu olhar atento. O som do couro ao ser puxado pelas presilhas da calça é quase tão excitante quanto o gemido dele quando abro todos os botões, exceto um, da minha blusa. O tecido de seda creme desliza para os lados, expondo a pele clara da minha barriga. Chase inala o ar numa respiração áspera por entre os dentes cerrados.

— Gillian... Nada se compara à sua beleza.

— Prove — digo, enquanto solto o último botão, revelando o sutiã de renda creme com debrum preto, combinando inversamente com a calcinha.

O sutiã faz um efeito maravilhoso nos meus seios, levantando-os tão alto que provavelmente eu mesma conseguiria lambê-los. Cruzo as pernas com a meia-calça sete oitavos, pressionando a virilha. Deixo escapar um gemido e arranho a seda que cobre minhas coxas, claramente desesperada. Chase sabe o que estou fazendo.

— Ah, é o que eu pretendo... Você foi desobediente hoje. Devo aplicar um castigo?

Castigo. Essa palavra nunca fez parte do vocabulário do meu amor, nem eu iria querer que fizesse. A palavra por si só tem uma conotação negativa. Uma pena imposta por conta de uma ofensa, transgressão ou erro. Para ser cumprida severamente ou com violência, como em uma briga. Eu sei exatamente o que a palavra significa, porque Justin me oprimiu várias vezes, quando considerava que eu havia errado, e sempre chamava aquilo de *castigo*.

Pulo da cama, como se uma catapulta tivesse me jogado para outra época. Uma lembrança detestável e indesejada invade minha mente.

— Você não consegue fazer nada direito, né? — Justin grita na minha cara enquanto segura meu pescoço com força. Seus dedos afundam na minha pele.

— Justin, desculpa! Foi sem querer... Foi um acidente. — Lágrimas escorrem pelo meu rosto, e cada gota cristalina deveria acalmá-lo, fazê-lo perceber a sinceridade no meu pedido de desculpas. Mas não. O choro o deixa feliz. Saber que é capaz de me afetar tão intensamente o faz delirar.

— Eu trabalhei duro para ganhar o dinheiro que pagou aquele frango e aquele arroz, e vem uma idiota como você e queima tudo. — Sua outra mão aparece do nada e estapeia minha cabeça. Eu me sinto um joão-bobo... aquele boneco que você segura com uma das mãos, soca repetidas vezes com a outra, e ele fica balançando para a frente e para trás.

— Me desculpa! Eu estava tentando inovar... fazer uma receita que achei que você iria gostar, mas não deu certo. De verdade... — Sou interrompida por uma sonora e dolorida bofetada no rosto, que corta meu lábio e faz meu nariz sangrar. O cheiro e o sabor metálicos são horríveis, e eu cuspo no chão.

— Agora você está cuspindo no meu chão, sua cadela dos infernos. Fazendo mais merda! Chega. Está na hora de te dar um castigo!

Justin puxa meu rabo de cavalo e dobra meu pescoço para trás, depois me arrasta até a mesa da cozinha e me inclina sobre ela de bruços, à força. Estapeia meu rosto sobre o tampo de fórmica, fazendo sangue espirrar na superfície lustrosa. Os objetos sobre a mesa retinem quando Justin pega a espátula de cima do fogão. Ele passa o metal quente pela minha espinha, enviando fagulhas de dor para o meu cérebro. Justin ergue meu vestido e rasga minha calcinha de algodão.

— Grita, sua puta, que eu te mato! — O perfume dele está misturado com cheiro de suor e serragem da construção onde ele trabalha. A mistura de cheiros revira meu estômago, e eu tento respirar pelo nariz quebrado e o lábio partido, tentando não vomitar. — Entendeu, vagabunda? — ele rosna por entre os dentes.

Faço que sim com a cabeça, desejando, esperando desesperadamente que isso acabe logo. Ele espalma as mãos na minha bunda, e por um instante penso que talvez ele vá simplesmente me comer em vez de me bater. Errado. Que nada... A primeira açoitada da espátula de metal queima minha pele. Uma dor lancinante sobe pelas minhas costas, e tenho a impressão de que estou sendo rasgada ao meio. Eu grito, mas trato logo de abafar o som com o antebraço, tentando compensar os golpes na minha pele nua.

Depois de vinte açoitadas, ele para. Seu peito está arfante, num evidente sinal de exaustão. Entre a queimação na nádega e a dor latejante na cabeça por causa dos repetidos golpes, penso que vou desmaiar. Mas a inconsciência abençoada não vem. O que vem é um empurrão brutal contra a mesa, quando ele segura minha cabeça e me faz bater com os dentes no tampo de fórmica, machucando até as gengivas.

Então o pau dele me perfura. Um som gutural escapa da minha garganta...

As lágrimas escorrem pelo meu rosto quando volto ao presente. Chase está secando minhas bochechas com beijos. Meu corpo inteiro está tremendo enquanto tento afastar as imagens pavorosas, ainda presa entre o pesadelo e a felicidade de saber onde estou agora... nos braços de Chase.

— Baby, me desculpa. Eu não sabia... — Chase sussurra enquanto me senta em seu colo.

A voz dele é minha âncora, e eu me seguro em seu pescoço antes me enroscar inteira em seu corpo, enlaçando sua cintura com as pernas. Os braços fortes me envolvem de maneira reconfortante, enquanto afundo o rosto em seu torso. Paz. Aqui é onde estou segura. Ninguém pode me atingir enquanto eu estiver aqui. Chase é a minha serenidade.

— Você está em segurança, baby. Está tudo bem. Eu nunca vou te machucar ou magoar. Me perdoa... — Sua voz fica embargada. — Me desculpa.

Aceno com a cabeça e inalo o perfume e o calor do seu pescoço. Ele recende a sabonete e a uma suave mistura de aroma cítrico e sândalo. É divino. Se fosse possível engarrafar esses cheiros, eu faria isso e espalharia sobre minhas roupas e meus lençóis. Chase me embala para um lado e para outro e depois para a frente e para trás. Beija minhas têmporas e as lágrimas que escorrem em meu rosto. Suas mãos grandes e fortes deslizam pelas minhas costas, acalmando, tranquilizando.

Depois de algum tempo, finalmente levanto a cabeça.

— Ei, esta é a minha namorada linda — ele sussurra, e eu dou um sorriso fraco.

Ele se inclina e roça os lábios nos meus. O toque é suave, leve como uma pluma, mas tão promissor. Chase está deixando que eu me recupere, que aceite seu beijo. E é o que eu faço, com sofreguidão. E não paro, não consigo parar. Eu *preciso* dele. Comigo, dentro de mim, para afastar essa lembrança, esse pesadelo. Envolvo o pescoço dele com os braços e devoro sua boca com meus lábios, língua e dentes. Minhas pernas continuam enroscadas à sua volta, e eu pressiono meu sexo contra a rigidez dele. Ele geme e se afasta, segurando meu rosto e me fitando nos olhos.

— Calma, Gillian. Não há pressa. Quer conversar sobre o que aconteceu?

Balanço a cabeça.

— Não. Eu quero que você faça amor comigo.

Aperto as pernas ao redor do corpo dele, me esfregando em sua ereção. É tão gostoso... Ele sabe que eu preciso dele. Somente Chase pode afastar a sensação ruim, remover as garras do monstro e substituí-las por luz e amor.

Chase encosta a testa na minha.

— Não quero te machucar. Não sei qual é a coisa certa a fazer. — Ele parece desamparado. Meu homem grande e forte não sabe como agir. Ele acha que me magoou, que o flashback foi culpa dele. Tenho que convencê-lo do contrário. Nada poderia estar mais longe da verdade.

— Olhe para mim, Chase.

Os olhos azuis como o oceano me fitam com intensidade. Vejo tristeza, dor e medo em suas profundezas, e não vou permitir que isso continue.

— Apenas me ame. O seu amor manda embora tudo o que é ruim.

Ele fecha os olhos e respira fundo. Quanto a mim, estou prendendo a respiração, até que ele me puxa para si e se levanta. Vagarosamente, me coloca na cama e se deita comigo. Tira a cueca, depois meu sutiã, a calcinha e a meia-calça, até estarmos ambos nus e tão primitivos quanto as emoções que nos assaltam.

Ele se deita em cima de mim e se encaixa entre minhas coxas. Com as mãos, abre minhas pernas devagar enquanto a ponta aumentada de seu membro pressiona os lábios do meu sexo, aguardando a entrada. Ele me encara, avaliando meu anseio. Faço o possível para demonstrar somente o meu amor, confiança e desejo por ele. Deve funcionar, porque ele desliza toda a sua extensão para dentro de mim em uma investida lenta e divina, até que não existe mais ele ou eu, apenas nós.

Juntos. Unidos.

Seguro o rosto dele entre as mãos e passo os polegares pela barba rala que macula seu belo semblante. Seus olhos ainda estão incertos, apreensivos.

— Você perto de mim, me abraçando... me mantendo segura. É disso que eu preciso para sair das profundezas do inferno e voltar para o seu amor. Prometa que sempre vai me trazer de volta — sussurro e beijo seus lábios.

— Prometo — ele balbucia na minha boca aberta, conforme a tensão aumenta a um ponto quase insuportável. Ele tira e torna a entrar, repetidamente, me penetrando por completo com seu pau grosso. A luxúria serpenteia entre nós e eu me sinto percorrida por correntes de prazer.

Num ritmo lento, Chase faz amor comigo. Na maior parte das vezes estamos tão ávidos um pelo outro que ele me possui em qualquer lugar. Encostados numa parede, no closet, na biblioteca, na sala de estar, cada vez é uma experiência incrível, abrasadora. Mas isto? Isto é uma afirmação. A promessa dele para mim. É como ele me prova seu amor infinito. Não preciso de um anel no meu dedo para saber do amor e da consideração desse homem por mim. Posso ver em seus olhos, no jeito como ele me olha, na expressão de esforço em seu rosto quando me penetra muitas vezes, querendo... precisando que eu chegue ao orgasmo primeiro. Sempre determinado a me fazer gritar de prazer... nunca de dor.

Levanto as pernas até as costas dele e cruzo os tornozelos, prendendo-o junto a mim. Ele segura meu rosto entre as mãos e me olha nos olhos, movendo os quadris mais depressa, pressionando com mais força e mais fundo. Ergue os quadris, move a pélvis e enterra sua masculinidade dentro de mim, até que começo a ver estrelas, e não é de dor. Chego a sentir medo da queda, mas ele está ali para me segurar. Sempre.

— Isso, baby. Se entregue... Goze para mim.

Os lábios dele capturam os meus num beijo molhado enquanto eu caio no limbo, gritando seu nome. Minhas pernas se apertam ao redor de seus quadris, segurando com força conforme onda atrás de onda de prazer me consome. Seu corpo responde ao chamado, enrijecendo e comprimindo à medida que seu pau se alarga de tal maneira que parece que vou explodir. Um grito silencioso entreabre seus lábios, e eu me sinto envolta em seu calor. Jorro após jorro de sua essência se derrama dentro de mim, revestindo, forrando, me marcando como sua.

Quando volto a mim, Chase está beijando meu rosto, pescoço, ombro e peito em pequenas carícias. Seus lábios são macios como o beijo de um anjo em minha face. Eu mal registro a sensação do toque suave e ele passa a beijar outro lugar, na minha pele nua e orvalhada. A sensação é doce, quase uma cócega. Eu rio baixinho.

— Você está rindo?

Dou um sorriso e em seguida uma gargalhada.

— Sim, acho que sim.

— Achei fofo.

— Fofo? — Eu me retraio e retorço os lábios, numa careta nem um pouco atraente. — Bebês e cachorrinhos são fofos. Uma mulher nua sendo penetrada por você não é fofa.

Os cantos dos lábios dele se curvam.

— Bem, eu te acho fofa.

Reviro os olhos enquanto ele se inclina e lambe um mamilo rosado.

— E te acho linda. — Ele suga a pele sensível, depois lambe, rodeando com a língua, aumentando minha excitação. Acabei de transar com ele e já quero mais. — E os seus seios são incríveis... — Ele abocanha meu outro mamilo e puxa, enviando ondas de excitação diretamente para o núcleo do meu ser. Posso sentir o pau dele se mover dentro de mim outra vez. Um sorriso malicioso aparece em seu rosto.

— Não foi suficiente para você? — pergunto, brincando, e em seguida projeto os quadris para cima, pressionando o máximo possível. Ele não se mexe, apenas deixa aquele pau enorme se alargar e crescer dentro de mim.

Seu olhar encontra o meu e ele suga o mamilo, me fazendo gritar quando o solta.

— Nunca é o suficiente. Não percebeu isso ainda? — Ele passa a lamber e sugar o outro mamilo, provocando arrepios em minha espinha. — Eu não quero te machucar, Gillian, mas quero que a sua boceta fique tão sensível que você não consiga cruzar as pernas quando estiver usando aquelas saias justas que te deixam gostosa pra caralho.

Deixo escapar um gemido e reclino a cabeça para trás. Ele coloca a mão sobre um seio enquanto continua a torturar deliciosamente o outro com a boca e a língua. Quando dá uma beliscada e o torce com os dentes, eu imploro a ele para me foder com força. E é o que ele faz. Ah, sim, e como...

Depois do segundo round, rapidamente seguido pelo terceiro, meu sexo está latejando, as pernas trêmulas, e eu sei agora que a meta de me deixar dolorida não era tão maluca como posso ter pensado inicialmente. Do jeito que estou, tenho certeza de que é impossível levantar e ir ao banheiro.

— Aqui, baby. Me deixe cuidar de você.

Chase abre minhas pernas. No mesmo instante, os fluidos combinados de nossos orgasmos começam a jorrar para fora. Como de costume, meu homem observa sua seiva escorrer pelas dobras entre minhas pernas em direção ao meu traseiro. Eu me contorço e ele sorri, encantado. Por fim, com uma toalhinha, limpa o que resultou do nosso ato de amor. Balanço a cabeça e cubro o rosto com uma das mãos, enquanto ele gentilmente me limpa e me seca, antes de voltar a se deitar a meu lado.

Ficamos ali deitados, aconchegados um ao outro. Estou quase pegando no sono quando ele me faz uma pergunta.

— Então, o que aconteceu agora há pouco? Eu sei que foi uma lembrança ruim. Mas quero saber o que foi.

— Chase, não. Eu não quero encher a sua cabeça com essas coisas. Foi só uma recordação triste de quando o Justin me batia. Só isso.

Eu me aninho em seus braços e ele me abraça com força. Uma das mãos se enterra em meu cabelo e ele passa os dedos pelos fios. Repete o gesto algumas vezes antes de insistir:

— Eu preciso saber, Gillian. Tudo estava bem até eu falar em castigo.

Enrijeço nos braços dele, e ele continua a passar os dedos pelo meu cabelo e pelas minhas costas nuas.

— Obviamente desencadeou alguma coisa. Você sabe que eu nunca te machucaria, certo? Eu estava brincando. Jamais faria você sentir dor. Meu Deus, o jeito como você reagiu foi pior que no consultório.

Ele está se referindo à semana em que nos conhecemos. Precisei tirar os pontos dos ferimentos que sofri no assalto em Chicago. Quando o médico puxou a linha, a dor abrupta me fez mergulhar de cabeça num flashback violento. Essa revelação veio à tona mais tarde, numa noite em que estávamos falando do passado de cada um. Foi uma catarse emocional, e acho que não seríamos tão próximos nem nosso relacionamento estaria evoluindo tão bem se não tivéssemos passado por aquela experiência.

— Desculpe se eu te assustei — falo baixinho, sem saber o que dizer.

— Assustou? Baby, eu fiquei em pânico. Você olhou para mim como se eu fosse o diabo em pessoa, que quisesse te levar para as profundezas do inferno. — Ele me estreita entre os braços, sua voz agora trêmula.

— Foi onde eu achei que estivesse. Foi onde eu me senti naquela ocasião. No inferno — admito.

— Me conte — ele encoraja.

Respirando fundo, explico o que aconteceu. Foi há alguns anos. Eu tinha pegado uma receita nova de frango com arroz, com uma amiga da faculdade. Eu sempre tomava bastante cuidado com o modo como gastava o dinheiro de Justin, já que ele estava nos sustentando, pagando o aluguel e também as contas. Nessa época, Justin e a faculdade eram a minha vida. Ele era cinco anos mais velho que eu e trabalhava numa construção. Eu estava ansiosa para experimentar a receita nova, para agradá-lo com minhas habilidades culinárias. Infelizmente, calculei mal a quantidade de água, e, depois de uns quarenta minutos, a parte de baixo do frango estava preta e o arroz, cru. Justin não ficou nem um pouco contente.

— Então ele te bateu porque você queimou o jantar?

Aceno, assentindo.

— Ele me bateu, me chutou, me deu vários tapas, fez um corte no meu lábio e quase quebrou meu nariz. Aí ele me puxou pelo cabelo e me empurrou de cara contra a mesa da cozinha. — Percebo a tensão acumulada nos músculos de Chase e paro de falar para beijar seu peito nu e massagear seus braços.

— Continue. Eu sei que tem mais.

Respiro fundo mais uma vez e prossigo:

— Ele rasgou a minha calcinha, pegou a espátula no fogão e me bateu com ela. Bem, bater não é bem a palavra... Ele me deu uma surra, a ponto de arrancar a pele e me deixar cheia de hematomas. Tive que dormir de bruços por uma semana. Na faculdade, eu sentava em cima do suéter na cadeira para poder assistir às aulas, esperando que ninguém notasse.

A respiração de Chase está curta e sofrida.

— E foi isso? — ele pergunta, entredentes.

Balanço a cabeça, olhando-o nos olhos. Mas não consigo encará-lo quando conto a última parte.

— Depois ele me estuprou.

Foram necessários alguns anos e muita terapia com o dr. Madison para que eu finalmente admitisse que o que Justin fazia comigo era abuso e estupro. Reconhecer isso para Chase me faz chorar aninhada em seus braços por uma boa meia hora. Mas Chase é um guerreiro. Ele me acalma, fala baixinho comigo e promete que nunca mais alguém vai me ferir. E, para dizer a verdade, depois de compartilhar a história com ele e adormecer em seu peito, foi uma das melhores noites de sono da minha vida.

Eu acordo antes de Chase. É sábado, portanto não precisamos ir trabalhar. Se bem que com Chase eu nunca sei. Ultimamente ele parece estar se esforçando para minimizar o volume de trabalho nos fins de semana. Em vez de acordá-lo, decido deixá-lo dormir. Ele nunca fica na cama até muito tarde e, depois da avalanche emocional de ontem, provavelmente precisa descansar um pouco mais. E então eu me lembro... hoje é aniversário da Bree! Faço uma dancinha rápida, empolgada com a ideia de que vamos todas nos encontrar em um dos luxuosos restaurantes de Chase. Mal posso esperar.

Uma expectativa gostosa percorre minhas veias enquanto vou para o banheiro. Ter todas as pessoas que eu amo reunidas no mesmo lugar é uma alegria. Faz tão bem à alma.

O chuveiro está escaldante quando entro no boxe e regulo as torneiras. Começo a cantarolar uma música enquanto passo xampu no cabelo e massageio com cuidado. A seguir passo o condicionador, que deixo agir enquanto ensaboo o corpo com o gel de banho. Humm... adoro o aroma de baunilha e cereja. Chase também gosta. Toda hora ele comenta como sou cheirosa. Normalmente esse comentário vem acompanhado de um sorriso sexy. Eu faria qualquer coisa para ver mais sorrisos no rosto dele.

Quando a espuma chega às minhas coxas, olho para baixo e tomo um susto. Na lateral de cada perna vejo quatro marcas de dedos. Ver hematomas normalmente desencadearia uma crise, mas estes não. Saber que são marcas das mãos de Chase, que são um lembrete físico da nossa noite de amor, faz delas algo parecido com um presente. É mais uma prova da paixão com que ele me possuiu, da afobação para provar seu amor por mim. Não foram causadas com o intuito de machucar, e sim de agradar. Quanta diferença...

Um sorriso curva meus lábios conforme inclino a cabeça para trás e fecho os olhos para enxaguar o cabelo. Quando os abro, me vejo sorrindo para o rosto do homem mais lindo do planeta.

— Oi, linda. Está sorrindo do quê? — "Linda" é uma expressão de afeto que eu aprovo.

— Ah, nada... Só estava pensando em você e em ontem à noite.

Deliberadamente, passo as mãos pelos meus seios, pela barriga e as pernas. O olhar dele segue cada movimento meu, como se estivesse me acariciando. Então seu sorriso insolente desaparece de forma abrupta, e eu fico sem entender. A porta do boxe se abre e sinto uma lufada de ar frio na pele molhada. Cubro os seios, num gesto instintivo.

— Que. Porra. É essa? — Ele aponta para as marcas nas minhas pernas.

Então eu sorrio.

— É o resultado direto da nossa paixão. — Movo as sobrancelhas.

Chase entra no boxe ainda com o short do pijama e me abraça. A água encharca o tecido de algodão cinza, deixando marcas mais escuras e os contornos e relevos masculinos mais evidentes.

— Baby, desculpa. Eu prometi que nunca te machucaria. Caramba... qual é o problema comigo? — Ele me abraça outra vez com força, colando o peito nu ao meu, sem deixar espaço para a água do chuveiro passar entre nós.

— Não, Chase, não. Eu estou bem. Nós fizemos amor. Às vezes a gente se excede. Eu não estou me desculpando pelos arranhões nas suas costas, estou?

Ele levanta a cabeça da curva entre meu pescoço e ombro, e uma careta distorce suas feições esculturais.

— É mesmo? Você me arranhou? — Ele se vira e, de fato, há oito riscas levemente avermelhadas nas suas costas. Não vão durar muito. Provavelmente vão desaparecer em um ou dois dias, mas, enquanto estão ali, eu gosto de vê-las. Qualquer pessoa que as visse saberia que esse homem foi amado com paixão.

Sorrio novamente.

— Não peço desculpas porque sei que vou fazer de novo. Talvez hoje mesmo. — Mordiscando o lábio, puxo para baixo o short molhado, que se amontoa ensopado aos pés dele. — Nunca peça desculpas por fazer amor comigo. Eu adoro o seu jeito intenso, baby. — Ofereço a ele o olhar mais sexy possível. Ele precisa entender que eu tenho certeza de que ele jamais me machucaria.

— É que eu não quero de jeito nenhum marcar ou desfigurar a sua pele.

Ele passa uma das mãos nos meus seios e desce pelas laterais do meu corpo, então se agacha até ficar de joelhos na minha frente. Antes que eu me dê conta do que ele está fazendo, seus lábios estão sobre as marcas nas minhas pernas, beijando e lambendo cada uma delas, como se com isso fosse capaz de fazê-las desaparecer. Eu permito, ciente de que é importante para ele ficar em paz com isso. Vai acontecer muitas vezes no futuro, e nem quero que seja diferente. Até que, por fim, seguro a cabeça dele, tentando fazê-lo se levantar, mas ele faz um movimento negativo.

— Não terminei... Preciso te mostrar o meu amor. — Suas palavras são simples, mas me afetam profundamente.

Com toda a delicadeza, Chase levanta uma de minhas pernas e a apoia no assento dentro do boxe, me abrindo, expondo meu centro para seus olhos. A expectativa é excitante e ao mesmo tempo brutal, enquanto ele observa meu sexo, a água escorrendo pelas dobras e se acumulando na abertura. Fecho os olhos quando ele passa a língua pela fenda molhada. Intensas explosões de prazer me percorrem quando ele usa os lábios e a língua para sugar e mordiscar minha parte mais íntima. Com os polegares, ele me abre mais e introduz a língua dentro de mim. Toda vez que faz isso, ele me transporta para as alturas, para novos picos de prazer, sempre me surpreendendo com orgasmos alucinantes. Começo a tremer e me apoio na parede de azulejos enquanto ele me fode com a língua. Quando Chase começa a traçar pequenos círculos com o polegar onde mais necessito senti-lo, eu desmorono. Um grito rouco escapa dos meus lábios, ecoando nas paredes úmidas do nosso paraíso enevoado de vapor. Chase está logo ali para me amparar quando minhas pernas fraquejam e se dobram. Braços fortes me seguram enquanto tento recuperar o fôlego, o vapor tão denso que contribui para minha desorientação.

— Obrigado por confiar em mim. Por me amar. Eu te amo, Gillian.

Nesse momento, eu sei que nós vamos ficar bem. Demonstrar os seus sentimentos fazendo amor comigo não faz mal a ninguém. Ao contrário, é um processo de cura.

4

GILLIAN

Quando estiver em Roma, faça como os romanos. E é exatamente como vai ser esta noite. É o aniversário da Bree, e nós vamos a um dos restaurantes luxuosos de Chase no centro de San Francisco. Assim como o sofisticado estabelecimento em Chicago, o Greens, como é comumente chamado, se eleva acima das nuvens em um moderno arranha-céu, não muito longe da nossa cobertura. Na verdade Chase apontou para ele do jardim no terraço hoje, enquanto assistíamos ao pôr do sol aninhados nos braços um do outro.

Depois do episódio no banheiro hoje de manhã, meu noivo só tem feito transbordar charme. Fomos fazer compras e escolhemos uma estátua de Buda incrível para Bree, numa loja de artigos importados que ele possui em um dos muitos píers de San Francisco. A obra exclusiva, importada da Índia, vai combinar muito bem com o estúdio de ioga dela. É esculpida em calcário sólido e muito pesada. Uma plaquinha ao lado da base dizia que custava dez mil dólares, o que fez meu coração acelerar. Estou, de verdade, me esforçando para não reclamar do fato de Chase gastar dinheiro comigo. O dinheiro é dele, e ele decide como usá-lo. Além disso, estou feliz por ter encontrado esse presente. É uma das estátuas mais incríveis que eu já vi, perdendo somente para um anjo em tamanho natural, do sexo feminino, escondido num canto escuro que atraiu minha atenção.

O anjo é branco e fica sobre uma base de pedra acinzentada. O traje vaporoso cai graciosamente sobre seu corpo; os ombros nus são perfeitos, mostrando as depressões dos ossos da clavícula. O traço mais extravagante são as asas largas, que se abrem numa envergadura de no mínimo um metro e meio.

Os braços estão abertos, mas não levantados em louvor. Estão na altura do peito, as palmas viradas para cima, em direção ao céu. A cabeça está inclinada para baixo, numa pose respeitosa. É como se ela estivesse aceitando o propósito de Deus para si e se tornando uma unidade com esse propósito. Eu me apaixono instantaneamente.

— Você gostou dessa? — Chase roça os lábios na lateral do meu pescoço, embaixo da orelha, provocando arrepios de excitação.

— É muito diferente.

Ele concorda com um movimento de cabeça sobre meu ombro e abraça minha cintura, me puxando para mais perto, minhas costas contra seu peito.

— É um anjo da guarda. Eu salvei essa peça na Grécia. Estava no jardim de uma mansão velha e abandonada que ia ser demolida. Comprei o terreno para um projeto ambiental e não sabia o que fazer com ela, por isso a despachei para cá de navio.

— Por que a mansão foi abandonada?

— A família que morou lá por várias gerações acabou. O último membro vivo não teve filhos, e quando morreu a fortuna foi doada para caridade. A casa ficou vazia por anos.

Estendo a mão e toco uma pluma de suas asas. A sensação ao toque é de frio.

— Que triste — murmuro, encantada com o anjo.

Posso sentir Chase sorrindo enquanto admiramos as intrincadas asas abertas e o rosto do anjo sugerindo um sorriso secreto.

— Sim. Era uma casa muito bonita.

Sinto uma leveza quando seguro os braços de Chase à minha volta.

— Eu não estava falando da casa. Fiquei pensando na família. Todos faleceram. É triste imaginar um futuro sem filhos, sem continuidade... não acha?

Chase enrijece; seus braços me apertam, mas ele não diz nada.

— Você quer ter filhos? — pergunto, só então me dando conta de que nunca falamos nada sobre o futuro além do plano de ficar juntos e nos casar. Girando nos braços dele, olho para seu rosto. Sua expressão está pensativa, não hostil. É um bom sinal.

— Acho que nunca pensei nisso, porque sempre estive muito focado em construir o meu império. Mas com você eu me vejo querendo e considerando coisas que nunca quis nem considerei antes. — Seu tom é um murmúrio grave, o timbre perfeito para a sedução, enquanto seus dedos ágeis apertam meus quadris.

A resposta dele me faz sorrir, e meu coração se enche de esperança para o futuro.

— Nós temos tempo. Mas comece a pensar a respeito. Eu quero te dar um filho, ou filha, algum dia.

Ele prende a respiração e espalma uma das mãos no meu ventre, olhando para baixo com ar sonhador.

— Com você falando assim, eu não quero outra coisa a não ser te ver esperando um filho meu. O herdeiro de tudo o que nós temos. — O sorriso dele exprime expectativa quando ele se inclina e captura meus lábios com os seus.

O restante do dia é dedicado a provar os vestidos que Dana, a assistente de Chase, eficientemente separou para mim. Claro que todos vestem com perfeição, o que me irrita. Quero detestar a mulher, mas a verdade é que ela nunca me fez nada e é sempre muito profissional. Me incomodou no início que houvesse uma mulher da idade dele que o conhecia melhor do que eu, pelo menos o lado dos negócios. Ele me disse que nunca contou a ninguém sobre seu passado. Somente os primos e eu sabemos o que ele passou antes de ir morar com seu tio Charles.

Aliás, vamos encontrar o tio e a mãe dele amanhã para um brunch em família. A mãe insistiu nisso. Apesar de meu noivo não gostar que alguém tente assumir o controle de coisa alguma em sua vida, ele certamente estremece quando aquela mulher fala. Eu me retraio, compreendendo que não teria problema em passar algum tempo lá se ela gostasse de mim ou me desse confiança. O sr. Controlador acha que estou interpretando demais sua estoica mãe. Ele jura que ela só tem coisas agradáveis para dizer a meu respeito, mas eu não caio nessa. Uma mulher sabe quando outra mulher não gosta dela. É um olhar, uma sensação que fica ali quando você está perto da pessoa. É quase como se existisse uma tensão nos rodeando. Quando Colleen e eu estamos no mesmo espaço, o ar fica denso, eu me sinto andando em gelo fino.

— Um milhão de dólares pelos seus pensamentos — diz Chase.

— Um milhão? Mesmo? Você é sempre assim tão perdulário?

Ele me olha com a expressão impassível.

— Sim. Eu pagaria o que fosse para saber o que você está pensando.

Dou risada e me aninho ao seu lado. Ele ajeita uma mecha de cabelo atrás da minha orelha. Esses momentos de sossego, no banco de trás da limusine, quando estamos indo para algum lugar, são preciosos para mim. Durante o dia Chase é um gigante dos negócios, um magnata focado em uma única meta — fazer o seu império crescer mais e mais. Em casa ele é um homem, um deus do sexo, e às vezes um amante gentil. Quando está tudo calmo e em paz, aquele momento em que você pode ouvir seu companheiro respirar, é aí que eu me sinto mais realizada. Qualquer casal pode ferver entre os lençóis, compartilhar uma carreira, mas quantos de fato podem *estar* um com o outro? Sem pretensões, sem problemas urgentes, sem as complexidades da vida... Quando você está nua e crua, sem disfarces, o que sobra? Eu tenho Chase, e não preciso de mais nada.

Como se pudesse ler meus pensamentos, ele beija minha testa e afaga meu rosto com o polegar. Seus olhos parecem escuros nas sombras do carro.

— Você é tudo o que eu preciso — ele sussurra e roça os lábios nos meus. O reflexo exato dos meus pensamentos me faz pensar por um instante se falei em voz alta, mas sei que não falei. Nós dois estamos conectados de uma forma que desafia a realidade.

O celular dele toca, produzindo um som parecido com um gorjeio, e embora nossa conexão não se perca ela é temporariamente suspensa. Nosso momento de paz se foi, mas vai voltar. Temos uma vida inteira para aproveitar a tranquilidade e o sossego, e esse pensamento me deixa feliz demais.

Enquanto Chase dá ordens ríspidas no telefone, mais uma vez incorporando o homem de negócios em toda a sua essência, chegamos ao restaurante, e Jack abre a porta da limusine. Austin está logo ali, a postos. Se eu estivesse sozinha, ele me ajudaria a sair do carro e me conduziria para dentro. Quando Chase está comigo ele fica de lado, cuidando para que nenhum suspeito se aproxime. Chase sai, olha em volta e então segura minha mão e me puxa para perto de si. Seu braço me enlaça pela cintura e sua mão pousa possessivamente no meu quadril conforme um grupo de paparazzi vem em nossa direção, os flashes piscando.

— Parece que a dica que a Dana deu para a imprensa não funcionou. Eles não foram para o Red SF. Hora do show, meu amor. — Chase me segura perto dele enquanto avança. — Austin, nem um dedo — resmunga quando mais paparazzi começam a vir de todas as direções.

— Chase, Gillian, aqui! — alguém chama.

— Não, Chase, aqui! Mostre a sua noiva pra gente! — grita outro.

— Isso! Todo mundo quer vê-la! — um homem espalhafatoso exclama, disparando a câmera tão perto do meu rosto que consigo ouvir o clique.

Austin empurra o homem da minha frente e o mantém afastado.

O burburinho é ensurdecedor, e as luzes dos flashes ofuscam a vista. Tropeço nos saltos altos, mas o braço de Chase na minha cintura me ampara, e Austin segura meu cotovelo. Estou escoltada dos dois lados agora. Jack vai na frente, afastando os fotógrafos para que possamos passar. Não consigo enxergar enquanto os flashes continuam a piscar, por isso baixo a cabeça e olho para o chão, deixando que Chase e Austin me conduzam.

Finalmente, atravessamos o saguão e entramos no elevador.

— Gente, que loucura. O que foi isso?

Respiro fundo enquanto Chase esfrega delicadamente minhas costas nuas. Estou usando outro vestido decotado nas costas. Meu homem adora tocar minha pele. Como eu anseio pelo toque dele, é uma situação em que todo mundo sai ganhando. Além disso, quando uso este vestido preto que veste como uma luva, eu me sinto incrível. O comprimento é respeitável, a saia lápis bate quase nos joelhos, tem um decote canoa e mangas três quartos. A surpresa é quando me viro de costas. Toda a parte de trás do vestido cai drapeada até a cintura. É uma roupa bastante reveladora, sem mostrar absolutamente nada. Uso com os sapatos pretos plataforma Louis Vuitton que Dana encomendou, e mais nada.

Essa é minha outra surpresa. Volta e meia Chase escorrega a mão para tocar minha bunda. É inevitável. Ele não consegue se conter por muito tempo; gosta de se gabar de estar sempre no controle, e na maioria das situações está mesmo. Menos quando se trata de mim. Pele nua é kryptonita para o meu Super-Homem. Mentalmente, me parabenizo por estar sem calcinha. Se os homens podem andar por aí sem cueca, por que as mulheres não? Além disso, me faz sentir livre; há algo inacreditavelmente libertador em não usar roupa de baixo.

— Por falar em frenesi da mídia, a Dana está me perturbando para marcar a entrevista para a revista *People* sobre o nosso noivado e o casamento.

Eu me retraio quando ele menciona Dana, ciente de que meu ciúme é infantil e infundado.

— Baby, dar a entrevista é uma boa ideia — ele continua. — Vai ser nos nossos termos e vai ajudar a afastar os paparazzi. Neste momento nós somos como um brinquedo novo para eles. Quando a entrevista for publicada, não vai ter mais mistério nem novidade. Entendeu?

Respiro fundo e dou de ombros.

— Se você está dizendo... Confesso que não estou inclinada a dividir o nosso relacionamento com ninguém, mas, se você acha que isso vai fazer esse pessoal sossegar, tudo bem.

— Eu acho, sim.

Ele me abraça, colando meu corpo ao seu e me apertando com as mãos nas minhas costas. Retribuo o abraço cruzando as mãos na cintura dele.

— Obrigado. — Ele me dá vários selinhos e depois esfrega a testa na minha. — Você está linda demais hoje. Já falei isso?

— Sim, mas uma mulher nunca se cansa de ouvir. — Sorrio e ele roça o nariz na minha têmpora antes de me dar um último e doce beijo no rosto. Sua mão desliza pelo meu braço e nossos dedos se entrelaçam automaticamente.

A mesa está bem animada quando chegamos. O Greens é um restaurante estrelado que serve comida cem por cento orgânica. Entrar ali é como estar em um jardim noturno secreto. O teto é escuro, cheio de luzinhas bruxuleantes que parecem estrelas. Consigo identificar a constelação Orion na disposição das luzes. A Ursa Maior e a Ursa Menor estão bem acima da nossa grande mesa quadrada. Para qualquer lado que se olhe, há folhagens exuberantes de todos os tipos. Flores, plantas, uma arrojada exibição da beleza natural. É um restaurante diferente e magnífico, assim como seu proprietário.

Bree praticamente pula da cadeira para me abraçar, em seguida se vira e dá um selinho em cheio na boca de Chase, apertando as bochechas dele. Ele segura os braços dela e arregala os olhos de tal maneira que quem não soubesse pensaria que o pobre coitado estava sendo eletrocutado. Bree então se afasta, deixando uma marca de batom vermelho atravessada sobre os lábios dele.

— Eu amo este homem. — Ela dá tapinhas afetuosos em seu peito.

— Hã... — Chase fica sem palavras.

Phillip inclina a cabeça para o lado, olha para mim, depois para Chase, e então, com um sorriso sarcástico, me agarra pelo pescoço e me puxa.

— É justo, cara. — Ele ri enquanto tenta me beijar.

Antes que Chase tenha tempo de reagir, um par de braços grandes e fortes me puxa para trás. Meu amigo quase perde o equilíbrio quando sou erguida no ar e colocada de volta no chão a uma certa distância dele.

— Pode me beijar, benzinho — diz Austin, com a expressão impassível.

Eu não fazia ideia de que ele ainda estava nos seguindo.

— Ugh! — Phillip dá um passo para trás, rindo.

Chase me puxa para perto dele e limpa a marca de batom com o lenço. Ele olha para Austin, que me salvou de receber um beijo de vingança do meu melhor amigo, e aponta um dedo para o segurança, ainda com o lenço na mão, agora borrado com o batom de Bree.

— Você vai ter um aumento! Mais quinhentos por mês, só por causa disso.

— E eu? Fui eu que te beijei! — Bree faz beicinho.

— Ah, minha querida, o seu presente vai ser revelado em breve. — Chase sorri.

Bree continua saltitando de um lado para o outro, bebericando um coquetel de frutas, o corpo perfeito, com tudo no lugar. Posso ver a admiração de Phillip. Ele mal consegue desviar o olhar. Ela escolheu a dedo o look de hoje, que não deixa nada para a imaginação. O vestido justo de alcinhas cor de berinjela combina muito bem com sua pele bronzeada e o cabelo dourado. O decote revela os seios empinados, do tamanho certo para sua constituição miúda.

Chase se inclina para mim, coloca a mão na minha nuca e encosta os lábios no meu ouvido.

— Se o Phillip continuar a comer a Bree com os olhos tão descaradamente, talvez eu tenha que te levar para o escritório do gerente.

Seus dedos deslizam do meu pescoço até a cintura, onde ele faz cócegas na base da minha espinha. Quando tornam a subir, instintivamente arqueio o corpo contra ele. Chase sorri e introduz a mão discretamente na abertura do meu vestido, espalmando-a sobre minha bunda nua. Observo deliciada quando ele se dá conta de que não estou usando nada por baixo do vestido.

— Sei... — Dou uma risadinha com os lábios no pescoço dele.

Chase respira fundo e pressiona a evidência de sua excitação contra meu quadril, com um gemido baixo.

— Você sabe que, se eu quisesse, nada me impediria de te comer aqui mesmo, neste instante. As suas amigas poderiam até assistir — ele murmura na base do meu pescoço, enfiando os dentes na minha pele.

— Vou tentar me comportar — prometo, enquanto ele desliza a boca pelo meu pescoço, de alto a baixo. Meus joelhos enfraquecem e eu me sinto zonza de tesão.

— Acho bom — Chase adverte, com uma última pressão em meu quadril. Ele passa do nada para alguma coisa com um simples movimento. Me excita com mais rapidez do que acende um fósforo.

Mudando de assunto antes que eu entre em combustão e permita que ele faça exatamente o que ameaçou fazer, viro a cabeça e gesticulo para Phil e Bree. O olhar de Chase segue a direção do meu. Baixinho, sussurro no ouvido dele:

— Eu acho bonitinho ver o tesão do Phillip pela Bree. Além do mais, não seria legal deixar os nossos convidados sozinhos. Agora vamos socializar para poder ir pra casa logo e você enfiar esse seu pau tão fundo em mim que eu vou esquecer até o meu nome.

Beijo o rosto dele e passeio em volta da mesa preparada para nossa festa, até me sentar numa cadeira vaga. Um garçom me oferece uma taça de vinho.

Chase sorri maliciosamente quando se senta a meu lado e apoia o braço nas costas da minha cadeira. Um instante antes de levar sua taça aos lábios, ele ataca:

— Raio de sol, você vai me pagar por essa.

Raio de sol? Afff. De onde ele tirou isso? Aposto que ele tem uma lista de termos afetuosos que está testando, tipo "palavra do dia".

— Raio de sol, não. — Jogo o cabelo na frente do ombro, me inclinando para longe dele e depois olhando recatadamente de canto de olho para que ele possa ter uma boa visão das minhas costas nuas. Ele morde a isca instantaneamente. Seu olhar vai do meu rosto para minhas costas e de volta para meu rosto. — Eu sempre pago. — Ergo uma sobrancelha e mordo o lábio, só para causar um efeito dramático.

Ele cerra os dentes e tamborila os dedos na superfície da mesa. Passo um dedo sobre a borda da minha taça de vinho, adorando nosso joguinho de gato e rato. Finalmente, Chase deixa escapar um suspiro alto, mas é interrompido por um aperto de mão e um abraço vigoroso de Thomas, o namorado de Maria. Tom imediatamente atualiza Chase sobre os mais recentes bastidores do combate ao crime. Chase é amigo do chefe de polícia de San Francisco, e eles conversam rapidamente a respeito. Carson e Kat chegam e nos cumprimentam. Ela está deslumbrante em um modelo desenhado por ela mesma.

— Gigi, não vejo a hora de te mostrar alguns tecidos que eu recebi hoje da Itália. O Chase faz milagres! — ela exclama, animada.

— Como assim? — Fico interessada de verdade, porque a última coisa que eu soube foi que ela estava desenhando modelos de vestido e Chase a estava pagando por isso. O que mais ele poderia ter feito...?

— Bem, quando eu liguei para o Chase para agradecer pelo dinheiro e pela incumbência de fazer o seu vestido...

— Tecnicamente, fui eu que te dei a incumbência — interrompo, um pouco irritada. Só porque o Riquinho está pagando uma quantia exorbitante por um vestido, não significa que não fui eu quem a escolheu para fazê-lo, em primeiro lugar. Eu nunca deixaria outra pessoa que não minha melhor amiga criar meu vestido de noiva.

Kat retorce os lábios e inclina a cabeça para o lado. É sua expressão patenteada para "calma, amiga". Se Kat acha que você está sendo ridícula, ela faz isso: retorce a boca e inclina a cabeça. Se você diz algo que pode ofender uma de suas melhores amigas, lábios retorcidos e cabeça inclinada. Se você fica matraqueando e reclamando sem parar de alguma coisa sem importância, boca retorcida e cabeça inclinada.

— Desculpa — murmuro.

Ela estala a língua.

— Enfim — continua —, como eu estava dizendo, liguei para agradecer, ele perguntou como estava indo e o que eu estava esperando para avançar. Eu expliquei que estava esperando o tecido chegar da Itália. Ele me pediu as informações do vendedor, e hoje, dois dias depois, chegou. *Puf!* Mágica!

Ah, sei... Nada de *puf*, nada de mágica. Provavelmente circularam várias notas e doses extras de "Sim, senhor", se minha intuição estiver correta. Olho para Chase e ele me dá uma piscadela sexy. Caramba, esse homem tem um poder que vai muito além da sua conta bancária.

— Então, quem sabe amanhã eu posso trazer as amostras de tecido e os cristais que eu consegui — ela completa, feliz da vida.

— Não posso. Tenho diversão forçada em família com os Davis amanhã, em um brunch. Ah, bem que vocês podiam ir! — Aperto as mãos dela no instante em que Carson passa o braço em volta de seus ombros.

— Aonde a gente podia ir, bochecha doce?

Bochecha doce? Abafo uma risada e me viro para olhar para Ria.

— Bochecha doce? — ela fala em silêncio, apenas movendo os lábios, e eu faço que sim com a cabeça. Lembro de quando Chase tentou essa, mas pelo menos não foi na frente de outras pessoas.

— A Gigi está me contando que tem um brunch amanhã com a família do Chase. Nós não fomos convidados? — Ela parece estranhar, e eu fico preocupada. Não pretendia pôr nenhuma dúvida em sua cabeça. Eu e minha insegurança...

— Não sei. Eu não sabia também. Mas, seja como for, se você quiser nós vamos. — Carson sorri e Kat despenteia seu cabelo. O olhar dele não se desvia do rosto dela nem por um segundo. Ver duas pessoas que combinam tanto se apaixonarem é uma experiência maravilhosa.

— Vão, por favor! Eu fico devendo essa. Não quero ficar sozinha com ela — sussurro, esperando que Chase não escute.

— Com quem? A tia Colleen? — pergunta Carson, em tom de voz alto e ressonante.

Kat o cutuca com o cotovelo e eu olho para ela com gratidão quando ele geme e se cala.

— O que tem a minha mãe? — Chase me abraça por trás.

— Nada, eu só estava chamando o Carson e a Kat para irem ao brunch amanhã.

Espero que isso cale a boca grande de Carson. Tenho certeza de que mais tarde Kat vai repreendê-lo. É a nossa função como mulheres ensinar aos nossos homens a maneira certa de fazer fofoca. Você nunca entrega os seus melhores amigos. Nunca. Você assume a culpa antes de colocar um amigo numa situação comprometedora. Um homem bem treinado que está em um relacionamento sério precisa conhecer essas regras. Obviamente, Carson não teve muitos relacionamentos longos. Se tivesse, saberia ser mais discreto. Não sei se para Kat isso é bom ou ruim.

— Com certeza, a presença de vocês vai deixar a Gillian muito feliz. Ela ainda está pisando em ovos com a minha mãe — Chase responde, embora não pareça muito feliz com a opção.

— Está tudo bem, de verdade. Vocês não precisam... — tento contornar, antes que os ânimos se exaltem.

Carson dá de ombros.

— Tá bom então. Assim eu posso ter a minha bochecha doce só para mim. — Ele esfrega o nariz no dela, numa enjoativa demonstração de afeto.

Com isso, Maria segura meu braço e o de Kat e nos afasta da mesa, onde Bree e Phillip estão em clima de aconchego. A mão dele está sobre o joelho nu dela, subindo devagar pela coxa. Um garçom se aproxima com garrafas de champanhe e outro termina de colocar na mesa várias travessas de petiscos e antepastos.

— Vamos começar essa festa, *chicas*! — Maria exclama em voz alta.

O garçom enche quatro taças e entrega uma para cada uma de nós.

— *Gracias* — ela agradece.

Ele enche as outras quatro e entrega aos rapazes.

— Um brinde — diz ela.

— Ria, lembre onde estamos... — tento avisar. Os brindes dela são divertidos quando estamos só nós, mulheres. Mas normalmente são apimentados, com uma linguagem pitoresca ou palavrões. Às vezes ambos.

— Relaxa. Eu só quero parabenizar a Bree pelos seus vinte e seis anos. — Todos nós erguemos as taças. — Poucas pessoas nessa idade conquistaram tanta coisa. Ter o seu próprio estúdio de ioga, ser uma empresária, é coisa para a gente se orgulhar.

Todos concordam, Kat e eu ainda um pouco ressabiadas.

— Além disso, o corpo dela é *muy caliente*. Estou certa, Phillip? — Ela cutuca o braço dele, que sorri e move as sobrancelhas. — *Besos*, garota.

Todos nós gargalhamos, e Bree faz um sinal para Maria pedindo que ela se cale. Ergo minha taça.

— A você, Bree, linda! *Besos* — digo.

— Sim. A você, nossa luz do sol. *Besos!* — Kat conclui, e todos bebemos um gole.

— Agora vamos comer — Carson exclama.

Diante de nós estão vários pratos com petiscos de todo tipo e pequenos recipientes com patês e molhos. Pego um pastelzinho triangular e dou uma mordida. Sou presenteada com uma rica mistura de queijo e espinafre. Delicioso. Chase me explica que é uma iguaria do Mediterrâneo chamada *spanakopita*, uma espécie de massa folhada recheada. Um garçom se aproxima e nos serve um vinho encorpado, divino. Bree toma um gole e fecha os olhos, com a expressão deliciada, como se estivesse tendo um orgasmo. Eu conheço a sensação. Chase é um especialista em vinhos.

Olho na direção deles e vejo Phil encarando Bree novamente. Ele está enfeitiçado, coitado... O vestido que ela está usando e aquela expressão de enlevo enquanto umedece os lábios e sussurra baixinho me fazem sentir como se eu estivesse me intrometendo em um momento particular. Chase se inclina para sussurrar no meu ouvido, e sua respiração faz os pelos na minha nuca se arrepiarem, enquanto suas mãos deslizam pelas minhas costas.

— Então, o que acontece ali? Por que parece que o Phillip está com dor nas bolas? — ele pergunta.

Um riso rouco escapa da minha garganta, e Chase ri baixinho.

— Provavelmente porque eles ainda não transaram — respondo.

— O quê?! — ele praticamente grita, e todos à mesa olham para nós. Sinto que meu rosto está vermelho.

— Foi mau, gente. Eu estava perguntando uma coisa e o Chase não conseguia me ouvir.

Pelo jeito Chase também precisa de treinamento na administração de fofocas. Se bem que, longe de ficar chateada, estou contente que ele não tenha tido um relacionamento longo com uma mulher que tivesse lhe ensinado essas sutilezas. Vai ser incumbência da esposa dele fazer isso.

Quando todos começam a socializar e a comer, me inclino para ele.

— Tente se conter. Eles ainda não transaram.

Chase olha para os dois, provavelmente tentando encontrar uma razão que justifique algo tão estapafúrdio.

— Por quê? Ele tem algum problema?

Balanço a cabeça.

— O problema é com ela? — Ele arqueia as sobrancelhas.

— Não, nada disso. Ele só está meio inseguro depois que a Angela morreu. Quer ir com calma.

— Ah, sei. Mas parece que esse celibato voluntário vai acabar hoje. Ele não consegue tirar as mãos de cima dela, e vice-versa — diz, com um sorriso maroto.

Sorrio e observo dois dos meus melhores amigos se apaixonarem. É muito fofo e eu não poderia me sentir mais contente. Os dois merecem ser felizes, e eu acredito mesmo que eles combinam.

— Que cara é essa? — Chase pergunta.

— Como assim?

— Você estava olhando para eles com um sorriso mais brilhante que o sol.

Respirando fundo e bebendo um gole de vinho, olho novamente para Bree e Phillip. Eles estão bem próximos, a mão dele no ombro dela, segurando-a perto de si, ela fazendo questão de tocá-lo das maneiras mais simples.

— Eu quero que dê certo. Eles merecem.

— Eu acho que vai dar — Chase comenta. — Eles combinam.

Eu me viro e olho para ele.

— Sr. Davis, isso foi muito romântico da sua parte — provoco, sabendo que ele não costuma opinar sobre assuntos do coração, a menos que envolva o meu, é claro.

— Ultimamente, admito que venho me sentindo mais inclinado para o lado meloso. — Ele chega perto de mim e mordisca meu lábio inferior. Chase adora enterrar os dentes em mim, não importa onde. Não que eu esteja reclamando.

Maria escuta a palavra "meloso" e ataca.

— Por falar em *meloso*, e a "bochecha doce" do nosso gato? — Ela aponta para Kat.

Com o rosto vermelho, Kat joga o guardanapo nela.

— Para com isso, tá? — resmunga, do outro lado da mesa.

— O que foi que eu perdi? — Bree pergunta.

— Ah, é que o Carson aqui chama a nossa amiga de "bochecha doce". E elas estão bem coradas neste exato momento. — Dou risada.

Carson olha para ela e em seguida para nós.

— Não era a essas bochechas que eu estava me referindo quando dei o apelido.

Eu não achava possível o rosto de Kat ficar mais vermelho ainda, mas é o que acontece. Todos em volta da mesa caem na risada. Até Chase dá uma gargalhada, deixando de lado seu jeito mais conservador.

— Vocês são terríveis, isso sim — Kat se queixa e toma um grande gole de vinho.

O restante do jantar transcorre com mais vinho e uma exorbitante quantidade de pratos. Quando a sobremesa é servida, nós todos cantamos uma versão ébria de "Parabéns a você", embora Maria cante "feliz cumpleaños", repetindo a canção inteira em espanhol, só por diversão.

Depois da sobremesa o garçom serve um drinque digestivo, o que é desnecessário, pois estamos todos bem altos a essa altura. Chase providenciou carros e motoristas para todos, sabendo que nossos amigos tinham vindo de táxi. Esse meu noivo pensa em tudo. Não esquece um detalhe.

Bree abre os presentes. Além da estátua, que eu não sabia exatamente como entregar a ela, presenteio minha amiga com o livro *Comer, rezar, amar* de capa dura e um DVD do filme estrelado por Julia Roberts. Nós quatro somos fãs de carteirinha de Julia. Já assistimos a *Uma linda mulher* tantas vezes que perdemos a conta, mas só admitimos isso sob tortura, porque garotas descoladas não ligam para essas baboseiras de comédia romântica.

Bree abraça todo mundo e agradece a Chase pelo jantar. Ele se levanta e vai até uma área fechada por um biombo em estilo asiático, na parede oposta à da porta usada pelos garçons. Durante toda a noite, ninguém passou perto dali. Chase abre o painel e entra na área mergulhada na penumbra.

— Podem trazer, rapazes — diz ele.

De trás do biombo, aparece uma dupla de homens usando macacões azul-marinho. Eles estão manobrando a estátua, coberta por um pano, apertando botões em uma espécie de miniempilhadeira mecânica. Seja o que for essa geringonça, ela está trazendo a pesada estátua para a sala. Todos olham atentamente, curiosos para saber o que há debaixo do pano.

— Bree, feliz aniversário de nós dois, Gillian e eu. — Ele me enlaça pela cintura e me puxa para o seu lado.

Ela dá alguns passos à frente e, um tanto receosa, puxa o pano, que desliza para o chão com um floreio, revelando a ornamentada estátua de Buda em pedra calcária.

— Caraca! — ela exclama, sem fôlego. Sua mão está trêmula quando a estende para a estátua, quase como se estivesse com medo de tocá-la.

— Ela não morde e é bem sólida. É de pedra. — Dou uma risadinha e me apoio em Chase enquanto ela admira o presente.

Lágrimas escorrem pelo seu rosto conforme ela assimila a situação.

— O que foi? Não gostou do presente? — Chase pergunta, colocando a mão no ombro de Bree.

Ela enterra o rosto em seu peito e ele a abraça. Os dois ficam abraçados por alguns segundos, e Chase parece preocupado. Eu mesma estou prestes a chorar também ao ver a conexão de minha melhor amiga com meu noivo. Ela gosta muito dele. E as lágrimas são de emoção e alegria, só que Chase não está acostumado a consolar uma mulher em prantos que não seja eu. Seus ombros estão tensos, e os movimentos de sua mão no braço dela são desajeitados.

Então Bree se afasta e Chase parece aliviado ao me puxar novamente para perto dele. Eu vou de boa vontade, não por ele, mas por mim mesma, pois adoro senti-lo colado a mim.

— Obrigada, gente... É o presente mais lindo que eu já ganhei. E a mensagem é alta e clara. — Ela funga e enxuga os olhos, agora com Phillip a seu lado, abraçando-a.

— Como assim? Que mensagem? — pergunto.

— Estão vendo a mão dele para cima? — Nós dois assentimos com a cabeça. — Essa posição se chama *abhaya mudra*. É um gesto que significa bênção, tranquilização e proteção. Literalmente, o sentido é "Não tema".

X

Olha só aquele lixo com as mãos na minha garota no meio de um restaurante. Que ser humano depravado. Tão tarado que não consegue tratá-la como a linda mulher que ela é. E ela é linda pra cacete... Esse vestido cobre suas curvas como uma segunda pele, e o preto contrasta com perfeição com os cabelos avermelhados e a pele clara. Ela é perfeita. Uma princesa. E é como uma princesa que ela vai voltar a ser tratada, quando eu finalmente a tiver em meus braços, debaixo de mim e na minha cama. E então eu nunca mais vou deixá-la partir.

— Mais um drinque, senhor? — A garçonete para na minha frente, bloqueando minha visão da festinha particular.

Pedi para sentar perto da ala onde a festa acontece, para ter uma boa visão através de uma das vidraças próximas à entrada. Ao mesmo tempo, dei um jeito de ficar suficientemente afastado e na sombra, para evitar que Gillian me visse, caso contrário eu teria de abrir o jogo mais cedo que o planejado.

Eu nunca faço nada por impulso. Até para matar meus pais foram meses de preparação. O único plano que não funcionou conforme o esperado foi Gillian. Ela é uma fenda na minha armadura, mas não vai ser mais. Minha incapacidade de controlá-la são águas passadas. Quando eu a tiver de volta, ela vai se lembrar do seu lugar. Nem que eu tenha que passar meses machucando-a, fazendo Gillian sucumbir, mais cedo ou mais tarde ela vai se render. Possuir a mente de Gillian é tão importante quanto possuir o seu corpo, e eu sou um homem paciente.

Quando apoio as mãos na toalha de mesa branca, a garçonete abafa uma exclamação de surpresa.

— Senhor, está sangrando! O senhor se machucou?

Olho para baixo, aturdido, e percebo que ela está certa. Gotas de sangue vermelho-vivo pingam do centro da palma da minha mão e se alastram no refinado tecido de linho branco, deixando uma mancha escarlate. Assim como sangra o meu coração. Muito apropriado. Aparentemente, enquanto eu observava Chase esfregar as mãos pegajosas na minha garota, apertei a faca de carne com tanta força que me cortei. Que ótimo. Talvez eu até precise levar pontos.

— Não é nada. Me traga a conta.

A garçonete me encara com os olhos arregalados e a boca aberta, claramente preocupada, sem saber o que fazer ou dizer. *Retardada.*

— A conta. Agora! — rosno por entre os dentes, mantendo o tom de voz o mais baixo possível, embora com convicção e intensidade suficientes para fazer a garota se afastar correndo.

O idiota ricaço não consegue nem contratar gente competente. A comida também estava medíocre. Já comi coisa muito melhor, e pelo preço essa porcaria deveria ter sabor de ouro derretido.

Vejo que a festa atingiu o ápice. O pessoal trouxe uma espécie de estátua gigante em uma engenhoca. O filho da puta que esbanje seu dinheiro para agradar quem ele quiser. Obviamente ele não conhece a minha garota como pensa que conhece. Ela foi minha primeiro, e eu não tinha um centésimo da grana que esse babaca tem. Eu me pergunto que preço um homem precisa pagar para ter essa cara presunçosa. Não importa. Tenho planos para Chase. Se ele pensa que pode trancafiar a minha princesa na torre dele, está redondamente enganado.

Nesse meio-tempo, entretanto, eu observo o ex dela, Phillip. O cara que está constantemente rondando. É como um caralho numa caixa de vidro — usado somente em caso de emergência. Sim, ele bem que gostaria de tê-la de volta. Quem não gostaria? Está evidente na carinha bonita do rapaz. Ah, ele finge muito bem que está a fim da amiga. Bree... Essa vai ser a mais fácil de pegar. É dona do próprio negócio, fica sozinha até tarde toda noite para fechar o estúdio antes de ir para casa. É sopa no mel, mas eu vou poupá-la para quando a colheita estiver ruim. Phillip, porém, está prestes a fazer uma nova amizade. Em vez de perseguir minha garota, vou ficar no rastro dele, à espera do momento perfeito para dar o bote.

Penso no cilindro de metal pronto na minha casa.

Vai ser a glória vê-lo voar pelos ares.

5

GILLIAN

*O sol da manhã se infiltra pela fresta entre as cortinas. O feixe bri*lhante incide diretamente sobre meus olhos, me acordando. Um braço pesado me mantém imobilizada no lugar quando tento escapar da claridade. Em vez de me virar, me aninho ao corpo quente colado ao meu. Meu rosto está encostado no peito másculo, nu e aquecido. Humm... O cheiro dele é inebriante e parece estar ligado diretamente ao meu centro do prazer por um caminho invisível. Chase é meu arranhador particular, onde eu passo as unhas sobre os peitorais, onde eu enterro o nariz para esfregar, fungar e cheirar, enquanto os músculos de seus braços enrijecem e os quadris arqueiam. Me lembra aqueles brinquedos de bebê, que você aperta de um lado e aparece a cabeça de um leão; gira outro botão e um macaco sai da caixinha. Arranho Chase Davis e o pau dele levanta. Na verdade é uma brincadeira divertida ver o membro do meu amado crescer e endurecer ao meu toque... É inebriante e arrebatador.

Sem empurrar Chase nem mudar de posição, seguro firmemente seu pau e sou recompensada com um gemido baixo e rouco. Do tipo produzido por um homem cuja voz está engrossada de sono. Com um dedo, traço o caminho da base até a ponta, apreciando a suavidade aveludada. Possivelmente é a coisa mais gostosa que já toquei. Afastando as cobertas, fico alguns minutos admirando a masculinidade de Chase.

Ele ainda dorme, mas tenho certeza de que vai estar acordado em breve. Foram necessários alguns meses para Chase se acostumar a dividir a cama comigo. Antes de mim ele não dormia fora de casa e, para meu imenso alívio, nunca levou uma mulher para o que agora é a *nossa* cobertura. No começo era frequente ele ter pesadelos ou dormir mal. Agora que me mudei para cá e passamos a dividir a cama, ele diz que dorme melhor do que nunca. Contanto que eu esteja perto dele e que ele possa me tocar, tudo bem. Se eu me levanto durante a noite para ir ao banheiro, quando volto geralmente o encontro acordado, já afastando o edredom para me receber de volta em seus braços.

Ele diz que eu faço barulho quando me levanto e que ele tem o sono leve, mas eu conheço seu segredo. Ele percebe quando não estou na cama, assim como eu percebo quando ele não está. Nos raros dias em que ele consegue se levantar sem que eu acorde, ele me dá um beijo na testa antes de ir para o trabalho, sabendo que não gosto de acordar e não vê-lo ali. Normalmente sinto o hálito de hortelã no meu rosto nessas manhãs, com um "até mais tarde, meu amor" murmurado contra o meu cabelo. Chase nunca diz "tchau". Na verdade nós não conversamos a respeito disso, mas suspeito de que tenha algo a ver com a criação dele. Deve ter algum significado. Faço uma anotação mental para perguntar sobre isso no momento oportuno.

Por enquanto, este deus alto, forte e bronzeado é meu, para meu deleite. É domingo e não precisamos chegar antes das onze na mansão dos Davis para o brunch. Uma rápida olhada no relógio indica que ainda são seis da manhã. Tempo bastante para me esbaldar com meu homem sem perder o apetite.

Devagar, eu me sento sobre as coxas fortes de Chase, apreciando o modo como seu pau parece se mover na minha direção, como se soubesse por instinto que estou perto. Eu me debruço sobre a virilha dele em silêncio, não querendo acordá-lo antes de poder contemplar à vontade o que é meu. O rosto de Chase adormecido é suave, angelical. Todas as linhas de tensão em torno da boca e dos olhos desaparecem quando ele está em repouso. Meu Super-Homem tão forte está mais para Clark Kent na quietude da manhã.

Um dos braços dele está ao lado do corpo, o outro dobrado acima da cabeça, a mão frouxamente fechada. Mesmo no sono, os tendões e os músculos vigorosos dos antebraços revelam sua força e capacidade. Admiro os ombros fortes e o tórax mais perfeito que já vi na vida. Não é somente largo e sólido, e ao mesmo tempo macio, recoberto de pelos escuros na medida certa; é também um refúgio, um abrigo, um porto seguro. Quando deito a cabeça no peito de Chase, me sinto em casa. Segura, aconchegada no calor dos braços dele. É assim que eu adormeço todas as noites e vou continuar adormecendo pelo resto da vida, sem medo do que possa acontecer comigo, porque sei que Chase vai me proteger. Não preciso mais me preocupar e ter medo de ser atacada durante o sono por um homem que eu acreditava amar. Nos braços de Chase eu me sinto acarinhada e confortada, sabendo que só eu posso ficar ali.

Meu olhar passa pelo abdome rijo e pousa no pau atraente. Escorrego mais para baixo sobre as pernas dele a fim de ficar mais perto daquela parte do seu corpo. Na minha experiência, que não é muito vasta, pênis são tudo menos bonitos. Mas em Chase cada centímetro é apetitosamente lindo. É um membro de cor rosada e sem pelos em sua extensão, apenas uma trilha de pelinhos ondulados ao redor da base. Eu não sei o que ele faz, ou se faz alguma coisa, mas parecem até penteadinhos.

A masculinidade de Chase é colossal, quase tão larga quanto o meu pulso e bem maior que a média em comprimento. Ele não tem aquele pau horroroso e pornográfico de tão enorme, mas é o mais impressionante que eu já vi, tanto em tamanho quanto em estética. Porém a parte de Chase que faz meu corpo tremer, meu coração acelerar e meu sexo latejar são as covinhas que ele tem nos ossos do quadril, uma de cada lado. Caramba, essas covinhas bem ali, entre a pélvis e o quadril, me torturam. Elas me levam de zero a mil em um milissegundo. Mesmo quando estou tentando ser sorrateira, não consigo deixar de abaixar a cabeça e lamber as charmosas depressões. É difícil reprimir um gemido alto e a palavra "meu" que anseia por rasgar minha garganta e meter medo no coração de qualquer mulher num raio de um quilômetro de distância do meu homem.

Inclinando-me mais, seguro os quadris de Chase e passo a língua em cada um dos entalhes perfeitos em sua pele. O sabor másculo e salgado me seduz, mas não é suficiente... preciso de mais. Sempre preciso de mais. Enterrando os dentes na pele tenra, lambo e sugo até minha língua doer. Então, sinto as mãos de Chase no meu cabelo. Quando levanto a cabeça, vejo que deixei uma marca vermelha de chupão do tamanho de um morango na pele dele.

— Marcando o seu território? — O timbre grave da voz de Chase atravessa o meu tesão.

Quando olho para cima, tudo o que vejo é o céu. O quarto está bem mais claro e os olhos de Chase estão diretamente no feixe de luz do sol que entra pela abertura das cortinas.

— Sim — admito, sem um pingo de vergonha.

— Por quê? — Não há malícia em sua voz, nem irritação. Apenas curiosidade.

— Porque eu quero. Porque eu posso.

Pelo jeito, foi a resposta perfeita. Os olhos dele escurecem conforme as pupilas dilatam e ele inala o ar, apertando minha cabeça com os dedos.

— Vem cá — resmunga.

Balanço a cabeça.

— Ainda não acabei.

Ele respira fundo.

— Agora — retruca em tom de comando, pressionando as mãos na minha cabeça para que eu suba até ele. A simples sensação de desconforto na raiz dos cabelos já é suficiente para me excitar ainda mais. Chase sabe exatamente como e onde exercer o controle.

— Não — respondo com igual convicção, antes de abocanhar a ponta alargada do pau dele e começar a chupar... com vigor.

— Ahh... nossa — ele sibila por entre os dentes.

Sorrindo em volta do membro, eu o enterro na boca o mais fundo que consigo. Querendo prolongar a experiência para ele, deixo-o escorregar para fora da boca e cair sobre o abdome. Antes que Chase possa reclamar, arrasto a língua da base até a fenda na ponta. Ele geme e ergue um pouco o quadril. Sei que ele quer se encaixar na minha boca, mas quero deixá-lo atordoado de tesão, com uma necessidade urgente de que eu o satisfaça. Assim como sinto necessidade dele, quero que ele sinta necessidade de mim, seja para satisfazê-lo com a boca ou com a boceta. Ele pode escolher uma das duas, mas vai ter que pedir.

— Você gosta disso, baby? Da minha boca no seu pau? — pergunto, quase simulando inocência, circulando a ponta com a língua.

— Caramba, sim! Continue...

Sorrio e me deleito com a sensação poderosa de saber que o estou deixando louco de tesão. Ele levanta o tronco, flexionando os músculos abdominais enquanto se apoia nos cotovelos para poder olhar. Com uma das mãos, segura minha nuca por baixo do cabelo, tentando me puxar para mais perto, assumir o controle. Pois bem, ele não vai conseguir. Não enquanto não pedir.

Enterro os dedos nos dois lados do quadril dele, coloco a boca sobre a cabeça larga do membro e, centímetro por centímetro, afundo sobre ele, até senti-lo na garganta. Propositalmente, evito passar a língua pela superfície, para torturá-lo um pouco mais. Uma fina camada de suor se acumula nas depressões dos ossos do quadril. A visão tem o efeito de me deixar imediatamente molhada. Posso sentir uma substância líquida se empoçando nas dobras do meu sexo enquanto chupo o pau de Chase. Nunca fiquei excitada a esse ponto ao proporcionar prazer a um homem.

Ele se senta mais reto, estica o braço e passa os dedos entre minhas pernas.

— Caramba, baby... você está tão molhadinha. Vire que eu quero chupar essa sua boceta doce.

As palavras dele destroem todos os planos de fazê-lo pedir. A essa altura quem vai implorar sou eu, se ele não me tocar. Sem questionar e tendo perdido toda a determinação, giro sobre os joelhos enquanto ele se deita. Antes que eu tenha tempo de levantar uma perna para me encaixar em cima de Chase, ele segura meus quadris com as mãos grandes e fortes e me ergue, colocando minha virilha diretamente sobre seu rosto. Os travesseiros ajudam a formar o ângulo perfeito, e, antes mesmo que eu me concentre no pau ereto, ele abre a boca no centro entre minhas pernas e sua língua acerta o alvo com precisão.

Grito de prazer com a rapidez com que Chase consegue me levar à beira do orgasmo, com apenas alguns movimentos da língua. Seus dedos hábeis afastam as pétalas do meu sexo, sem deixar nenhum espaço escondido de sua boca ávida. Ele está em toda parte, é como se estivesse me engolindo inteira. Posso sentir minha essência inundando meu sexo. Ele geme, sugando e sorvendo, sedento. Como uma rameira insaciável, eu me contorço contra o rosto dele, desesperada para alcançar o clímax. Chase se afasta e eu grito.

— Não! — Minha cabeça pende sobre o seu pau ereto. Um formigamento se alastra por cada centímetro do meu corpo, que parece equilibrado numa corda bamba, prestes a despencar.

— Me chupa, cacete — Chase ordena e enterra outra vez o rosto no meu sexo, sem muita delicadeza. Quando ele inverteu as posições, eu esqueci que ele estava prestes a gozar.

— Ah — murmuro e volto a me concentrar no que estava fazendo.

O corpo inteiro dele tensiona, sua língua me penetrando tão fundo que eu quase gozo na hora. Espasmos violentos sacodem meu corpo enquanto devoramos um ao outro com a boca, o mais fundo possível, nos unindo de maneira quase mais íntima que a penetração em si. Toda a área frontal do corpo dele está pressionada contra a minha. Sinto seu coração batendo rápido no peito, contra minha barriga. Ele segura minhas pernas afastadas enquanto me devora.

Conforme circulo a língua pela coroa inchada, ele encontra meu clitóris e usa o polegar para pressionar e rodear em círculos profundos, ao mesmo tempo em que o estimula com a língua. Sinto como se meu corpo estivesse se estilhaçando, como se fosse quebrar e explodir de prazer. Querendo retribuir o que Chase está me dando, continuo, tremendo e me contorcendo, enterrando os dedos nos quadris dele e apertando, recebendo e proporcionando uma trepada memorável. Com o pouco de resistência que ainda tenho, me afasto de Chase. Sua boca se solta de mim com um estalo molhado.

— Ah, não, não faça isso... — Ele segura minha bunda com força para me manter no lugar. — Essa boceta molhada é toda minha.

Um tremor se espalha por todos os meus membros. Se as palavras provocantes não bastassem, o momento em que Chase aperta os dentes sobre o botão inflamado e o pressiona era o que faltava. Deixo escapar um grito tão alto que poderia assustar alguém. Eu me sinto derreter, dissolver... O orgasmo me atinge como uma muralha de chamas, me queimando de dentro para fora. Movo os quadris furiosamente, incapaz até de me preocupar que possa estar machucando o rosto de Chase.

Conforme vou voltando à terra, sou presenteada com a ereção de Chase diante de mim. Umedeço os lábios e banho a coroa protuberante, beijando-a. Embaixo de mim a respiração dele está pesada, o ritmo vacilando a cada movimento da minha língua. Tiro vantagem disso e passeio a língua de baixo para cima por toda a extensão do membro monumental, molhando-o com saliva. Quando Chase começa a murmurar meu nome e a esfregar minhas coxas e minha bunda, eu o tomo em minha boca, passando a língua pela sensível parte de trás. Ele tem um sobressalto e se enfia mais para dentro da minha boca, chegando à entrada da garganta. Agora que já tive o que precisava, quero que ele implore.

Afastando-me, eu pergunto:

— O que você quer, baby? — Pincelo com a língua a porção de pele logo abaixo da cabeça.

Ele solta um gemido.

— Gillian, me chupa... agora — pede com a voz tensa.

Obedeço, alternando entre chupadas vagarosas e movimentos amplos da língua. Em pouco tempo isso não é mais suficiente, e ele arqueia os quadris na direção da minha boca. Justamente quando penso que estou no comando, Chase me penetra com dois dedos. Eu paro e deixo escapar um gemido. Ele ri, produzindo um som que pende para o sádico, do meu ponto de vista. Pois bem, ainda não. Ele não vai levar a melhor sobre mim. Pelo menos não pretendo deixar que isso aconteça.

Redobrando os esforços, enfio o pau dele na boca e chupo pra valer, encovando as bochechas e pressionando com a língua. Meus movimentos são firmes e rápidos, o que se reflete nos dedos dele dentro de mim. Mais uma vez sinto o tesão tomar conta do meu ser. Com a mão direita, levanto as bolas dele e acaricio a pele atrás.

— Caralho, baby. — Ele dá mais um empurrão para dentro da minha garganta, quase me asfixiando. — Desculpa, foi mais forte que eu... Eu preciso foder essa sua boca linda.

Ele está perdendo o controle, e eu, adorando cada segundo. Estendo a mão além das bolas e encontro o orifício apertado que se abre e fecha a cada sugada da minha boca em seu pau. Com um movimento rápido, molho o dedo e o coloco firmemente contra o ânus de Chase. Depois de uma forte arremetida do quadril dele, seguida por uma chupada profunda com a boca, empurro o dedo para dentro. Ele solta um gemido parecido com um uivo longo e abafado.

O suor deixa nossos corpos escorregadios enquanto chupo seu pau e o penetro por trás com o dedo. Um jorro de fluido pré-ejaculatório espirra na minha boca e eu engulo com sofreguidão. O quadril de Chase martela a minha boca com fúria, e eu tomo tudo o que ele oferece. Relaxando, deixo que a coroa alargada de seu membro passe pelo músculo no fundo da minha garganta, de modo que ele possa afundar na caverna apertada.

— Caramba, que foda, baby... Eu vou gozar — Chase balbucia por entre os dentes enquanto engulo a seiva dele e faço questão de deixar isso claro. Ele trinca os dentes, os tendões no pescoço estirados com o esforço.

Meu segundo orgasmo está na crista. Com a mão em seu pau, faço movimentos rápidos para cima e para baixo e em seguida passo a língua pelas bolas e pelo ânus dele, molhando mais um dedo com saliva. Quando volto a colocar o pau dele na boca, eu o levo até a garganta e introduzo o outro dedo em seu ânus, passando pelo músculo apertado do esfíncter.

— Caralho! — ele urra contra minhas coxas antes de me abocanhar e sugar meu clitóris com força.

O auge do orgasmo me atravessa ao mesmo tempo em que sou agraciada com jorros quentes de esperma descendo pela garganta. Eu sugo e engulo, me sentindo, eu também, envolta por uma gloriosa nuvem de prazer.

Algum tempo depois, uma hora talvez, não sei ao certo, estamos emaranhados, eu em cima de Chase, o pau semiereto encostado no rosto. A respiração dele é áspera contra a pele úmida entre minhas pernas. Devagar, eu me ergo e viro, e ele me puxa sobre seu peito. Afasto o cabelo, tentando recuperar o fôlego e voltar ao planeta Terra.

Chase levanta minha cabeça e me beija devagar, com doçura e determinação.

— Eu te amo loucamente.

Meu coração entra em órbita com essas palavras. Sorrio e o beijo de volta, me deliciando com a doçura dos lábios dele.

— Eu te amo mais...

O sorriso encantador de Chase é a imagem que vou carregar para sempre como lembrança deste momento. Ele vira meu rosto, examinando-o, e esfrega o polegar como se estivesse limpando alguma coisa.

— Você está com a minha porra no rosto. — Ele ri e me mostra o dedo.

Eu me movo com agilidade e lambo a substância salina do polegar dele, até ficar limpo. Ele me olha desconcertado e cheio de luxúria, os olhos adquirindo aquela perigosa tonalidade azul-escura.

— Isso foi um tesão. — Então me puxa para cima de seu peito e me beija profunda e demoradamente.

E assim começa o segundo round.

Horas depois, Chase e eu estamos a caminho da casa da mãe dele para o brunch. Ainda me sinto um pouco trêmula depois da maratona de sexo, enquanto aprecio a paisagem mudar de concreto, tijolo e vidro para árvores frondosas e mansões luxuosas, conforme a área urbana vai ficando para trás.

A rua que leva à mansão de tio Charles é margeada por postes de luz de ferro preto trabalhado, gramados impecáveis e casas cercadas por arbustos e roseiras. Eu detesto rosas. Uma coisa tão bela não deveria machucar tanto. Agora que meu assediador escolheu essas flores como cartão de visita, elas são a última coisa que eu quero ver, apesar de combinarem com meu estado de espírito ao ser obrigada a visitar a mãe de Chase.

O portão da mansão dos Davis fica no fim da rua. A casa está situada no alto de uma colina, como um castelo, com uma vista privilegiada dos arredores. Sem dúvida, é uma casa impressionante e chama a atenção. Charles, tio de Chase, é um bom homem. Abrigá-lo em sua casa quando a mãe de Chase estava no hospital, tantos anos atrás, e o pai na cadeia pela tentativa de assassinato da esposa, foi uma demonstração do profundo afeto que ele tem pelo sobrinho. Ter sido a principal figura paterna na infância de Chase também o coloca na categoria de pessoas queridas, por quem ter grande apreço.

Jack abre a porta do carro e nós saímos. Chase segura minha mão e me leva até os degraus da entrada. Um leve sorriso ilumina seu semblante. Adoro vê-lo feliz, descontraído. De brincadeira, cutuco o ombro dele com o meu e sou presenteada com o sorriso mais encantador do mundo, tão maravilhoso que chega a roubar o fôlego. Meu Deus, ele é lindo.

Em vez de bater, Chase entra como se fosse a sua casa. Eu imagino que, como ele cresceu neste lugar, realmente se sinta em casa.

Quando entramos no amplo vestíbulo, sou mais uma vez obrigada a me lembrar da vasta fortuna dos Davis. Uma escadaria dupla em curva, com belos quadros nas paredes, provavelmente todos originais, leva ao andar superior. Móveis antigos finíssimos, combinados com peças contemporâneas, ocupam os cômodos espaçosos. Tento imaginar quatro meninos e uma menina correndo por aquelas salas e corredores. É tudo suntuoso demais para ser liberado para crianças.

— A casa já era assim quando vocês eram pequenos? — pergunto a Chase enquanto ele me conduz até a parte dos fundos da casa, uma ala que eu ainda não conhecia.

— Não. Depois que crescemos a minha mãe redecorou tudo. Minha tia deixou bastante adequada para os quatro filhos dela antes de morrer. Quando nós éramos adolescentes e a minha mãe se recuperou completamente, ela assumiu o projeto de redecoração. A essa altura a minha tia já tinha falecido.

Isso explica a atmosfera um tanto pesada no interior da casa. Combina com a mulher que a decorou. Não posso imaginar como deve ser crescer numa casa onde você tem medo de se sentar no sofá. Minha mãe sempre foi fã de peças confortáveis e estofados felpudos. Esse pensamento me lembra de que preciso colocar um pouco de mim na cobertura e desempacotar algumas caixas da mudança.

— Quando eu vou poder redecorar a cobertura?

Chase para, gira sobre um pé e me beija. Sua mão se enterra no meu cabelo conforme ele aprofunda o beijo. Quando estamos ambos sem fôlego, ele se afasta e encosta a testa na minha.

— Por que isso? — Não que eu ache ruim, mas o timing foi estranho.

— Baby, eu adoro quando você dá a entender que é permanente na minha vida. Pode fazer o que quiser na cobertura, só não exagere.

Ele pega minha mão e eu o sigo ao longo dos amplos e extensos corredores. Eu me sinto um rato num labirinto, ou como se estivesse brincando de siga o mestre.

— Eu jamais gastaria uma fortuna. — A ideia de que ele se preocupe com isso me intriga. — Além do mais, eu tenho o meu dinheiro. Eu trabalho.

— Ah, você é muito fofa. — Chase ri, e dessa vez eu paro e o faço parar também.

Franzo as sobrancelhas e apoio a mão no quadril.

— Não estou entendendo.

Ele respira fundo e sorri.

— Baby, assim que nos casarmos, vamos comprar coisas para a casa ou até construir outra. Um lugar nosso, que tenha a nossa cara. Ontem, quando você falou em ter filhos meus — ele segura minha mão —, eu só consegui pensar no seu corpo lindo com uma barrigona, gerando o meu filho. O meu bebê crescendo dentro de você. — Ele balança a cabeça e me olha nos olhos. — Nossa, você vai ficar muito sexy...

Não era nada disso que eu estava esperando. Agora ele quer um lar e bebês?

— Quem é você e o que fez com o meu noivo? O workaholic, senhor do seu império, deus do sexo... aquele homem... para onde ele foi?

Com a velocidade da luz, Chase me puxa para si e cruza as mãos atrás das minhas costas, logo acima do bumbum.

— Eu sou tudo isso, mas também quero ter um lar. Um lugar para onde a gente possa voltar depois de uma viagem, depois de um dia longo de trabalho. Vamos criar os nossos filhos lá, quando decidirmos ter filhos. — O maxilar dele enrijece, e, quando continua a falar, sua voz soa incerta. — Não é isso que você quer?

Não vacilo para responder.

— Isso é tudo que eu quero, Chase. E quero que seja com você... — Minha voz fica embargada de emoção.

— Eu sei, baby, eu sei.

E sabe mesmo. Ele está bem ali comigo, aprendendo isso. Descobrindo que é bacana ter o sonho americano. Uma casa, uma cerca de madeira, dois ou três filhos. Até mesmo os senhores do seu próprio universo querem um lar e uma família.

— Vamos. A minha mãe está esperando e ela fica brava quando as pessoas se atrasam.

Isso me lembra alguém que conheço. Tentando não revirar os olhos, sigo meio passo atrás dele, de mãos dadas. Chase e eu estamos nos encaminhando rumo ao nosso futuro, e nada vai arruinar este momento.

6

GILLIAN

Cara... como eu estava enganada. No instante em que entramos no "solário", somos recebidos por uma Colleen Davis bastante mal-humorada.

— Mãe! — Chase exclama, jovial, andando na direção dela.

Ela está sentada numa poltrona de espaldar alto revestida com um tecido de listras verticais brancas e douradas que lembra uma tenda de circo. Eu teria medo de me sentar naquilo, quanto mais beber uma xícara de café ali. Imagine se deixo cair uma gota naquele estofado.

— Meu querido. — Ela sorri e afaga o rosto de Chase quando ele se inclina para beijá-la na testa.

— Boa tarde, sra. Davis — digo, sem jeito, ainda parada perto da porta, onde Chase me deixou para ir cumprimentá-la.

O olhar dela encontra o meu e sua expressão fica séria, os lábios apertados numa linha fina. Em seguida ela volta a atenção para Chase.

— Então você ainda está namorando essa moça?

Chase dá um sorriso largo, vem até mim e estende a mão.

— Ah, sim. E vou continuar por muito tempo, para o resto da vida — ele diz, orgulhoso, passando um braço sobre meus ombros e me puxando para perto. Chase beija rapidamente o meu cabelo. A mãe me olha com uma carranca tão sisuda que por um momento fico com medo de me transformar numa estátua de sal. — Nós vamos nos casar — ele anuncia, todo feliz. Talvez seja o máximo de emoção que já o vi demonstrar na frente de outras pessoas. Normalmente ele é mais reservado.

— Isso é alguma brincadeira? — ela pergunta, claramente surpresa.

— Não, mãe. A Gillian aceitou se casar comigo.

A confiança de sua declaração derrete meu coração, e eu não posso deixar de me sentir flutuar nas nuvens. Ele me abraça apertado e me leva até o sofá em frente à poltrona onde a mãe está. Por alguns segundos eu me permito observar a sala. Toda a parede da direita e uma boa parte do teto são de vidro, proporcionando uma vista privilegiada. A propriedade dos Davis é extensa, bem maior do que eu me lembrava de quando estive aqui, na festa de aniversário do tio de Chase.

— Quando? — a mãe dele pergunta, trazendo minha atenção da bela paisagem de volta para sua cara azeda.

É evidente que a notícia não foi bem recebida. Se não estivéssemos presentes, era bem possível que ela atirasse a xícara de chá do outro lado da sala. Por um instante eu imagino como seria vê-la perder o controle.

Começo a responder, porém Chase é mais rápido.

— Em breve.

Ele segura meu braço e me puxa para perto, com um largo sorriso no rosto. À luz do meio-dia, Chase parece entusiasmado e em paz. Isso me anima e me deixa contente, saber que sou eu o motivo desse sorriso.

Colleen retorce os lábios, tentando em vão esconder a cara feia.

— Mas vocês namoram há tão pouco tempo. Não acha que é cedo para pensar em casamento? — Ela acrescenta "meu querido" para suavizar.

Chase finalmente compreende que a mãe não está nem um pouco satisfeita com a notícia.

— Mãe, a Gillian e eu estamos apaixonados. Não temos motivo para esperar.

— E eu aposto que ela quer se casar o quanto antes, não é, minha querida? — O tom de voz dela é mordaz e disposto a alfinetar.

— Não, não é! — respondo, querendo desesperadamente esclarecer que o prazo de seis semanas foi decisão de Chase, não minha.

— Mãe, pare com isso. Na verdade, a Gillian queria esperar um ano. Eu é que quero me casar logo. Nós marcamos a data para daqui a seis semanas.

A sra. Davis abafa uma exclamação, levando a mão à boca.

— Você não pode estar falando sério, Chase. Você mal conhece essa moça.

— Eu sei o que quero. A Gillian e eu vamos nos casar, e eu preferiria que a senhora não desse mais a sua opinião... — ele baixa o tom de voz — ... a menos que seja para parabenizar o seu filho e desejar à noiva dele boas-vindas à nossa família.

As palavras são ditas com um "foda-se" implícito, sem nem ser necessário fazer esforço para isso. Eu não poderia estar mais orgulhosa de Chase por me apoiar de maneira incondicional, ainda mais diante da mãe. Para mim permanece um mistério o motivo pelo qual ela não gosta de mim. Eu mal troquei meia dúzia de palavras com essa mulher desde que a conheci, há alguns meses, no evento beneficente.

Assim como um camaleão muda de cor, a postura dela se abranda.

— Me perdoe, querido. Minha única preocupação é com você e a sua felicidade. Sempre foi. — A voz dela fica embargada e falha enquanto ele estende uma das mãos. Chase se aproxima dela e se ajoelha. Eu odeio esse controle que ela tem sobre as emoções dele. Refreando uma resposta, observo enquanto ela segura o rosto de Chase entre as mãos. — Meu menino querido, se é isso que você quer, então que seja.

O sorriso dele volta a iluminar a sala mais uma vez. Os lábios da mãe se curvam com ternura e ela se vira para mim.

— Bem-vinda à família, querida. Parece que temos um casamento para organizar.

Chase se levanta e bate palmas.

— Sim, com certeza! A minha mãe é uma excelente organizadora de eventos. Vocês duas trabalhando juntas vai ser a maneira perfeita de se tornarem amigas.

Eu tenho certeza de que meus olhos vão saltar das órbitas. Essa é provavelmente a última coisa que eu quero neste mundo. Porém, em vez de jogar um balde de água fria no entusiasmo de Chase, sorrio e aceno com a cabeça, incapaz de fazer qualquer outra coisa.

A porta atrás de mim se abre e o tio Charles entra na sala.

— Perdi o chá? Tive que resolver uns assuntos de trabalho e me atrasei.

Chase estende a mão e cumprimenta o tio.

— Eu estava agora mesmo contando à minha mãe que pedi a Gillian em casamento e ela aceitou.

— Muito bem, rapaz! — O tio dá um tapinha nas costas dele e o abraça afetuosamente. — Esqueça o chá, essa notícia merece champanhe!

A alegria do tio é contagiante, e finalmente sinto se esvair um pouco a tensão acumulada que estou segurando desde que entrei ali.

— Concordo! — exclamo, quando tio Charles me faz levantar do sofá e me dá um forte abraço.

— Você vai ser uma noiva maravilhosa, e muito bem-vinda à família Davis, querida.

Ele sorri e me beija nos dois lados do rosto. Charles Davis é um homem no mínimo admirável. O cabelo grisalho é penteado para trás, no estilo típico do homem de negócios, contribuindo para a aparência elegante. O terno cinza-escuro que veste sua compleição sólida e saudável provavelmente custou mais que o meu carro, mas combina com ele. Apesar de parecer pretensioso e inacessível, seu olhar acolhedor e o sorriso fácil desfazem essa impressão.

— Obrigada.

Vou até Chase, que me puxa para o seu lado. Inalar o perfume cítrico amadeirado acalma meus nervos. Depois que aceitei o pedido de casamento, esta é a ocasião em que o vejo mais feliz, e não quero estragar o momento deixando transparecer quanto a mãe dele me faz desconfortável.

— Charles, Chase, por que não vão buscar o champanhe e charutos para vocês e me deixam um pouco a sós com a minha futura nora, para uma conversa de mulher para mulher? — Os lábios dela se curvam num sorriso forçado que é tudo menos simpático.

— Boa ideia, mãe.

Chase me beija rapidamente, mas eu abraço o pescoço dele e aprofundo o beijo. Ele inclina o pescoço para o lado, retribuindo, e então se afasta.

— Eu volto já, baby — sussurra e me dá um selinho.

— Não demore — digo, esperando incutir apreensão no meu tom de voz sem deixar explícito que não quero ficar sozinha com a mãe dele.

— Pronto, já está bom. Chase, querido, o champanhe? — O pedido dela é carregado de irritação.

Os dois homens saem da sala, e eu ficou olhando para Chase até ele sumir de vista.

— Você trabalha rápido, não é? — ela diz, o nariz franzido como um cão rosnando.

Eu não vou mais tolerar isso.

— Qual é o seu problema comigo?

Ela solta um suspiro impaciente e leva ao lábio um dedo com a unha esmaltada de vermelho.

— Só estou tentando descobrir qual é a sua. Eu investiguei você.

— E o que a senhora descobriu para não gostar de mim, mesmo sem me conhecer?

— Eu não preciso de um atestado de antecedentes para saber que você é uma mulher estragada.

Eu me retraio intimamente. Uma onda de calor me atravessa, deixando meu corpo inteiro tenso e as mãos úmidas. Chase prometeu que não comentaria com ninguém sobre o meu passado. Mas desconfio de que ela pode estar jogando com as minhas inseguranças, então respiro fundo.

— Acho que não entendi.

— Eu sei que você não teve um passado dos mais brilhantes. A ordem de restrição que você solicitou contra um homem alguns anos atrás é suficiente para eu saber que você teve problemas.

Contraio o maxilar quando ela sorri, maldosa.

— Você é pobre, mas tem instrução. E provavelmente faz o seu melhor trabalho na cama, já que é diretora na fundação do meu filho.

— Tudo verdade — respondo e ela sorri, satisfeita. — Menos a parte de ter ido para a cama com alguém para subir na carreira. Eu não quero o dinheiro do Chase. Nunca quis. Estou mais do que disposta a assinar um acordo pré-nupcial, se ele quiser.

— Ah, ele vai querer. Eu vou me certificar disso. — Os lábios dela se retorcem outra vez numa careta. — Você não vai receber um centavo se magoar o meu filho, moça.

Magoar o filho dela... É isso que ela acha que eu vou fazer? É essa a ideia doentia e deturpada dela de advertência maternal?

— Boa sorte, então. O Chase já decidiu que não vai ter acordo pré-nupcial, mas, se a senhora conseguir convencê-lo, eu assino. E não tenho intenção nem vontade nenhuma de magoar o Chase. Eu amo o seu filho, sra. Davis. Muito.

— Sei... A última ruiva bonitinha que disse isso o traiu. Ele ficou arrasado durante meses, mais de um ano. Só recentemente voltou a ter alegria. — Ela tenta continuar, mas eu a interrompo.

— E a que a senhora acha que se deve essa alegria?

Ela retribui meu olhar com expressão fria.

— A mim. — Aponto para o meu peito. — Ao nosso amor, ao nosso relacionamento. Os últimos meses foram um caminho árduo, mas nós descobrimos uma coisa que não pode ser negada. — As lágrimas marejam meus olhos, e uma delas desliza pelo meu rosto. — É uma coisa verdadeira, e eu prometo à senhora, sobre o túmulo da minha mãe, que vou fazer qualquer coisa que esteja ao meu alcance para que o Chase seja feliz. — Enxugo as lágrimas e tento ficar calma.

— Veremos. Apenas fique sabendo, moça, que eu vou estar de olho em você. Não existe neste mundo uma mulher boa o suficiente para o meu filho. — Ela me olha de cima a baixo com uma carranca. — Muito menos uma mulher estragada que veio da periferia. — Seu tom é desdenhoso e ferino. Eu me dou conta de que jamais vou levar a melhor com essa mulher.

— Que bom, então, que não é com a senhora que eu vou me casar. Esta conversa acabou. Eu vou me retirar, já que a senhora não pode fazer isso. — Olho para a cadeira de rodas ao lado da poltrona, e o olhar dela se aguça, me avaliando mais uma vez. — Lamento que o pai do Chase tenha lhe feito tanto mal. Talvez a senhora não fosse uma pessoa tão infeliz e amarga se isso não tivesse acontecido. Eu, pelo menos, sobrevivi às surras que levei. Saí inteira. A senhora, embora tenha saído viva, está mais destruída do que eu jamais vou ser, porque o Chase está curando as minhas mágoas. Já a senhora não tem quem lhe tire essa faca das costas e faça sarar as suas feridas.

Ela arregala os olhos ao ponto máximo da frieza.

— Ele te contou... — Então se cala e engole em seco, incapaz de continuar.

Aceno com a cabeça e me encaminho para a porta.

— A senhora sabe... — prossigo, me virando para ela. — Nós temos muito mais em comum do que a senhora pensa. Eu passei anos sendo submissa a um homem que me batia e que quase tirou a minha vida, antes de pular fora.

Ela abre a boca, surpresa, quase chocada, perdendo todo o verniz e as boas maneiras estudadas de socialite.

— Eu ainda estou me curando, mas, com o Chase, cada dia é mais fácil que o anterior. E a sua desculpa, qual é? A senhora tem tudo o que a vida pode oferecer. Dinheiro, o amor e a dedicação do seu filho, uma família bonita... — Balanço a cabeça, completamente exasperada com essa mulher perversa. — Quer saber? Deixa pra lá. Eu não me importo.

Saio da sala, deixando-a ali sozinha com seus pensamentos amargos. Não há nada que eu possa fazer ou dizer para fazê-la gostar de mim. E Chase perdeu o juízo se pensa que eu vou organizar o dia mais importante da minha vida com essa bruxa velha.

Quando chego lá fora, vejo Austin e Jack ao lado da limusine. Jack pega o celular e começa a falar no mesmo instante.

— Ela está aqui fora.

Faço uma cara bem brava e abro a porta do carro com irritação mal disfarçada.

— Está tudo bem, senhorita?

O sotaque sulista de Austin traz lágrimas aos meus olhos. A mão dele no meu ombro transmite calor, e neste momento eu preciso de um amigo, de alguém que se importe comigo. Balanço a cabeça e ele me abraça. Ele é tão grande que dá a impressão de que seus braços poderiam dar a volta em mim duas vezes.

— O sr. Davis não vai gostar disso. — A voz de Jack contém uma advertência.

Um soluço escapa da minha garganta e eu abraço Austin mais apertado, precisando da proximidade, desejando que fosse Chase em vez dele.

— Ele não gostaria de ver a noiva triste sem ninguém para confortá-la — Austin replica.

— Tem razão. Eu não gostaria mesmo — escuto a voz ligeiramente áspera de Chase em algum lugar atrás de mim.

Antes que eu possa reagir, me sinto ser girada e envolvida pelos braços mais acolhedores do mundo inteiro. Meu porto seguro. Os braços de Chase ao meu redor têm a capacidade de fazer o resto do mundo desaparecer. Meu fôlego fica preso e eu não consigo falar. Estremeço quando ele me abraça com força, me protegendo, me transmitindo paz.

— Está tudo bem, baby. Eu estou aqui. Vamos para casa — ele sussurra, com a boca no meu cabelo.

Concordo com um aceno de cabeça e deixo que ele me leve até a limusine. Antes de fechar a porta, ele diz a Austin:

— Você é um bom homem. Só não vamos criar o hábito de abraçar a minha noiva, a menos que seja para protegê-la.

— Era o que eu estava fazendo, senhor — Austin afirma, e eu sinto o corpo de Chase tensionar brevemente. Em seguida ele acena com a cabeça.

Alguns momentos se passam antes que Chase me segure com mais força e responda:

— Eu acredito em você.

A porta se fecha e Jack liga o motor. O tempo parece passar numa névoa de lágrimas e soluços.

Eu amo esse homem. Eu amo esse homem. Eu amo esse homem, repito mentalmente. Justo quando eu penso que ele vai se transformar no homem das cavernas, ele me surpreende mostrando como pode ser gentil e compreensivo.

— Me desculpe por abraçar o Austin. Ele estava mesmo sendo meu amigo. — As palavras saem em pequenos trancos.

Chase passa os dedos pelo meu rosto e segura meu pescoço.

— Eu sei, baby. Ele parece ter muito carinho por você, mais do que eu gosto de admitir.

Afasto o rosto para fitá-lo.

— Não, não é nada disso. Ele é muito respeitador e me trata como uma irmã. Nunca, em momento algum, ele me lançou um olhar com qualquer outra intenção ou significado. Eu te garanto.

É muito importante que esse ponto fique bem claro. Não posso lidar com um Chase com ciúme do meu segurança, e não quero que o rapaz seja substituído. Já me acostumei com a presença de Austin e me sinto à vontade. Não quero outra pessoa no lugar dele.

— Eu sei disso, baby. Eu chequei os antecedentes dele. Ele tem cinco irmãs no Kentucky. Quando um homem está interessado em uma mulher, não a abraça do jeito fraternal como ele te abraçou. Ele estava consolando você, não estava fazendo nenhuma espécie de avanço. É como eu agia com a Chloe. Eu conheço a diferença.

— Obrigada. Eu gosto muito dele. — Olho para a divisória fechada entre os assentos do carro. — Mais que do Jack — admito.

Chase ri.

— O Jack é difícil mesmo. Demora para confiar nas pessoas. Eu levei anos para alcançar um grau de relacionamento amigável com ele. Depois que a gente se casar e ele compreender que você é permanente, vai se afeiçoar a você. — Chase me abraça. — Agora me conte o que aconteceu com a minha mãe que te chateou tanto.

Um longo suspiro escapa dos meus lábios e eu endireito as costas. Eu sabia que teríamos que falar do assunto, mas não me agrada.

— Ela acha que eu não sou boa o suficiente para você e deixou isso bem claro.

O maxilar de Chase se contrai e ele reclina a cabeça no assento.

— Gillian, não é nada contra você. Desde a Megan, ela... — Ele respira fundo.

— Eu sei. Ela acha que eu vou te magoar. Mas isso não é justificativa para ela *me* magoar! Ela disse que vai dar um jeito de eu assinar um acordo pré-nupcial para garantir que eu não me case por dinheiro. E eu quero assinar, só para provar que ela está enganada. — É uma boa ideia, e eu faço questão de seguir adiante com isso. — Peça ao seu advogado para redigir o acordo.

Eu quero assinar com ela como testemunha. — Minha indignação está crescendo e se transformando em fúria. — Eu vou provar que não quero o seu dinheiro!

— Shh, Gillian... calma. Não vai ter acordo pré-nupcial. Nós já falamos sobre isso. Tudo o que eu tenho é seu, tudo o que você tem é meu. O nosso casamento vai ser de verdade. Compartilhar os bens é só uma extensão do meu comprometimento com você. — Ele dá um beijo no meu pescoço.

— Mas a sua mãe nunca vai acreditar que é de verdade. Eu não posso com isso, a única outra mulher que você ama me detestando... Não dá, Chase. É muito doloroso. — Meu lábio está trêmulo quando Chase passa o dedo polegar sobre ele.

— Você vai conquistá-la.

Balanço a cabeça.

— Vai, sim. Nós só precisamos provar para ela o que significamos um para o outro. Deixar que ela participe da organização do casamento vai ajudar muito a conquistar essa confiança.

— Não, Chase. Eu não consigo...

— Consegue, baby. Eu tenho fé em você. Você me conquistou, vai conquistar a minha mãe também. Prometa que vai tentar.

Frustrada, cubro o rosto com as mãos para enxugar o resto das lágrimas, esperando que meu rímel não tenha borrado e me deixado parecendo um guaxinim. Por Chase eu faço qualquer coisa. Ele é a minha recompensa final. Por Chase eu consigo conquistar a mãe dele. Já fiz coisa pior... A mãe de Justin me odiava no começo, dizia que eu me achava boa demais, que eu era metida. Apesar de termos nos afeiçoado, compreendi que ela estava certa. Eu era mesmo boa demais para o filho dela, mas foi preciso que ele quase me matasse para eu compreender isso.

Desta vez não.

— Sabe de uma coisa? Eu vou organizar o casamento com ela, mas vou ser eu mesma. E ela vai ter que lidar com as minhas amigas. Elas fazem parte da minha vida e têm tanto direito quanto a sua mãe, ou mais, de dar palpite.

— Isso vai ser interessante. Já estou vendo a Maria dizendo umas verdades para minha mãe e colocando a sra. Davis no lugar. Será que eu consigo ingressos para esse show? Eu levo a pipoca. — Ele dá risada.

— Não tem graça. — Dou um tapinha no peito de Chase, que desafivela meu cinto de segurança e me faz sentar no colo dele, com as pernas de cada lado das suas.

Enquanto nos abraçamos, Chase percorre minhas coxas com os dedos, empurrando minha saia para cima. Ele encaixa a mão sobre a minha bunda e move o quadril contra minha pélvis. Um gemido escapa dos meus lábios para o interior da limusine. Caramba, nós transamos faz poucas horas e eu já quero repetir. Pela rapidez com que o pau dele levanta, ele quer também, com a mesma intensidade. Talvez mais, até.

— Abra a minha calça.

Os olhos de Chase já não têm aquela expressão brincalhona de momentos antes. As profundezas azuis estão nubladas, as pálpebras pesadas de tesão. É perturbador... Com um simples olhar, ele consegue me levar ao auge do desejo.

Meu coração bate acelerado no peito enquanto abro a fivela do cinto dele, em seguida o zíper, e seguro o pau grande e duro, puxando-o para fora. Enquanto o admiro, ele se ocupa em passar o dedo pela fenda da minha bunda — sua mais recente fascinação. No instante em que me inclino para beijá-lo, escuto o som de tecido se rasgando.

— Era uma bela calcinha — sussurro e mordisco o lábio inferior dele, respirando seu hálito.

— Eu compro outra... — Ele mergulha a língua na minha boca. — Eu gostei de rasgá-la no seu corpo. Eu já disse, Gillian, nada vai me impedir de ter você. Seja o que for, quando, onde ou como. — Suga meu lábio superior e o alisa com a língua. — Muito menos uma tira de renda. — Desliza a mão por entre minhas pernas e seus dedos escorregam na pele úmida. — Você está pronta para mim, baby... Eu adoro isso. — Circula o polegar no meu clitóris.

— Ahh...

Deixo a cabeça pender para trás quando Chase me posiciona sobre seu pau. Ele segura meu quadril e me penetra com uma mira certeira, me preenchendo por inteiro. Solavancos de prazer sacodem meu corpo e eu grito, incapaz de me conter. Tenho certeza de que Austin e Jack estão ouvindo tudo, mas não ligo. O efeito devastador que este homem tem sobre mim desafia a razão.

— Cavalgue, baby — ele diz, arranhando meu pescoço com os dentes.

Apoiando os joelhos um de cada lado do quadril de Chase, eu me ergo e coloco as mãos nos ombros dele para dar impulso. Ele ajuda me suspendendo e compensando meu peso, me segurando com as mãos nas minhas costelas. No ritmo dos meus movimentos, ele dá estocadas vigorosas, o pau grande e rijo martelando fundo dentro de mim. Chase desliza o quadril e ergue os joelhos, me puxando para trás, de maneira que eu possa olhar para a nossa união. A base larga do membro está aninhada dentro de mim, os lábios do meu sexo se esticando para acomodá-lo.

— Toque, baby. Sinta nós dois juntos.

Ele me suspende alguns centímetros e eu levo a mão à base do seu pau, úmido com o nosso contato.

— Tão bom... — ele sussurra.

Fico olhando para ele, enlevada, enquanto ele me leva ao ápice, as pétalas do meu sexo se abrindo e acolhendo o pau dele em uma representação gráfica e vulgar de um abraço. É a coisa mais erótica que eu já vi, uma visão que provoca rios de excitação, que fluem para o espaço entre nós, deixando tudo mais molhado e escorregadio.

À medida que observo meu corpo engolfá-lo, sinto meu coração bater no ritmo de suas investidas. É como se meu coração batesse por ele, só por ele. Em questão de segundos os movimentos de Chase se tornam mais intensos, e eu sei que ele está próximo do clímax.

— Eu preciso ver você gozar — ele diz. — Quero sentir o seu gozo em mim, encharcando o meu pau...

As palavras obscenas e um polegar bem posicionado circulando em volta do meu clitóris fazem a magia acontecer. O calor se espalha por todos os poros, o prazer atravessa meu corpo, me fazendo entrar em órbita. O orgasmo me atinge com tamanho impacto que eu grito. Chase nem tenta abafar minha voz, preferindo deixar que tudo transcorra naturalmente, usando sua força para me segurar sobre seu pau enquanto me penetra com estocadas firmes, o tempo inteiro me torturando com o dedo em meu clitóris, desenhando pequenos círculos e beliscando gentilmente, causando mais prazer do que dor. Meu sexo se contrai ao redor dele, segurando, apertando, tentando sugar a essência do corpo dele, até que o doce momento acontece e Chase entra em erupção com um gemido profundo, se doando inteiro para mim.

Com algumas poucas investidas vigorosas, o corpo dele enrijece. Com uma das mãos ele segura meu ombro, me forçando para baixo sobre seu membro, e eu tenho um segundo orgasmo, mais ameno porém igualmente gratificante.

O sêmen quente inunda meu interior, me aquecendo de dentro para fora enquanto desabo contra o peito dele. Nós nem chegamos a tirar a roupa, na afobação de nos conectarmos.

Chase passa as mãos para cima e para baixo nas minhas costas, seu pau se suavizando, mas ainda encaixado em mim.

— Melhor agora? — indaga. — Eu sim. — Ele enfatiza a pergunta com uma breve estocada que envia pequenos choques elétricos até o meu núcleo.

— Na verdade, sim. — Enterro o rosto no pescoço dele. — Mas você sabe que sexo não é a solução para tudo, né?

— E por que não? — Ele segura minha nuca e eu recuo para fitá-lo, ainda sentindo os últimos resquícios de tesão, agora bem mais brandos.

— Porque... — Reflito por alguns segundos. — Na verdade não tenho ideia. — Dou um sorriso.

— Ah, mas *eu* tenho. — Ele dá mais uma estocada.

— Você é doido. — Esfrego o nariz no pescoço dele e dou uma lambida na pele salgada.

— Mas você me ama. — Ele ri baixinho, e o som é divino.

— E como amo.

7

X

*Chegou a hora. O vestiário está vazio, livre de viciados em testoste*rona e obesos que nunca vão perder aqueles dez quilos ilusórios. Encontro o armário que estou procurando. Fiquei de olho nele na última semana. Porra, ele é tão previsível. A senha do armário é a data do aniversário da filha. Se fosse o armário da Gillian, eu teria mais trabalho para descobrir e precisaria pensar num plano mais tortuoso. Coloco o cilindro no espaço quadrado e conecto o fio à dobradiça da porta. Quando ela for aberta... *BUM!* Adeus, Phillip.

Calafrios de excitação se misturam com uma expectativa incontrolável e a visualização de minha garota no funeral dele. Toda vestida de preto, o rosto bonito revelando a dor pela perda de um homem que um dia vai ser apenas uma lembrança insignificante. Eu vou garantir que seja assim. Meu pau endurece quando penso na expressão dela ao descobrir que o melhor amigo dos últimos dez anos, a primeira trepada, foi pelos ares num piscar de olhos. *Puf!*

É quase fácil demais. Ouço o som de passos se aproximando e me viro, fingindo que estou apenas vestindo a camiseta. Estou usando um gorro enterrado na cabeça, escondendo o cabelo. Outro frequentador da academia se senta e começa a trocar de roupa; ignorando-o, me mantenho discreto, amarrando meus tênis, sem fazer contato visual. Não seria legal ter uma testemunha que se lembrasse de mim. Se bem que não tem problema... eu frequento esta academia o tempo todo. Hoje entrei pela porta dos fundos com um treinador amigo meu, portanto não há registro de que estive aqui. Agora é a hora de consolidar meu álibi.

Assim que fico sozinho outra vez, saio do vestiário e atravesso o salão em direção à saída dos fundos. Tiro a camiseta de ginástica que vesti por cima de outra, vermelha, bem chamativa. Arranco o gorro, jogo as duas peças dentro do carro e volto até a porta da frente da academia. Assim que entro, a garota no balcão flerta comigo, e faço questão de conversar com ela por alguns minutos enquanto registro minha entrada.

— Bom treino — ela diz, com jeito sedutor.

— Ah, eu acho que o treino hoje vai ser explosivo. — Dou risada da minha piada, que só eu entendo.

— Sim, vai mesmo... totalmente. — Ela dá uma piscadela.

Saio e reviro os olhos. Putinha estúpida. Como se eu fosse querer comer uma mulher de plástico quando posso ter uma tão preciosa como a minha Gillian... uma mulher que não precisa de nenhuma alteração cirúrgica, que tem o corpo esculpido pelos anjos. Quando fecho os olhos, ainda me lembro da pele sedosa, dos mamilos rosados, da penugem ruiva entre as coxas. Até o cheiro dela me vem à memória. Ela tinha cheiro de baunilha. Não posso entrar na Starbucks que começo a salivar com a lembrança.

Subo num aparelho longe do vestiário, começo a fazer um exercício elíptico e espero. Vinte minutos depois ele entra. Está usando Nike da cabeça aos pés. Será possível um babaca ser mais patético? Um sorriso sádico se desenha no meu rosto enquanto olho para meu reflexo no espelho. As comportas do inferno estão prestes a se abrir...

Alguns minutos depois, a linda melodia de gritos de gelar o sangue, acompanhada de um tumulto, irrompe perto do vestiário. Aquele cretino nojento está gritando para as pessoas se afastarem e saírem. É quando o bramido da explosão me alcança. O fone de ouvido em minhas orelhas mal abafa o ruído conforme a estrutura inteira da academia treme. As luzes piscam e se apagam, e a fumaça invade o andar principal enquanto as pessoas gritam e abandonam o treino para ajudar umas às outras a fugir. Corro até lá para avaliar o estrago. Há um enorme buraco onde antes ficava o vestiário. Tem corpos por toda parte, alguns agonizando de dor, outros imóveis, incluindo nosso babaca de cabelo castanho. Ele está debaixo de uma montanha de entulho, e não sei dizer se está vivo ou morto. Minha esperança é que esteja morto, mas estou muito puto, porque a bomba demorou para explodir. Ele deve ter apenas entreaberto a porta do armário a princípio, ou então o fio não se moveu o suficiente quando ele abriu. Acabou explodindo, destruindo este canto da academia mas não a cara dele, como deveria. Cacete.

— Amigo, por favor... — diz uma voz rouca à minha direita.

Olho para baixo e vejo o rapaz que estava sentado perto de mim no vestiário, mais cedo. Me dando conta de que não posso ficar ali parado, entro em ação, ajudando o pessoal a remover as grandes placas de reboco e estuque de cima das pessoas. Algumas estão com a cabeça deitada numa poça de sangue. Não estão respirando... Baixas de guerra. Vi muito isso quando servi no Afeganistão. Às vezes você simplesmente está no lugar errado na hora errada. Eu deveria me sentir mal, mas não me sinto. A morte não me entristece... é parte da vida.

Os primeiros socorristas chegam em um redemoinho de correria. Enquanto carrego uma mulher cuja perna provavelmente vai precisar ser amputada, vejo um paramédico se agachar ao lado do corpo inerte de Phillip e colocar dois dedos em seu pescoço. Segundos depois, as palavras dele me enchem de uma fúria tão grande que não sei se vou ser capaz de me conter.

— Ei, tragam a maca! Ele tem pulsação! — O paramédico ordena aos outros que removam os escombros de cima do corpo de Phillip enquanto tenta mantê-lo vivo.

— Filho da puta — falo baixinho e saio para a rua.

Um bombeiro corre na minha direção para pegar a mulher dos meus braços e carregá-la até a ambulância.

A putinha bonita que estava na recepção mais cedo corre para mim e se joga nos meus braços. É com um esforço supremo que não a empurro para o chão.

— Ah, meu Deus! Que bom que você está bem! — Ela chora no meu pescoço.

Aperto os dentes com tanta força que ouço o ruído de esmerilhar dentro do crânio.

— Estou bem. Mas você deveria ser atendida.

Ela funga no meu pescoço e assente com um movimento de cabeça. Garota repulsiva.

— Tudo bem... Te vejo depois? — Ela me olha, mordiscando o lábio.

— Claro — respondo, mal conseguindo esboçar um sorriso.

Enquanto dou meu depoimento à polícia de San Francisco, uma equipe de paramédicos sai da academia com meu alvo na maca. Um deles está sentado sobre as pernas de Phillip, fazendo massagem cardíaca. O coração dele deve ter parado. Talvez a sorte esteja do meu lado, afinal. O grupo de paramédicos empurra a maca para dentro da ambulância e, com as luzes piscando e a sirene ligada, sai em disparada noite adentro, em direção ao hospital. Mal posso esperar para ter notícias e saber se ele vai sobreviver ou morrer.

GILLIAN

*Chase faz cócegas nos meus pés enquanto tento em vão ler um ro*mance picante.

— Para! — Eu o cutuco com a ponta do dedo.

Ele está usando óculos de aro preto, fingindo ler um artigo na *Forbes,* enquanto "massageia meus pés". Ele me espia por sobre os óculos. Sexy no grau máximo. Existe algo em um homem de aspecto inteligente que o torna muito apetitoso. É a prova de que ele é o Super-Homem. Até os óculos de Clark Kent ele tem.

— Para o quê? Estou quieto aqui. — Um sorriso lento se espalha nos lábios suculentos.

Estou considerando atacar meu homem quando o celular toca em cima da mesinha.

Olho para a tela. Em lugar do nome ou número, aparece "desconhecido". Na mesma hora o meu sangue gela, me paralisando.

— O que foi? — Chase pergunta, notando minha súbita apreensão na calmaria da manhã de domingo.

— Não sei... — Mostro a tela, ele pega o telefone e atende.

— Chase Davis falando — rosna, usando seu tom de voz profissional ameaçador. Por um momento ele só escuta, sem dizer nada. Prendo a respiração enquanto espero. — Sim, ela é minha noiva. Pode falar comigo, seja qual for o assunto.

O tom dele é de advertência, ressabiado.

— Sei... Quando foi que isso aconteceu? — Ele olha para o relógio. — Estamos a caminho. Obrigado por avisar.

Chase franze a testa, desliga o celular e respira fundo. Um calafrio percorre minha espinha. Só sei que alguma coisa grave aconteceu. Sinto isso na minha alma.

— O que foi?

— O Phillip. Ele está ferido. Precisamos ir já para o hospital.

Para Chase falar assim, é porque a coisa é séria.

Pulo da cama e corro para fora do quarto. Jogo o roupão no chão, visto a calça de ioga e uma camiseta de manga comprida. Todo o processo de me vestir, calçar os tênis e pegar um elástico de cabelo demora menos de cinco minutos. Chase e eu corremos para a garagem, onde ele me ajuda a entrar em um Aston Martin prata. Ele está tenso, o maxilar rijo, os lábios apertados. Tem alguma coisa que ele está escondendo.

— O que você não está me contando? — pergunto baixinho.

— Foi uma explosão na academia. Parece que a coisa foi feia. — Ele se encolhe enquanto dá partida e sai em disparada.

Por favor, fique bem. Por favor, fique bem, repito mentalmente sem parar, no caminho para o hospital. *Não posso te perder.*

Devo ter dito a última frase em voz alta, porque Chase responde:

— Você não vai perder o seu amigo. Tenha fé.

Ele segura minha mão, e de palma para palma sua energia sólida e inabalável mergulha no meu corpo e aquece minha alma. Este é o homem com quem vou passar o resto da vida.

Chegamos ao hospital em tempo recorde. Graças aos contatos e à influência de Chase, conseguimos obter mais informações do que uma pessoa comum conseguiria. E descobrimos que a explosão ocorreu há várias horas.

— Por que não nos avisaram antes? — pergunto, entrando em pânico ao me dar conta de que Anabelle deve estar com a babá até agora.

A enfermeira que veio conversar conosco nos leva para um canto.

— O seu amigo estava usando roupa de ginástica. Ele não tinha nenhuma identificação. Foi só depois que a academia conseguiu divulgar uma lista dos clientes e checar quem havia se registrado na entrada naquele período de tempo, eliminando aqueles que conversaram com a polícia, que pudemos identificar os que estavam aqui. Temos vinte e cinco vítimas da explosão. O seu amigo *não* foi um dos que tiveram mais sorte... Ele ainda está em cirurgia.

Minha pele chega a doer com a sensação de mil espinhos, e minha vista fica turva. Pontos claros e escuros começam a piscar, me fazendo perder o equilíbrio.

— Merda, ela vai desmaiar! — ouço a voz de Chase.

— Não comigo aqui — a enfermeira responde e coloca alguma coisa debaixo do meu nariz.

Sinapses disparam em todos os cilindros, simpático e parassimpático entram em acordo e eu me reanimo, completamente alerta. Foi uma cápsula de amônia que ela aproximou do meu nariz, um troço que entrou queimando todo o revestimento da cavidade nasal. Chase e a enfermeira me levam até uma cadeira e me fazem sentar, colocando minha cabeça abaixada entre as pernas.

— Respire, Gillian. Vai ficar tudo bem. — Chase esfrega minhas costas devagar, mas com firmeza.

Levanto a cabeça e foco mais uma vez a enfermeira loira de olhos grandes. Ela me lembra o Bambi — olhos de corça e feições miúdas.

— Eu estou bem, obrigada. Por favor, nos dê o relatório médico.

A enfermeira pega uma prancheta.

— Qual é o seu nome? Preciso verificar se você é parente ou se está citada como contato de emergência.

Abro a boca, perplexa, e Chase se eriça a meu lado.

— Escute, eu sou amigo pessoal do diretor do hospital, além de colaborador e doador desta instituição. Pode falar francamente conosco. — Ele usa seu tom de voz "eu sou o dono do universo e você é um mero peão no meu jogo de xadrez". Infelizmente, não funciona.

Ela ergue as sobrancelhas e olha para nós com uma expressão "eu não dou a mínima para quem você é". Em vez de entrar numa discussão, o que não vai levar a nada, pego minha carteira e mostro a ela minha identidade. Ela procura no prontuário, e felizmente Phil e eu somos o contato de emergência um do outro.

— Gillian Callahan — ela diz em voz alta e examina minha carteira de motorista, frente e verso. — Está bem, eu posso informar o que sei, mas só o médico poderá dar mais detalhes. O sr. Parks está passando por uma cirurgia neste momento. Ele teve hemorragia interna e ferimentos por estilhaços em decorrência da explosão. Os médicos removeram a maior parte dos estilhaços e o baço. Suturaram um rompimento no fígado, recuperaram o pulmão lesionado e agora estão cuidando das fraturas nas pernas.

Cubro a boca com a mão.

— Meu Deus. Ele vai sobreviver? — pergunto, não querendo na verdade ouvir a resposta. Nenhuma outra opção além de um sonoro "sim" seria aceitável.

A enfermeira não parece ter essa resposta mágica.

— Srta. Callahan, nós não sabemos. É tudo muito incerto ainda. Se ele resistir à cirurgia, que ainda deve durar algumas horas, a recuperação vai ser longa e difícil.

— M-m-mas... é possível que ele consiga? Tudo é possível, certo? — Olho para ela com toda a esperança, medo e desespero de alguém que está prestes a perder o melhor amigo, efetivamente um membro da família.

Ela sorri, mas o sorriso não chega aos seus olhos enormes.

— Milagres acontecem todos os dias por aqui.

As palavras cortam meu coração e eu me seguro em Chase.

— Obrigado. Por favor, peça ao médico para vir falar conosco assim que possível — ele pede, dispensando a enfermeira. — Gillian, o Phillip é forte e tem muito pelo que viver. Ele vai lutar.

Respiro fundo e soluço.

— Preciso ir buscar a Anabelle para liberar a babá. — Eu me agarro freneticamente ao que posso no momento. Phillip está deitado numa cama de metal enquanto a equipe médica faz o que pode para juntar seus pedaços. *Por favor, meu Deus, que eles consigam...*

Pego o celular e digito o número da casa dos pais de Phillip. O telefone toca, toca e ninguém atende.

— Que droga! — A ligação cai na secretária eletrônica e eu deixo um recado pedindo que me retornem. Em seguida tento falar com Bree e deixo uma mensagem de voz na caixa postal. — Bree, o Phillip sofreu um acidente. Estamos no Hospital Geral de San Francisco, na sala de espera da UTI. Vem pra cá agora.

Eu me levanto e ando inquieta de um lado para outro enquanto ligo para a casa de Phillip. O telefone toca uma só vez antes de a garota atender.

— Eva, é a Gigi.

— Ah, graças a Deus! Gigi... — A menina começa a chorar. — O sr. Parks não está. Ele saiu há horas e não voltou. Disse que não ia demorar, mas eu ligo, ligo e nada... O celular cai na caixa postal.

— Calma, meu bem. O Phillip sofreu um acidente na academia. Ele está no hospital. Você tem como ficar com a Anabelle até eu ir buscá-la mais tarde? Você vai receber todas as horas extras, prometo. Eu sei que você tem aula amanhã, mas por favor fique um pouco mais hoje, sim? — Um cálculo rápido me lembra que os pais de Phillip moram a duas horas de distância, mas os de Angela estão mais perto, a meia hora. Preciso entrar em contato com eles. — Me faça um favor? Mande uma mensagem para mim com os telefones dos avós da Anabelle. Estão anotados num papel colado na porta da geladeira.

— Eu tentei ligar para eles. Atendeu uma empregada que disse que eles foram para o Havaí e vão ficar lá duas semanas. — Ela começa a chorar de novo.

— Tudo bem, querida, não se preocupe. Eu vou buscar a Anabelle de noite, ou pedir para alguém ir. Você pode ficar mais um pouco?

A garota soluça e depois suspira.

— Posso, sim. Vou ligar para a minha mãe e avisar. Posso te ligar se acontecer alguma coisa, ou se a minha mãe quiser falar com você?

— Claro que sim, meu bem. Você já podia ter ligado.

O choro do outro lado da linha se intensifica e a voz da menina soa mais aguda.

— Eu liguei! — ela retruca, agitada. — Liguei várias vezes, deixei várias mensagens.

— O seu número mudou, Gillian. — Chase cutuca meu ombro, obviamente escutando a menina. Fecho os olhos, percebendo a falha. Felizmente Phil atualizou suas informações para caso de emergência, caso contrário não teríamos ficado sabendo de nada.

— Escute, querida, eu esqueci que estou com um celular novo. Você está sendo de uma ajuda inestimável cuidando da Anabelle. Eu sei que você cuida muito bem dela. Estou orgulhosa de você e te agradeço imensamente.

— Sem problemas. Eu amo esta família — ela responde baixinho. — O sr. Parks é muito bom para mim. Espero que ele fique bem.

— Ele vai ficar — digo, com o máximo de convicção que consigo reunir, sem ter certeza se estou tentando convencer Eva ou a mim mesma.

Chase me puxa para perto dele e me abraça, num gesto protetor e reconfortante que enche meu coração de esperança.

— Eu ligo mais tarde, tudo bem, Eva?

— Tudo bem, Gigi. Até mais tarde. Pode deixar que vou cuidar direitinho da Anabelle.

— Obrigada, querida. Até mais.

Desligo e me encosto em Chase, sentindo seu calor. A realidade de que a vida de Phillip está por um fio é suficiente para me derrubar. Chase me abraça com força contra seu peito enquanto choro convulsivamente, sem soltá-lo em momento algum. Soluços profundos e entrecortados sacodem meu corpo conforme sou avassalada pela consciência devastadora de que Phillip poderia estar morto.

Uma hora depois, o som de passos apressados ecoa na área de espera. Maria e Bree se aproximam correndo pelo corredor branco imaculado. É como se eu as estivesse vendo em câmera lenta. Eu me levanto, abro os braços e enlaço Bree.

— Me conta, me conta. — A voz dela parece alta demais em contraste com o silêncio que paira ali.

— Não é nada bom, Bree... Ele ainda está em cirurgia.

As lágrimas embaçam minha visão. Tento encontrar as palavras para pôr a namorada de Phillip a par da situação. Chase coloca a mão no meu ombro e me leva até a cadeira mais próxima. Bree fica ali, curvada, os longos cabelos loiros caindo diante dela como um véu. Chase se aproxima e a leva também para a cadeira a meu lado, em seguida se abaixa e segura as mãos dela, enquanto Maria se senta na outra cadeira. É o gesto mais amável que já vi meu macho alfa ter com alguém fora das quatro paredes do nosso quarto e sem me envolver. Minha amiga levanta a cabeça e olha para ele com os olhos marejados, como se ele fosse um colete salva-vidas no meio de um naufrágio.

— Bree, o Phillip foi atingido por uma explosão na academia. Houve mais de vinte feridos, e ele é um deles.

Ela solta uma exclamação agoniada e prende a respiração.

— Ele sofreu lesões internas, teve um pulmão atingido e fraturas nas duas pernas. Está sendo operado por causa dos ferimentos, já faz mais de oito horas. Isso é tudo que sabemos.

As lágrimas escorrem pelas faces pálidas de Bree, pingando sobre a calça de ioga fúcsia.

— E se ele não conseguir sair dessa? — ela sussurra, espelhando meu maior medo.

Maria e eu nos inclinamos para Bree e nos abraçamos, as três.

— Ele tem que sair. Vai sair — digo, ganhando mais confiança a cada momento.

Cada segundo que se passa sem que venha alguém lá de dentro com uma notícia ruim significa algo positivo para mim; significa que ele está lutando e conseguindo. Por nós, por Anabelle, por todo mundo que o ama.

E é como Kat, Carson e Tom nos encontram, todos abraçados. Chase os coloca a par da situação enquanto esperamos.

E esperamos.

E esperamos.

Há cerca de três horas consegui falar com os pais de Phillip, e eles chegaram há pouco menos de uma hora. Decidiram ficar na casa de Phil e revezar com todas nós para tomar conta de Anabelle. Chase e eu pretendemos levá-la para passar o fim de semana conosco, e Maria e Kat se ofereceram para ficar com ela de noite sempre que necessário. Bree está praticamente catatônica enquanto tentamos organizar as coisas.

São quase dez da noite quando um médico com aspecto cansado se aproxima do nosso grupo. Chase estende a mão para ele.

— Dr. Roberts, nós somos amigos e familiares do Phillip. Como ele está?

O recinto está mergulhado num silêncio tão profundo que seria possível ouvir um alfinete caindo.

— Ele sobreviveu à cirurgia, apesar de duas paradas cardíacas.

Bree e eu abafamos uma exclamação horrorizada. Todas as mulheres começam a chorar com a notícia.

— O Phillip é um guerreiro, sem dúvida alguma. — O médico sorri brevemente. — Além das fraturas nas pernas e costelas, ele teve um pneumotórax e hemorragia interna. Parece que a explosão o atingiu em cheio. Ele vai ficar em coma induzido por pelo menos uma semana. Além do edema cerebral, o corpo precisa de descanso, caso contrário as dores seriam insuportáveis.

Bree cai de joelhos no chão, devastada. Kat e Maria a levantam e amparam enquanto ela dá vazão a toda a sua angústia. Eu fico imóvel, como se o tempo tivesse parado. O médico continua falando, mas não ouço mais nada. Parece que saí de órbita em algum ponto entre "coma induzido" e "dores insuportáveis".

— Podemos vê-lo? — a mãe de Phillip pergunta ao médico.

— Por causa do risco de infecção, eu só posso autorizar a entrada dos familiares mais próximos, e por poucos minutos.

Essas palavras desencadeiam um acesso de histeria em Bree. Eu não fico muito atrás.

— Doutor, creio que podemos encontrar um meio-termo — Chase intervém. — Esta é a namorada do Phillip, e minha noiva é a melhor amiga dele. — Ele gesticula para nós. — Por favor, permita que as duas deem só uma olhada nele, depois da visita dos pais. Faça isso como uma cortesia profissional, eu lhe peço — ele acrescenta, com a mão no ombro do cirurgião.

Toma lá, dá cá, essa é a mensagem. Presenciei isso várias vezes ao longo dos últimos meses, e nunca me senti tão feliz com a influência do meu noivo nesta cidade.

O médico respira fundo e acena com a cabeça.

— Está bem. Só as duas, e com supervisão. Mas elas vão ter que se controlar. Nós temos pacientes em diferentes estágios de recuperação, e não vai fazer bem para eles testemunhar uma cena como esta que eu acabei de presenciar. — O dr. Roberts olha para Bree, e ela enxuga as lágrimas e endireita os ombros, obrigando-se a retomar o controle.

— Pode deixar, doutor. Eu vou ficar bem, prometo. Eu preciso vê-lo, nem que seja por alguns segundos. — A voz dela embarga, e eu seguro sua mão, puxando-a para mim.

O cirurgião conduz os Parks primeiro para ver o filho. Quando eles voltam, depois de alguns minutos, eu abraço a mãe dele. Na infância e adolescência, sempre adorei a mãe de Phil, a quintessência da "mamãe-sabe-tudo". Agora ela parece ter sofrido uma grande perda; seus ombros estão curvos, o cabelo despenteado, o rosto pálido e sem maquiagem, revelando sua idade, próxima dos sessenta anos. Ainda assim é uma mulher muito bonita, e eu a beijo nas duas bochechas.

— Dê um beijinho na Anabelle e diga que eu vou vê-la amanhã.

Ela segura meu rosto com a mão e me afaga amorosamente.

— Você sempre foi uma menina ótima. Tão amiga do meu filho, especialmente depois que a Angela se foi. Tem um lugar especial no céu para pessoas como você, Gigi. — Ela me dá um beijo no rosto e se vira para o marido.

Bree estende a mão para mim, começando a ir na direção da UTI. Olho por sobre o ombro e vejo puro amor nos olhos de Chase e das nossas amigas, dizendo em silêncio que estão ali nos apoiando e a Phillip. Chase move os lábios dizendo "eu te amo", e a porta dupla da UTI se fecha atrás de nós.

Somos conduzidas até uma ampla vidraça, atrás da qual se encontra o leito de Phillip. Bree coloca a palma das mãos e a testa no vidro e fecha os olhos; seus lábios se movem em silêncio, e eu imagino que ela esteja rezando.

Aproveito o momento para catalogar todas as lesões que posso ver de trás do vidro. Além do tórax enfaixado, ele tem uma fileira de pontos sobre o olho e outra na lateral do rosto; os braços estão pontilhados de hematomas, cortes e feridas; uma máscara de oxigênio cobre sua boca e nariz, o que significa que ele não está respirando sozinho. Fecho os olhos também e faço minha prece, dessa vez pedindo à minha mãe que está no céu para interceder junto ao Senhor e salvar meu amigo. Ele é jovem demais para partir. Ainda tem tanta coisa para viver.

Um calor se espalha pelo meu peito e depois pelo meu corpo inteiro. Uma sensação de serenidade carrega para longe a nuvem escura que pairava sobre minha cabeça desde que saímos de casa para vir ao hospital. Olho para Phillip e envio a ele tudo que tenho: amor, luz, amizade, lealdade, paz e felicidade. Espero que ajude, e alguma coisa dentro de mim diz que sim, que vai ajudar.

Nesse instante, tenho certeza de que ele vai sair dessa.

8

GILLIAN

As duas semanas seguintes se passam na base de um dia após o outro. Phillip ainda não saiu do coma. A princípio os médicos disseram que era induzido, mas, quando tentaram fazê-lo acordar, uma semana depois do acidente, não conseguiram. Ontem ele finalmente começou a respirar sem ajuda dos aparelhos; pelo menos os pulmões voltaram a funcionar.

Bree está um trapo. Todos nós estamos. Ela passa o máximo tempo possível no hospital. Quando não está lá, uma de nós a substitui, ou então os pais de Phillip. Recentemente ela contratou uma estagiária; a mocinha miúda que a ajuda e a substitui quando necessário agora está levando o estúdio nas costas. Mas Bree não está nem aí. Ela não está nem aí com nada, e eu não a condeno por isso. Se Chase se machucasse, quase morresse e estivesse em coma, eu não sairia do lado dele.

Desligo o chuveiro e pego uma das toalhas no aquecedor. Toalhas quentinhas. Só o meu noivo mesmo para garantir que haja toalhas aquecidas para quando sair do banho. Seco rapidamente o cabelo e o amarro num rabo de cavalo. Olhando-me no espelho, percebo que emagreci. O estresse das últimas semanas está mostrando seu efeito. Meu corpo já viu dias melhores. Sempre usei tamanho quarenta, às vezes quarenta e dois, o que para minha altura é ótimo. Agora as roupas quarenta estão folgadas. Examinando meu corpo da cabeça aos pés no espelho, posso ver as depressões nas costelas, e os ossos do quadril estão visíveis. Cada vez menos carne para Chase pegar. Até os meus seios parecem menores. Quando foi a última vez que eu comi? Estou tentando lembrar quando meu celular toca em cima da penteadeira.

Rápida, pego um jeans skinny, uma regata justa e uma túnica. Pressionando a tecla de atender no celular, coloco uma calcinha cinza-mescla e um sutiã combinando.

— Alô? — digo, enquanto enfio o jeans e abotoo.

Eu me viro para olhar meu bumbum no espelho. Ainda tem uma forma bonita, mas não tão redonda como antes.

— Gigi, quando você sair do hospital hoje, pode dar uma passada no teatro para uma prova rápida? Eu tenho um manequim legal aqui, mas seria melhor experimentar alguns dos tecidos no molde com você dentro — Kat diz, afobada.

Deixo escapar um gemido e enfio a regata pela cabeça.

— Kat, estou precisando muito ficar mais tempo em casa. Tenho um milhão de coisas para fazer aqui, e para o escritório, e para o casamento.

— Humm, alôôô? Costureira falando! O que você acha que eu tenho feito dia e noite? Se o seu noivo não quisesse de qualquer jeito se casar com você daqui a quatro semanas... — ela começa com o mesmo discurso que ouço toda vez.

— Tá bom! — interrompo, antes que ela continue para sempre. — Chego aí por volta das duas, tudo bem?

Um suspiro alto soa do outro lado da linha.

— Sim, tudo bem. Mas se prepare para ficar no mínimo duas horas.

Duas horas inteiras? Que raio ela está fazendo, um vestido para a rainha da Inglaterra? Senhor, isso vai acabar comigo.

— Tá bom! — grito e desligo. Não posso continuar falando com ela. Tenho mais o que fazer. É a minha vez de ficar com Phil, e preciso ir logo para o hospital a fim de liberar Bree.

Depois de vestir a túnica, ando pé ante pé no quarto escuro. Por milagre, Chase ainda está dormindo; ele tem trabalhado além da conta, tentando fechar uma parceria importante e também descobrir o que for possível sobre o meu assediador. O maluco não deu mais sinal de vida, o que me deixa esperançosa de que ele tenha desistido de vez. Talvez esteja entretido com outra coisa. Ainda desconfio de Justin e do fato de ninguém saber seu paradeiro; é como se ele tivesse sumido da face da Terra. Chase está convencido de que é ele; seu raciocínio é de que não há mais ninguém que pudesse ter essa obsessão por mim. Meu contraponto é que ele, Chase, também é obcecado por mim. Brincadeiras à parte, a dúvida é válida, porque quando se trata de distúrbio mental nunca se pode ter certeza de nada.

Vou até a cozinha pensando na doce xícara de café que espera por mim. Bentley, nosso chef, deixa a cafeteira preparada para mim todas as manhãs. Ele acrescenta condimentos ao café e deixa creme fresco na geladeira. É a coisa mais próxima de um latte de baunilha da Starbucks que eu consigo obter sem precisar ir até a loja.

Quando entro na cozinha, sou bombardeada pela assistente do meu noivo.

— Ah, Gigi, aí está você! Eu estava te esperando. — Dana está toda alegre, sentada em um dos bancos altos na frente da bancada. Diante dela há um grande fichário com etiquetas multicoloridas se projetando para fora. Olho para o relógio do micro-ondas.

— São sete e meia da manhã, Dana.

Por que ela precisa ter a chave do nosso apartamento? Isso me lembra que tenho de ter uma conversinha com meu futuro marido sobre sua secretária eficiente com acesso irrestrito à nossa casa a qualquer hora.

— E nós não podemos perder tempo!

Ela acena com a cabeça animadamente, o cabelo loiro bonito balançando com o movimento. Dana está usando um terninho preto poderoso e uma blusa de cetim cinza-azulada. O cabelo dourado cai em madeixas perfeitas sobre os ombros. Eu me encolho e olho para meus pés descalços. As unhas precisam ser cortadas e o esmalte está lascado... já viram dias melhores, com certeza. Preciso ir à pedicure, mas não consigo me preocupar com coisas tão triviais quando meu melhor amigo está entre a vida e a morte no hospital.

— Eu tenho uma tonelada de coisas para resolver com você. — Ela começa abrindo a primeira parte do fichário, puxando uma das etiquetas. Sem prestar muita atenção, vou até a cafeteira.

— Quer café? — pergunto.

— Não, obrigada. Já tomei.

Já? São sete e meia da manhã. Como ela consegue ter tanta disposição a uma hora dessas?

— Gigi, veja essas toalhas de mesa e me diga de qual você gosta mais.

Toalhas de mesa. Ela ficou maluca? Quem está com cabeça para pensar em toalhas de mesa?

— Escolha você — digo e pego minha caneca preferida. Foi uma das poucas coisas que desempacotei. Bree me deu de presente de Natal alguns anos atrás, e tem uma fada com asas gigantes abertas. É a minha caneca de estimação desde então.

Dana ergue as sobrancelhas e aperta os lábios.

— Tudo bem. Que fonte você quer nos convites? Nós devíamos ter encomendado há duas semanas já, mas nas atuais circunstâncias... — Ela quer dizer "já que o seu melhor amigo explodiu", mas tem o bom senso de não se aprofundar no assunto.

— Eu não ligo pra isso também, Dana — falo.

Começo a sentir o efeito físico da irritação subir pela minha espinha. Parece que minha temperatura interna está aumentando. Ela passa para a seção seguinte, nem um pouco abalada.

— E a cerimônia? Vamos escolher as flores. Eu sei que você gosta de margaridas, porque o Chase me mandou encomendar para a florista para colocar nos vasos do hall e do escritório, mas tem mais alguma flor... — Ela continua falando, mas eu me desligo. Toda semana tem ramalhetes de margaridas viçosas no nosso hall. É a primeira coisa que vejo quando saio do elevador. Tão acolhedor. É uma visão pela qual eu espero com ansiedade, até. Também reparei que sempre há margaridas no meu escritório, no quinquagésimo andar, que são renovadas toda semana. Não acredito que não dei atenção especial a esse gesto de Chase, que faz isso para me agradar.

Esse homem possui a minha alma.

— ... e então, você quer só margaridas no casamento, ou acha que seria melhor uma flor mais tradicional, tipo rosas? — ela pergunta.

Um calafrio me percorre de cima a baixo.

— Rosas não! Eu odeio rosas. — Minha voz soa mordaz e cheia de desprezo.

Dana arregala os olhos, mas continua mesmo assim. Caramba... essa mulher continuaria concentrada no trabalho até no meio de um terremoto, e sem um fio de cabelo fora do lugar.

— Vamos falar do cardápio. O Chase adora frutos do mar, e eu tenho certeza de que em Cancún tem os peixes mais frescos todos os dias.

— Nada de frutos do mar.

— Como? — Ela estreita os olhos. — Bem, eu acho que você deveria aproveitar o local e explorar o que há de melhor no...

Reviro os olhos.

— Olha, Dana, eu sei que você está tentando ajudar, e está mesmo... ajudando, quero dizer. Mas eu não gosto de frutos do mar e não quero ficar cheirando a peixe no dia mais feliz da minha vida. Nós vamos estar no México. Por que não comida mexicana?

Estendo as mãos e me dou conta de que estava gesticulando feito louca. Eu me apoio na bancada fria de mármore e momentaneamente volto ao meu eixo.

— Ah, eu não fazia ideia sobre os frutos do mar... O Chase não comentou nada. — Ela rabisca alguma coisa no fichário, circula e faz um tique gigante do lado.

Uma coisa que Dana disse desperta meu interesse. Pego minha caneca e dou um jeito de falar em tom de voz calmo.

— Você tem conversado com o Chase sobre o casamento?

Ela dá de ombros e passa para outra seção do fichário.

— Ele gosta de se manter informado sobre as nossas decisões. E não está satisfeito com o avanço lento. Nós realmente estamos muito atrasadas.

Dou risada e balanço a cabeça. Quem consegue pensar em casamento quando há tanta coisa vital acontecendo? O iPhone que eu coloquei no bolso de trás da calça toca, em volume alto. Levanto um dedo, gesticulando para Dana.

— Só um segundo. Alô? — Eu me viro e me encosto na bancada com um suspiro. O que será agora?

— Gigi, ele deixou a porra de um bilhete... aqui! Eu não acredito nessa merda! — Bree está gritando e chorando ao mesmo tempo.

Segurando o celular com as duas mãos, respondo:

— Nossa, Bree, do que você está falando? Calma...

— Calma porra nenhuma! Foi o maldito maluco que está atrás de você quem fez isso com o Phillip! — ela berra, tão alto que eu tenho de afastar o telefone do ouvido.

— Bree, não entendi... Como assim?

O medo aperta meu coração como garras pontiagudas de ferro enquanto ela explica. Ouço ao fundo uma porta se fechando e os ruídos do hospital.

— Eu juro por Deus, Gillian, se ele morrer...

Ouço Bree se esforçar para respirar. Nunca a ouvi usar esse tom de voz... É apavorante, cheio de fúria e ao mesmo tempo glacial, venenoso. Ódio. Isso, esse é o som do ódio.

— Eu entrei no quarto... me atrasei hoje cedo e entrei agora. Bem no pé da cama tinha um bilhete. Para você! — ela fala, com a voz sibilante.

— E o que diz o bilhete? — pergunto, as lágrimas turvando minha visão. É o meu maior pesadelo se tornando realidade.

A voz de Bree falha e ela clareia a garganta.

— Diz assim... "Gillian, o Phillip foi um estouro. Pena que ele escapou. Da próxima vez talvez não escape. Quem será o próximo? Você é minha... Vadia!"

— Eu já estou indo, Bree. Eu sinto tanto, mas tanto... Você não imagina quanto — tento dizer, mas ela me interrompe.

— Poupe o seu sentimento para o Phillip. É ele quem está ali, estirado, em coma! — ela esbraveja e desliga abruptamente.

Meu coração afunda, meus joelhos enfraquecem e eu desabo no chão, em prantos. Abraço os joelhos e debruço a cabeça sobre eles, soluçando.

— Gigi, o que aconteceu? — Dana se aproxima e coloca a mão no meu ombro. — Você está bem?

Balanço a cabeça repetidamente.

— Eu nunca mais vou ficar bem — respondo entre lágrimas. Culpa, medo e tristeza me rasgam ao meio, me estraçalhando por dentro.

— Eu vou chamar o Chase!

A última coisa que escuto é o som dos saltos altos se afastando no piso de ladrilhos.

X

*Meu trabalho aqui está concluído. Estou no quarto contíguo ao da*quele idiota comatoso, escutando a namorada histérica dele falar ao telefone com o amor da minha vida. A atuação dela é digna do Oscar. Conhecendo minha princesa como conheço, ela está consumida pela culpa. E agora ela já sabe até onde sou capaz de ir para tê-la. Não existem obstáculos para mim.

Foi muito fácil entrar no quarto de Phillip no hospital. Aquele cretino do Chase Davis nem se deu o trabalho de contratar um segurança. Imbecil. Graças ao descuido dele, estou mais perto do que nunca de concretizar o meu plano de ter minha garota de volta. Pouco a pouco vou eliminar cada uma daquelas vacas. Irmãs de alma, como ela fala... Estão mais para tontas descerebradas, se você quer saber. Ninguém se tocou ainda de que o "assediador" sou eu, nem mesmo as que se dizem "melhores amigas do mundo inteiro", como é mesmo que elas falam? Ah, sim, BFFs. Ridículas. Elas nem têm ideia de como facilitam as coisas para mim.

Passando a mão pelo cabelo, coloco a touca cirúrgica para escondê-lo. Então me esgueiro para fora do quarto e me certifico de que não há ninguém conhecido por perto. As roupas cirúrgicas foram um achado. Consegui pegar facilmente no armário destrancado. Entrei e saí do quarto de Phillip sem que uma única pessoa olhasse na minha direção. A equipe do hospital está sempre ocupada demais para prestar atenção em qualquer coisa que não seja o paciente na frente deles. Zumbis, isso é o que eles são, na maior parte do tempo. Tudo e todos estavam a meu favor hoje. Foi tão fácil entrar lá. Phillip estava imóvel quando coloquei o bilhete na cama. Na verdade eu fiquei surpreso por não ter ninguém da horda de admiradores dele circulando por ali, como de costume. Parece que calculei o momento com precisão.

Acabei de sair do quarto dele e entrar no quarto ao lado quando a "namorada" apareceu, usando aquele uniforme de ioga. Pelo menos ela é bonita. Não sou chegado a garotas miúdas; prefiro as altas, com curvas e cabelo ruivo, mas consigo entender por que os homens vão fazer ioga. Não é pelo exercício, isso é óbvio. É pela putinha gostosa e maleável que eles acham que podem ter uma chance de pegar. Aposto que a maioria dos alunos dá em cima dela. De qualquer forma, já cansei de olhar para ela e, principalmente, cansei de ouvir sua voz irritante. A escuta que instalei embaixo da cama de Phillip na semana passada, no meio da noite, já me deu uma boa perspectiva do relacionamento deles.

A garota está de quatro pelo babaca. Sou capaz de cortar os pulsos se tiver que escutar mais uma vez o choramingo dessa criatura pedindo para ele acordar, por ela, pela filha dele — aquele entojo de criança — e por isso e por aquilo. Ela não para, que merda. Parece um disco arranhado ou um jingle de comercial que a gente não consegue tirar da cabeça. Alguma coisa precisa acontecer para quebrar a monotonia. Bem, assim que chegar o momento certo, eu vou quebrar... aquele pescocinho bonito. Se eu não conseguir a minha garota de volta, vou arrebentar o elo mais fraco.

Sua vez, Barbie Ioga.

GILLIAN

— *Respire, baby. Inspire... dois, três, quatro, cinco, expire... dois,* três, quatro, cinco. Inspire de novo. — Chase inspira audivelmente. — Expire... — Ele solta o ar para demonstrar.

Observo o rosto dele em meio ao meu atordoamento, tentando seguir sua respiração, confusa sobre onde estou ou o que estou fazendo. Tudo que sei é que Chase está aqui e estou segura.

— De novo. — Ele me instrui a inspirar novamente por cinco segundos.

A mão quente de Chase está na minha nuca. Com a testa encostada na minha, ele continua a respirar fundo, e eu sincronizo com ele, sem saber que outra coisa fazer. Estou flutuando num mar de águas calmas e fundas, sem terra à vista, e Chase é meu bote salva-vidas.

— Volte para mim, Gillian. — A voz dele soa como se viesse através de uma cortina de lã grossa, áspera e abafada. — Vamos, linda, abra esses olhos verdes maravilhosos. Olhe para mim, só para mim. Você está aqui comigo, na nossa casa.

Casa.

Chase.

Foco.

O torpor no meu corpo começa a desaparecer, meu coração bate num ritmo mais calmo. Agora há pouco era como uma marreta me martelando contra o chão, com tanta força que eu não conseguia respirar nem enxergar nada. Agora tudo o que vejo é azul... um azul infinito. Chase pisca e um leve sorriso curva seus lábios.

— Isso, linda. Olhe para mim. Eu estou cuidando de você. Sempre vou cuidar.

A voz de Chase é calma e firme. Aos poucos começo a sentir o espaço à minha volta. O ar já não me pressiona para o fundo de um buraco. Chase esfrega minhas costas com movimentos longos e lentos. Afundo os dedos nas costas dele e o puxo para mim, o medo ainda consumindo as extremidades da minha consciência. Enterro o rosto no pescoço dele, e o perfume de sândalo e citrino me trazem ao presente. Lentamente, compreendo onde estou.

No chão da cozinha, abraçada a Chase. Ele está sentado com as pernas cruzadas, me segurando no colo, minhas pernas ao redor de sua cintura. Estou agarrada a ele com tanta força que minhas mãos estão dormentes. Depois de mais algumas respirações, levanto a cabeça e pisco várias vezes.

— O que aconteceu? — pergunto, sentindo minha voz rouca e arranhada.

Chase afaga meu cabelo e coloca as mechas soltas atrás da minha orelha.

— Você teve uma crise de pânico, a pior de todas que eu já vi. Bem mais assustadora que os flashbacks. O que desencadeou isso?

Então tudo volta à minha mente, como um tsunami invadindo a praia. As lágrimas escorrem abundantes pelo meu rosto.

— Aquele maluco deixou outro bilhete — falo com a voz entrecortada.

— Bilhete?

Aceno com a cabeça.

— Onde?

A fissura no meu coração se abre, permitindo que a dor volte a entrar.

— O Phillip! — Choro com o rosto enterrado no pescoço de Chase, incapaz de evitar o sentimento esmagador de culpa.

Ele me afasta e segura meu rosto.

— Como assim, o Phillip?

Anuo de novo.

— Você está dizendo que o assediador deixou um bilhete com o Phillip no hospital?

Meus lábios tremem, e sinto os músculos do rosto se contraindo e contorcendo à medida que uma tristeza profunda me invade.

— A Bree encontrou quando chegou lá de manhã.

— Tudo bem, vamos cuidar disso.

Ele me abraça mais apertado e me ergue, depois se levanta. Eu me agarro a ele, relutante em deixá-lo ir.

— Dana! — ele chama por sobre o ombro.

Ouço o som dos saltos altos.

— Sim, Chase.

— Mande o Jack ir até o hospital agora. Apareceu outro bilhete, está com a Bree. Diga a ele para ir buscar e me ligar assim que estiver com o bilhete em mãos.

— Sim, já vou ligar — ouço a voz dela responder de muito longe.

Então percebo que estamos nos movendo. Chase está me carregando pela cobertura em direção ao quarto, meus pés mal tocam o chão. Chegando lá, ele me senta na cama. Tira meu suéter e me empurra delicadamente, sugerindo que eu me deite. Desabotoa meu jeans e o tira, me deixando só de regata e calcinha. Em seguida tira a própria camiseta e o short do pijama e fica só de cueca. Estou tão arrasada que nem consigo apreciar sua beleza.

As lágrimas caem pelo meu rosto e molham o travesseiro sob minha cabeça. Chase se deita a meu lado, me levando até o meio da cama, debaixo do edredom, e me aninha em seu peito, me abraçando enquanto eu choro. Com meus ex-namorados, como Danny, até mesmo Justin, eles queriam que eu dissesse como podiam solucionar meus problemas. Ficavam atrás de mim até eu fazer de conta que estava tudo bem. Tanto que eu ergui uma muralha gigante em volta do coração, que ninguém podia penetrar. Nos últimos anos, e com a ajuda da terapia, aprendi que tudo bem chorar. Tudo bem sofrer e me permitir sentir dor e mágoa.

Chase passa as mãos pelo meu corpo, pela perna, braço, até minha mão e depois de volta para as costas e cabelos, onde puxa o elástico e deixa os fios caírem. Depois que paro de chorar e começo a me sentir eu mesma novamente, ele diz:

— Fale comigo.

Fecho os olhos e levo as mãos dele aos lábios. Beijo cada um dos dedos e o centro de cada palma. Ao longo dos últimos seis meses eu tinha certeza de que não poderia amar mais esse homem, mas estava enganada. Neste exato momento ele está cuidando de mim do jeito que preciso ser cuidada... sem julgar, apenas ficando comigo, dando o tempo de que eu preciso, apesar do susto que levou ao me ver no chão da cozinha e de estar bastante preocupado comigo, e também com a história do bilhete. Eu sei que há uma cratera em suas emoções, e no entanto ele cuida de mim. Eu venho em primeiro lugar.

— Nenhum outro homem vai me amar do jeito que você ama — sussurro a epifania.

O olhar azul de Chase encontra o meu, com uma franqueza que acho que nunca vi antes.

— Eu nasci para te amar e te proteger.

— Até o infinito?

Ele pisca lentamente e sorri.

— Sim. Para sempre, baby. — Ele roça o nariz no meu e me beija rapidamente. Não é um beijo sedutor, é mais de afeto e carinho, como se ele quisesse solidificar o nosso amor. — Me conte, Gillian.

Apesar do aparente controle, percebo sua ansiedade.

— O assediador deixou um bilhete insinuando que foi o responsável pela explosão, que era para o Phillip ter morrido e que da próxima vez ele talvez não escape. E deixou no ar que vai ter uma próxima vítima. — Inspiro bruscamente, tentando não deixar as emoções me dominarem.

Chase acaricia meu rosto.

— Amor, nós vamos encontrar esse cara. *Eu* vou encontrar o canalha, nem que seja a última coisa que eu faça na vida. Prometo.

Abraço Chase e o beijo com ardor. Ele corresponde, me abraçando com força também. Nossos rostos estão tão próximos que posso sentir o hálito dele nos meus lábios.

— Gillian, você precisa ir a um psicólogo. Esses flashbacks e crises de pânico me assustam demais.

Suspiro e afago o rosto dele.

— Está bem, eu vou.

Chase me estreita entre os braços.

— Já. Não na semana que vem, nem daqui a um mês, nem depois do casamento. Esta semana. Se você não marcar um horário, eu marco. — O tom dele é aquele de "sem negociação" que normalmente eu gosto de contradizer, mas não dessa vez.

O casamento. Nem tenho como ficar feliz com a aproximação do dia mais importante da minha vida. Parece que tudo está desmoronando.

— Chase... o casamento... é demais — admito finalmente o que vem me afligindo nas últimas semanas.

Ele respira fundo, deita de costas e me puxa para cima dele. Cruzo as mãos sobre o peito largo e forte e apoio o queixo nelas. Seus olhos escaneiam o teto, olhando para todos os cantos menos para mim. Por fim ele me encara e enterra uma das mãos no meu cabelo, enquanto com a outra me abraça pela cintura. Seu olhar está triste, como eu nunca vi antes.

— Eu sei. Detesto ter que esperar, mas, com tudo que está acontecendo... eu não aguento mais ver o que o estresse está fazendo com você.

Dou um beijo no peito dele, em cima do coração.

— Você sabe que não há nada que eu deseje mais do que ser sua mulher. — Engulo o nó gigante na garganta, que bloqueia minhas palavras. — Mas, Chase... o assediador... o Phil ainda em coma, a Anabelle sem o pai... — Balanço a cabeça, tentando não me aprofundar demais nesses pensamentos. — A Bree está péssima, e neste momento ela me odeia. Preciso pôr a minha vida em ordem, ou não vou trazer nada de bom para você... — Minha voz treme e eu mordo o lábio para conter um novo acesso de choro.

— Você foi a única coisa boa que já me aconteceu. — Chase segura meu queixo e afaga meu rosto com o polegar. — Eu não te mereço, mas sou egoísta demais para abrir mão de você.

Eu o miro dentro dos olhos, tentando exprimir a seriedade do que vou dizer.

— Nunca abra mão de mim. Eu não sei mais quem sou sem você. Nós somos um só, você e eu... uma unidade. Só nós.

O sorriso de Chase é amplo e lindo como o sol nascente.

— O que você disse agora há pouco, que nenhum homem te amaria como eu...

Assinto.

— Eu acabaria com qualquer homem que tentasse ficar entre nós — ele diz, sério, e continua: — Nós vamos casar, minha linda, mas, por mais que eu odeie dizer isso, vamos adiar. Marcamos a data para daqui a três meses e vamos ver como as coisas andam. Não quero esperar nem um segundo a mais que o necessário. Não vejo a hora de você ser a sra. Davis.

— Ah, Chase, você é tudo pra mim — exclamo.

— Vem cá, linda — ele diz e me puxa para um beijo intenso e molhado.

Por algum tempo ficamos apenas nos beijando e nos acariciando, recuperando nossa conexão física, agora que estamos mais fortalecidos emocionalmente. As mãos de Chase percorrem todo o meu corpo, como se ele estivesse pintando uma tela — pequenas pinceladas aqui, mais pressão ali, o tempo inteiro concentrado em me beijar com paixão.

O beijo de Chase é um evento. Ele é gentil quando deve ser e mais intenso em outras ocasiões. O mero toque dos dentes dele no meu lábio inferior me enche de tesão. Suspiro contra a boca máscula, enquanto ele desenha pequenos círculos com os dedos na base das minhas costas e começa a levantar minha blusa. Quando segura meus seios e eu me sento em cima dele, o telefone toca. As mãos de Chase caem no colchão pesadamente.

— Cacete... — Ele aperta os dentes e o músculo no maxilar se contrai.

— Tudo bem... Deve ser o Jack. Você pediu para ele ligar — lembro.

Isso o deixa em alerta. Ele se ergue, com um braço ao redor de mim, e se estica para pegar o celular. Aperta a tecla de atender e leva o aparelho ao ouvido. Eu me inclino para a frente e aproveito esse momento para dar pequenos beijos no peito dele.

— Leia o que está escrito — ele diz, com a voz brusca.

Eu já sei o que diz o bilhete, mas percebo o momento exato em que Chase compreende quão grave é a situação. Ele se contrai e enrijece, e a mão na minha coxa se fecha, me apertando. Tento abraçá-lo, mas ele está tenso demais.

— Coloque um segurança na porta do quarto. Ninguém entra se não for parente ou amigo, e, se entrar algum médico ou enfermeiro, que o guarda fique dentro do quarto enquanto ele estiver lá. Leve o bilhete para Thomas Redding e a equipe dele. Eles precisam saber imediatamente.

Ele desliga e larga o celular na cama.

— O Austin não sai do seu lado quando você não estiver comigo. — A voz dele é ameaçadora, e já sei que o Chase Superprotetor está prestes a vir à tona. — Ele não vai conseguir chegar perto de você. Eu vou gastar até o meu último dólar para te manter em segurança. — Ele range os dentes com força, e eu levo a mão ao seu rosto para beijá-lo e aplacar a raiva.

— Sim, meu amor... Eu faço como você quiser. Mas agora eu preciso de você.

Pressiono o quadril contra a ereção inabalável dele. Afrouxou um pouco durante a ligação, mas volta a crescer conforme me encosto e provoco. Com um movimento rápido, tiro a blusa, levo a mão às costas e abro o sutiã de renda. Seguro as mãos de Chase, que ainda estão cerradas ao lado do corpo, e as trago até meus seios nus. Elas me pressionam numa reação reflexa, e Chase arqueia o quadril entre minhas pernas. Tão bom...

— Isso, Chase. Tome o que é seu.

Os olhos dele brilham quando ouve minhas palavras. Meu amado é extremamente possessivo; não que ele me considere uma propriedade, mas ele me considera sua, porque eu sou a outra metade dele. Sem ele eu não sou eu, e vice-versa. Nós somos a melhor parte um do outro.

Chase se ergue e leva a mão ao meu pescoço, levantando meu queixo com o polegar.

— Eu vou te comer com tanta força, baby, que você nunca vai esquecer quem é que toma conta de você.

Então ele me beija com avidez, um beijo molhado, profundo, que eu retribuo com todo o meu ser. Ele sabe do que eu preciso e me dá exatamente isso, sempre, sem falhar. Me reconectar fisicamente com Chase quando estou com o emocional tão abalado é o que vai me dar força para enfrentar o que vem pela frente. Amanhã, porém, vai ser um novo dia, pelo qual eu não anseio nem um pouco.

9

GILLIAN

— *Gillian, minha querida, é muito bom te ver — diz o dr. Madison,* me abraçando.

É como abraçar um irmão ou alguém de quem você gosta muito. A sensação de familiaridade e paz penetra as partes torturadas da minha alma. Infelizmente, também me faz sentir saudade de Phillip e de seus abraços afetuosos. Eu o aperto mais, tentando transmitir toda a dor e a turbulência que me afligem sem precisar entrar no cerne da questão.

— Acho que já está bom — escuto Chase resmungar atrás de mim.

Eu me afasto. Tinha esquecido que Chase estava ali. Com a mão ainda no meu ombro, o dr. Madison olha para ele.

— Um amigo seu, presumo.

Sua voz carrega aquela pitada de sarcasmo combinada com bom humor que sempre me faz sentir à vontade para revelar meus segredos mais profundos e sombrios. Antes que eu possa responder, Chase me enlaça pela cintura e me puxa para ele. O dr. Madison ergue as sobrancelhas e junta as mãos na frente do corpo.

— Este é Chase Davis, dr. Madison. Meu noivo — explico.

— Noivo? — Seu tom é de surpresa. Provavelmente porque, na última vez em que estive aqui, deixei claro que não estava mais interessada em relacionamentos sérios pelo resto da vida. Confirmo com um aceno de cabeça e ele me indica a poltrona confortável onde eu normalmente afundo e me encolho como um gatinho. — Pode aguardar lá fora, sr... hã...

— Davis. Chase Davis — ele diz com ar de autoridade, habituado que está à influência ligada a seu nome. Infelizmente, Chase vai ficar desapontado quando perceber que o dr. Madison não dá a mínima para status. Ele é um dedicado profissional da saúde, desligado das coisas materiais.

Chase olha para mim e em seguida para o doutor. Em vez de sair, atravessa a sala e se senta na poltrona ao lado da minha, apoia o tornozelo no joelho da outra perna e encaixa o queixo na mão.

— Não, acho que eu prefiro ficar. Todo cuidado é pouco com a minha mulher — ele diz e eu reviro os olhos.

Ah, o doutor vai enfrentar uma batalha hoje. Ele se senta de frente para nós e apoia na perna um bloco de anotações amarelo.

— Sua mulher? — As sobrancelhas se arqueiam novamente. — Interessante. Como se sente sendo a mulher *dele*? — o doutor pergunta para mim.

— Hã... — Retorço os lábios, sem saber como responder.

— Ela se sente perfeitamente bem, certo, Gillian? — Chase responde em meu lugar, decidido. Não creio que ele aceitaria qualquer outra resposta; seu orgulho racharia como porcelana caindo no concreto.

O doutor se volta para ele.

— Eu não sabia que esta seria uma sessão de terapia de casal. Quando a Gillian ligou, disse que tinha assuntos pessoais que precisava trabalhar.

Ele faz menção de prosseguir, mas Chase o interrompe:

— Não estou gostando do seu tom, doutor. — Estreita os olhos e apoia os cotovelos nos joelhos.

— Desculpe se eu ofendi você. Acho que nós começamos da maneira errada — diz o dr. Madison, em tom sereno.

Chase olha para ele de cima a baixo. Meu terapeuta é atraente, não há como negar. Maria o chama de dr. Gostoso. O cabelo loiro-escuro é cortado num estilo legal, os mocassins e a camisa social são impecáveis, mesmo eu sendo a última paciente do dia. Os olhos cor de avelã avaliam tanto Chase quanto a mim, até que ele cruza os braços e leva uma das mãos ao rosto, batendo de leve o nó de um dedo nos lábios.

Chase se irrita visivelmente. Ele fica muito fofo quando está com ciúme.

— Aliás, por que você faz terapia com um homem? Não existem mulheres nessa profissão?

Dou risada alto, tiro os sapatos de salto e dobro as pernas embaixo do corpo na poltrona macia. Os dois me olham como se eu tivesse perdido o juízo. Provavelmente perdi mesmo.

— Chase, baby, às vezes você exagera. Está vendo o que eu tenho que aguentar? — pergunto ao doutor.

Chase levanta as sobrancelhas e arregala os olhos. Com um sorriso afetado, o doutor responde:

— Estou, sim. Parece que você está voltando ao velho padrão — comenta, e eu concordo com um aceno de cabeça, sabendo que ele se refere ao meu fetiche por homens controladores.

— O Chase não percebe que está tentando controlar o universo, dr. Madison. Quando o assunto sou eu, ele perde completamente a noção — digo, impassível, enquanto Chase se vira bruscamente para mim com a expressão frustrada.

Então ele se levanta de maneira abrupta.

— Com licença. — Vai até minha poltrona e me puxa. — Acho que terminamos — resmunga. Sua atitude prepotente não passa despercebida ao meu terapeuta.

— Sente-se, sr. Davis. — O tom de voz do doutor é enérgico, mas respeitoso. — Na verdade nós mal começamos. Se você quer que a Gillian seja ela mesma, que se sinta segura, tranquila e inteira, vai ter que trabalhar conosco, não contra nós. A saúde emocional é necessária para que qualquer relacionamento floresça e tenha êxito. Você quer que a Gillian se sinta plena? — ele pergunta de uma maneira que fica impossível para Chase negar.

— É claro que sim. Nada é mais importante para mim do que ela.

Dou um abraço apertado nele, em seguida me afasto e volto para minha poltrona. Ele faz o mesmo, só que com uma expressão fechada.

O dr. Madison muda de posição em sua poltrona de couro de espaldar alto.

— E então, Gillian, por que você está aqui?

Respiro fundo e começo a contar tudo. No meio da história, quando falo sobre a bomba que o cara que está me perseguindo plantou para atingir Phillip, Chase estende a mão e aperta a minha, desenhando o símbolo do infinito na minha palma com o polegar. Ele é a minha rocha.

— E agora tivemos que cancelar o casamento, porque eu não consigo relaxar. Não sei o que fazer com essa situação toda. O Phillip, a Bree... ela... a minha melhor amiga está magoada e... — Estremeço conforme o peso disso tudo me derruba.

— Nós não cancelamos o casamento, só adiamos — Chase me corrige. — Esperamos resolver essa questão do assediador em breve. Tenho uma equipe trabalhando nisso.

— Eu estou sendo *assediada*, dr. Madison. Um cara de verdade, assustador, está me perseguindo. Esse louco quer me atingir, me machucar... quer machucar os meus amigos. Cristo, ele já machucou os meus amigos, quase matou um deles. O que eu faço? — Minha voz sobe para um tom estridente. — Como lidar com uma situação dessas? É inacreditável... — Falo sem parar, como se estivesse liberando toda a frustração acumulada nos últimos cinco anos. Talvez esteja mesmo.

O doutor acena com a cabeça e me entrega uma caixa de lenços de papel. Eu assoo o nariz.

— Gillian, é uma situação lastimável. Eu sinto muito que você esteja passando por isso. Você não tem ideia de quem pode ser esse indivíduo? Alguém do seu passado, talvez? — Ele fala pausadamente, e eu visualizo Justin com aquele sorriso asqueroso que ele tinha quando começava a perder a paciência. No mesmo instante estou de volta lá...

Estou no meio de um bosque, o sol se pondo enquanto corro por entre as árvores. Feixes de luz tremulam no chão conforme avanço, pisando na terra e nas folhas. O sangue escorre do meu nariz, pingando na boca e na blusa. Preciso fugir. Se ele me encontrar, pode me matar dessa vez.

— Onde você está, Gil? — ouço a voz dele, não muito longe atrás de mim.

Corro mais rápido, apesar do gosto de cobre do sangue na minha boca, que quase me asfixia e me faz cuspir. Só consigo respirar pela boca. Ele quebrou meu nariz outra vez, e, a cada respiração nessa corrida, engulo mais um pouco da minha própria fonte de vida.

Minhas mãos estão sujas de sangue quando trombo com uma árvore e rodopio em volta dela, tentando recuperar o fôlego.

— Você não tem como se esconder de mim! Eu te acho em qualquer lugar...

Ele dá uma risada grotesca que parece ecoar nas árvores, como se estivesse mais perto. De onde estou, não consigo determinar a posição dele, só sei que está próximo. Eu me agacho do jeito que consigo, as lágrimas turvando minha vista conforme me encosto no tronco de uma árvore.

Por um longo momento, só consigo ouvir o som da minha própria respiração. Será que ele voltou para o acampamento? Eu sei que tem uma estrada não muito longe daqui. Se ao menos eu conseguir chegar lá, posso parar um carro e pedir ajuda.

Levantando-me, tento enxergar na floresta agora escura. Meu corpo inteiro treme, e eu começo a sentir dor. No instante em que dou dois passos à frente, sinto uma mão no meu pescoço e outra no meu quadril, me jogando contra uma árvore. Minha cabeça bate com tanta força no tronco que eu vejo pontinhos brilhantes.

— Você acha que consegue escapar de mim? — Justin rosna antes de levantar o braço e me socar com força no estômago. Todo o ar escapa dos meus pulmões com um ruído estridente, e uma dor aguda se espalha pela minha barriga. Ele me segura contra a árvore com o peso do seu corpo e levanta meus braços, depois inclina a cabeça para o lado e fica me olhando, me analisando, com um sorriso sarcástico. Chegando mais perto, roça o rosto com a barba por fazer no meu. Posso sentir seus lábios na minha orelha. — Lembra quando você disse que era minha para sempre? Aquilo foi uma promessa que eu nunca vou deixar você quebrar. Eu te mato antes de você ir embora!

— Gillian, baby... eu estou aqui.

A voz de Chase penetra meus pensamentos. Sinto sua mão nas minhas costas, esfregando para cima e para baixo. As luzes da sala começam a invadir meus sentidos, e eu reparo na porta de vidro que dá para a sacada, na mesa de mogno no canto, na estante de livros médicos e científicos. Eu conheço este lugar; aqui me sinto segura. Mas neste momento estou encolhida em um canto, em posição fetal.

— Volte, Gillian... Eu estou cuidando de você. Sempre vou cuidar. Lembra que eu prometi sempre te trazer de volta?

As palavras de Chase alcançam meu subconsciente, e eu me jogo nos braços dele. Ele me abraça com força e me leva até a poltrona onde eu estava sentada. Eu o aperto enquanto ele me aninha como um bebê. Quando minha respiração volta ao normal, estico as pernas e olho em volta. O dr. Madison está sentado em sua poltrona, com o bloquinho amarelo ainda nas mãos, nas quais percebo certa tensão.

— Desculpe, dr. Madison — murmuro, e ele levanta a cabeça.

— Gillian, você não tem do que se desculpar. Eu não me dei conta de que você estava tendo os flashbacks de novo. Essa história do assediador está reabrindo feridas antigas. Com que frequência eles acontecem? — ele pergunta.

A vergonha me atinge como um golpe físico.

— Humm... têm sido frequentes nos últimos meses. Quando eu fui morar com o Chase eles pararam, mas depois do acidente do Phil voltaram com tudo.

— E os pesadelos... Conte tudo para ele. — Chase me induz a ser franca com o doutor e comigo mesma.

Fecho os olhos e deixo o perfume dele me inebriar e acalmar, seu calor substituindo o frio em meus ossos e seu amor varrendo a vergonha.

— Eu tenho tido pesadelos todas as noites desde que esse último bilhete apareceu no hospital. Eu me sinto perturbada, como se estivesse vivendo no passado. A única coisa que me salva disso é... — Seguro a respiração conforme as lágrimas escorrem pelo meu rosto.

— É o quê? — pergunta o dr. Madison.

— Sou eu — Chase responde por mim, e eu anuo com a cabeça em silêncio, incapaz de falar. — E sempre vou salvar. Com prazer, baby. Você é minha, e não vai ser um cretino doente do seu passado que vai pôr as mãos em você. Ah, se eu pegar esse sujeito...

Eu me viro no colo dele e seguro seu rosto com as duas mãos.

— Não. Ele já me arruinou além da conta. Não posso deixá-lo te atingir. Você, não. — Encosto a testa na dele.

— É isso que você acha, Gillian? Que o Justin arruinou você? — o dr. Madison pergunta, baixinho.

Faço que sim com a cabeça e olho pela janela.

— Eu nem entendo como é que o Chase ainda quer uma mulher tão problemática quanto eu. Não faz sentido — admito.

Chase me estreita entre os braços. Por fim eu me afasto e saio do colo dele para sentar na outra poltrona, precisando de espaço para lidar com minha autopiedade.

— Gillian, você é a melhor coisa que já me aconteceu. Não só é a mulher mais linda que eu já conheci como tem um coração maior que o de cem pessoas juntas. Você é esperta, divertida, inteligente e a sua alma é pura. É o que eu quero para a minha vida, o que eu *preciso*, todos os dias, para sempre. — Chase se aproxima e se ajoelha a meus pés. — Com nenhuma mulher eu fui o homem que sou com você. — Ele engole em seco e beija minhas mãos. — Você não é problemática, baby. É perfeita. Perfeita para mim.

Acenando com a cabeça, seguro as mãos dele e beijo cada um dos dedos.

— Eu te amo, Chase. Obrigada por ficar comigo, por ter me acompanhado até aqui. Eu precisava de você comigo.

— Nada é capaz de me afastar de você. — Chase me dá um beijo, como que selando sua promessa.

O dr. Madison respira fundo e solta o ar com um suspiro.

— Bem-vinda de volta, Gillian. Nós temos algum trabalho pela frente, com e sem o seu noivo superprotetor. — Ele sorri para Chase.

Meu amado não dá importância, apenas encolhe os ombros e me abraça. Em seguida pega meus sapatos e me ajuda a calçá-los. Suas mãos roçam em minhas pernas durante o processo, uma leve carícia para que eu saiba que o nosso tempo juntos não terminou. E não terminou mesmo. Com Chase, nunca haverá um final.

— O que você está fazendo aqui? Não é o seu turno — Bree resmunga, com evidente desdém na voz.

Assim que entro no quarto, percebo a atmosfera alegre: há flores por toda parte, impregnando o ar com seu perfume adocicado. Um forte contraste com o homem imóvel no leito de hospital e a mulher irritada sentada ao lado dele, segurando sua mão. Bree está enfurecida, com o rosto vermelho, um bico enorme e lançando faíscas pelos olhos. Uma das mãos está segurando o cobertor sobre Phillip com tanta força que os nós dos dedos estão brancos.

— Bree, é sério isso? — Balanço a cabeça e pouso a mão na perna de Phillip, querendo que ele sinta minha presença, mas ela empurra minha mão tão bruscamente que eu dou um passo para trás.

— Não encosta nele! Tudo que você toca vira merda!

Epa! Eu sabia que ela estava chateada, sem dúvida arrasada depois de receber aquele bilhete, mas não fazia ideia de que tivesse se transformado numa estranha para mim. Esta *não* é a minha irmã de alma, a minha Bree.

— Isso não é justo, Bree. Você sabe disso. — Tento falar com delicadeza, esperando exprimir a profunda tristeza que sinto.

— Justo? Quem é você para falar de justiça? — Ela se levanta e passa a mão pelo cabelo. Normalmente ele cai liso, brilhante e impecável nas costas, mas agora está desalinhado, parecendo mais ralo e opaco. — Você está aí, firme, de pé, e o Phillip aqui, deitado, dia após dia. Isso é justo, Gigi?

— Você não está falando sério. — Medo, culpa e vergonha, meus três velhos conhecidos, se esgueiram no meu subconsciente.

Os olhos azuis normalmente calorosos de Bree se estreitam, frios.

— Ah, não? O Phillip está em coma por sua culpa. Porque um desgraçado aí fora quer te atingir!

Deixo escapar um soluço, mas ela continua com seu ataque verbal, golpeando a ferro quente.

— Funcionou? Atingiu você?

As lágrimas escorrem pelo meu rosto, e não faço nada para contê-las.

— Sim — murmuro, com a voz embargada. — Claro que sim.

— Mas não é suficiente, né? Ele não vai parar! Quem vai ser o próximo, Gigi? A Anabelle? — Ela finca o punhal tão fundo no meu coração que eu levo a mão ao peito e cambaleio para trás até a parede. As lágrimas ficam mais abundantes e eu me agacho, encolhida, abraçando os joelhos.

Anabelle não. Não o meu anjinho... Imagens passam pela minha mente. O adorável rostinho redondo, olhos azuis como o céu de verão e os cachinhos loiros dançando ao redor do rosto enquanto ela cantarola suas musiquinhas. Minha afilhada.

Bree está agora agachada na minha frente. Nós nunca ficamos tão próximas sem que fosse para uma demonstração de afeto, um gesto carinhoso ou algo assim. Nesse instante, tudo o que sinto é o ódio que emana de Bree, quase como um manto espesso cobrindo minha mente atormentada com mais culpa.

— Eu me entrego. Deixo ele me levar — falo por entre as lágrimas. — Ele que me leve. Eu não desejo isso para nenhuma de vocês, nem para o Phil, nem para a minha menininha, para ninguém! — digo com convicção. A ideia cria raízes conforme vejo o semblante de Bree se transformar numa expressão desconcertada e dolorosa. Ela me olha como se nunca tivesse me visto antes.

— Só passando por cima do meu cadáver — escuto a voz vinda da porta.

Kat está trazendo um ramalhete de flores frescas e coloridas. Ela olha para Bree e para mim como quem está avaliando, depois coloca as flores sobre uma mesa e se aproxima, a saia longa esvoaçando com seus movimentos. O oceano. Tudo que ela está usando é azul, índigo, turquesa e verde. O tecido ondula com um farfalhar suave quando ela chega perto de nós duas e para com as mãos na cintura.

Paz. Fecho os olhos, inundados demais de lágrimas para conseguirem se manter abertos. Deixo então que a energia calma da presença de Kat arrefeça minhas emoções tumultuadas, como uma toalha molhada sobre uma chama.

Bree se levanta abruptamente.

— Cuidado, Kat. Pode acontecer exatamente isso.

A tristeza volta a me invadir enquanto Bree vai até a cama e passa a mão no rosto de Phil, da têmpora ao queixo.

— Vem cá.

Kat estende os braços para mim e eu me levanto, trôpega, para abraçá-la. Ela afaga meu cabelo, minhas costas, e me abraça apertado até eu me acalmar. Então se afasta, com a mão ainda no meu cabelo e a outra segurando meu braço.

— A. Culpa. Não. É. Sua — ela diz e encosta a cabeça na minha testa. Nossos olhares se encontram, caramelo de um lado e verde do outro. — Entendeu?

Faço que sim com a cabeça.

— Ótimo. Ninguém aqui vai se sacrificar por causa de um maluco. Estamos juntas nisso, ok? — Kat acena com a cabeça até que eu retribua o gesto.

— Estamos juntas em quê? — Maria pergunta, tropeçando nos próprios pés. Ela se apoia na parede para se equilibrar. Respiro fundo e me afasto dos braços de Kat, enxugando as lágrimas, enquanto Bree continua ao lado de Phil com os braços cruzados e o quadril projetado para o lado. — O que foi que eu perdi?

— Me admira que você tenha conseguido chegar aqui inteira — Bree comenta, num tom de voz arrogante.

Não reconheço minha amiga. Nunca vi Bree falar desse jeito com ninguém.

— *¿Discúlpeme?* Do que ela está falando? — Maria pergunta, colocando a mochila no chão, em um canto. Ela está usando o traje habitual de dança: legging preta e regata larga de jérsei em cima do top esportivo. Certamente deu uma passada aqui a caminho do teatro.

Não consigo responder, emudecida que estou pela tristeza. Mas Bree não hesita.

— Bem, a probabilidade de qualquer uma de nós sobreviver até o cara que está assediando a Gigi ser descoberto é praticamente nula. Conte a elas sobre o bilhete — ela diz, ríspida, inclinando a cabeça para olhar para mim, se controlando para não perder as estribeiras.

Continuo muda, incapaz de encontrar minha voz. E ela permanece implacável:

— O cara deixou um bilhete esses dias, bem aqui na cama do Phillip. — Ela aponta para o pé da cama. — Admitindo que foi ele quem plantou a bomba na academia, e ainda insinuou que vai ter uma próxima vítima! — Os olhos bonitos se estreitam, mordazes.

Kat abafa uma exclamação com a mão sobre a boca. Maria enrijece, a espinha reta como uma flecha e as mãos cerradas do lado do corpo.

— Mal posso esperar para colocar minhas *manos* nesse psicopata. — Ela inspira audivelmente. — *¡Está muerto!* — exclama.

— Não, Ria! — protesto. — A última coisa que precisamos é que você perca o juízo. A Bree tem razão. A culpa disso tudo é minha. Seja quem for esse homem, sou eu que ele quer. Por mais que o Chase e o Tommy estejam empenhados em encontrá-lo, parece que é inútil. Está dando tudo errado, como a Bree disse. Eu é que tenho que deixá-lo me pegar. — Gesticulo no ar feito uma demente. Na verdade estou começando a me sentir perturbada mesmo... Acho que preciso dobrar a frequência de consultas ao dr. Madison com urgência.

— Você não vai fazer nada disso! Pare com essa bobagem, Gigi. Você não pode se colocar em perigo para proteger a gente. Ele pode te matar! E aí, como é que a gente fica? — A voz de Kat está carregada de emoção, mas ela consegue manter a compostura com valentia. Bem que eu gostaria de ser forte como ela.

Maria se aproxima e me abraça, e eu vejo Bree claramente se irritar e desviar os olhos. Como é que isso foi acontecer? Esse monstro está me destruindo, estraçalhando a vida de todas as pessoas que eu amo. Alguma coisa precisa ser feita. A ideia de me colocar numa posição em que esse maluco possa me alcançar está crescendo, pronta para florescer, à medida que um plano começa a tomar forma. Eu posso fazer isso, posso salvar minhas amigas, Chase, a pequena Anabelle. Assim ninguém mais vai se machucar.

— Eu posso ouvir seus pensamentos, *cara bonita*. Você não vai fazer isso, de jeito nenhum. *¿Me escuchas?* Não se atreva a se atirar na frente desse *loco*! — Maria segura meu rosto com as duas mãos e espera até eu assentir com a cabeça. Seus olhos azuis estão muito sérios, duros, implacáveis. Lembram os de Chase quando ele está naquele estado de espírito "não negociável". Chase. Eu preciso de Chase.

— Não seria má ideia usar a Gigi como isca — Bree resmunga. — O cara com certeza viria buscar o prêmio mais *precioso*. — As palavras chicoteiam o ar, dolorosas como um açoite, me partindo ao meio, rasgando meu coração.

Kat reage às palavras de Bree abraçando o próprio corpo. Ria gira nos calcanhares e encara nossa irmã de alma.

— Escuta, qual é o seu problema? Você está mesmo sugerindo que a Gigi, a nossa *hermana*, se arrisque a ser morta como punição pelo que aconteceu com o Phillip, ou só para salvar a *sua* pele?

Os olhos de Bree se inundam de lágrimas. É a primeira vez desde que cheguei que vejo uma sombra da verdadeira Bree... a mulher por quem eu me jogaria na frente de um trem, se fosse preciso. Os ombros dela se curvam e ela baixa os olhos, completamente derrotada.

Infelizmente, Maria não parece perceber.

— Você bateu a *cabeza*? Está *loca*? — continua, agitada.

Os ombros de Bree se sacodem. Seu corpo inteiro estremece quando ela se apoia no encosto da poltrona ao lado da cama.

— Me perdoe, Gigi. Não sei o que... — começa, as lágrimas caindo pelo rosto enquanto olha para mim. O arrependimento está evidente em sua expressão. Ela está arrasada. — Eu não falei sério. Ah, meu Deus, o que deu em mim?

Sua voz falha, e eu corro para ela, puxando-a para meus braços, segurando-a com tanta força que nem sei se a estou machucando. Mas ela não parece se importar, soluçando em meu ombro, dando vazão a três semanas de sofrimento. A angústia exala por todos os seus poros como algo palpável, enquanto eu a abraço.

— Eu não estou l-louca.

Ela soluça contra meu cabelo, enxugando as lágrimas e o nariz no meu ombro, e eu a acolho, compreendendo a importância daquele momento, por mais passageiro que seja, de trégua do medo e da incerteza que assombram todas nós. Principalmente Bree, que talvez ainda nem tenha se dado conta de como está apaixonada por Phillip. Neste exato instante, ela precisa encontrar o seu eixo.

Afago os cabelos dela e a aperto entre os braços.

— Claro que você não está louca, amiga — digo, tentando confortá-la.

Ela soluça em meio a um novo acesso de lágrimas.

— Não, eu... eu estou grávida — anuncia.

Um silêncio mortal paira no quarto. Eu a afasto, com as mãos em seus braços, e olho para seu rosto torturado e abatido. Três pares de olhos se concentram unicamente nela. Bree acena com a cabeça e em seguida desaba pesadamente em meus braços, sem forças para se manter de pé.

Então nós três a rodeamos, transmitindo todo o nosso amor naquele círculo de proteção. Nossa trindade. Juntas, abraçadas, choramos em um estranho misto de alegria, tristeza e medo.

X

Quer dizer então que a Barbie Ioga está grávida. Que beleza. Eu não poderia ter planejado melhor. Ela acabou de subir para o topo da lista. Eliminar a Barbie e o cretininho com uma só cajadada? Se isso não representar uma mensagem gigante e piscante para a minha garota, nada mais vai representar. Estou quase babando quando ouço a notícia pela escuta que plantei embaixo da cama do hospital. O pessoal do Chase continua me subestimando. Eu imaginaria que, depois de mandar a academia pelos ares e deixar meu cartão de visita por meio de um bilhete na cama do comatoso, eles me levariam mais a sério. Melhor assim. Quanto maior a burrice deles, maior a minha sorte.

Pego as fotos de Bree Simmons e seu estúdio, I Am Yoga. Nome estúpido. Ela é ioga? Que tal I Am Dead, "Eu Estou Morta"? Porque é isso que ela vai estar, bem antes do que eu planejei. A minha princesa e as outras duas vacas vão perder o rumo, cometer erros, assim que eu tirar a loira miudinha do caminho. Com ela e o bebê fora de cena, elas vão ficar ocupadas demais chorando a perda para se focar em me manter a distância. E é aí que eu vou atacar. O funeral vai ser a ocasião perfeita. Eu sei qual é a igreja que a família da rameira loira frequenta: St. Patrick, na Mission Street. Com certeza vai ter alguma cerimônia lá. Uma igreja grande, exibicionista, bem como a família dela. Fico me perguntando o que levou a loira para os caminhos da ioga e do budismo, sendo que a família é tão católica. Mas tudo bem, não importa.

Eu só preciso dar um jeito de chegar antes e verificar se existe uma rota de saída fácil. Aquela igreja foi construída em cima de um sistema de esgoto antigo e fora de uso, perfeito para arrastar uma ruiva inconsciente de um metro e setenta. Aí, finalmente vou levar a minha garota para onde eu quero... para um lugar onde ninguém vai encontrá-la.

Recostando-me, piso na foto em preto e branco do rosto bonito de Bree Simmons com meu sapato social brilhante. Ela vai ficar ainda mais bonita quando eu lhe der um novo sorriso... de orelha a orelha. Mal posso esperar para vê-la se esvair em sangue.

10

GILLIAN

Hoje faz uma semana que a Bree teve a crise e nós brigamos no hospital. Sete dias evitando Maria, Bree e Kat de tudo que é jeito. Fui ao consultório do dr. Madison duas vezes esta semana. Ele me aconselhou a não me distanciar delas, mas não dei ouvidos. Saber que Phillip foi o alvo da explosão e se feriu tão gravemente por minha causa, que está em coma e talvez nunca recupere a consciência, é um fardo pesado demais, que me consome.

Os médicos dizem que ele está se recuperando bem e que, quando acordar, a pior parte já vai ter passado, ao menos quanto à recuperação física. Chase garantiu atendimento vinte e quatro horas para Phillip, fazendo a generosa doação de um milhão de dólares ao hospital. Ele não me contou — eu é que, sem querer, o escutei comentando com Dana umas duas semanas atrás. Também não contei para ele que escutei. Quero que Phil tenha o melhor tratamento possível e, se meu noivo pode fazer isso acontecer, deixo o orgulho de lado e aceito. Ainda mais agora.

— Baby, vista uma roupa.

Chase entra no closet atrás de mim e pega um dos meus vestidos favoritos, longo e leve, e um casaquinho. Dana simplesmente odeia alguns dos meus vestidos, dos quais me recuso a me livrar. Ela diz que são quadrados demais para minha constituição esguia. Eu adoro porque são muito confortáveis, mas ainda não é fim de semana e preciso me arrumar para o trabalho.

— Chase, hoje é sexta.

Pego uma saia lápis cinza e uma blusa rosa-clara, mas Chase tira os cabides da minha mão e me entrega o vestido e o casaquinho.

— Vamos tirar folga hoje. Já providenciei tudo e o pessoal já está avisado. O Hawthorne sabe quanto você tem trabalhado e concordou. Disse que vai valer como compensação pelas horas extras. — Ele move as sobrancelhas, me puxa para um abraço e me beija. Inalo o perfume de sândalo e citrino, que passou a ser o cheiro mais calmante do mundo inteiro, e esfrego o nariz no peito dele. — Vamos sair para passear e namorar.

Sei que minha expressão é de surpresa, porque ele segura meu rosto com as duas mãos e roça o nariz no meu.

— Eu ainda não cortejei você como tem que ser. O dia hoje é nosso, para ficarmos juntos e apreciar a cidade. Você precisa de uma pausa, e eu preciso de um tempo sozinho com você. — Ele beija o canto da minha boca e prolonga a carícia ao longo do meu pescoço, provocando arrepios que descem até os dedos dos pés. Depois de uma lambida, uma mordida e um beijo terno na junção entre o pescoço e o ombro, ele se afasta. — Use o vestido confortável. Eu sei que você adora, e eu adoro você. Hoje o dia é nosso. Só nosso.

Só nosso...

Há seis meses eu não poderia nem imaginar que estaria na cobertura do edifício mais luxuoso de San Francisco, usando um pijama de calcinha e regata de algodão na frente do homem mais lindo do planeta, meu noivo, me dizendo que vai me levar para passar o dia fora, só nós dois. *Nós* tem um som maravilhoso. Os últimos meses foram lindos e devastadores, plenos de felicidade, prazer, sofrimento, culpa e trauma, entremeados com tudo e mais um pouco. Sinto como se tivesse vivido mais em meio ano do que a maioria dos casais vive numa vida inteira.

Um sorriso curva os cantos da minha boca e eu pego o vestido.

— Aonde você vai me levar? — pergunto, enquanto ele tira de um cabide uma camisa polo amarela.

Eu o vejo puxar uma calça de sarja cáqui da pilha arrumada. Depois de tirar o pijama, visto um conjunto novo de calcinha e sutiã, enfio o vestido de alcinhas pela cabeça e sinto o tecido deslizar macio pelo meu corpo. A estampa é um padrão indefinido em tons de roxo e azul. Pego o casaquinho e entro no banheiro.

— Deixe o cabelo solto. Eu gosto de vê-lo esvoaçar ao vento — Chase murmura atrás de mim.

— Tudo bem — respondo e dou um sorriso recatado quando ele mergulha a mão no meu cabelo e afaga minha nuca, desenhando círculos na pele abaixo da orelha. Então pressiona de leve e em seguida vai para o seu lado do banheiro para concluir a rotina da manhã.

Depois que já estamos prontos e tomamos um café da manhã leve — meio bagel com cream cheese e frutas —, deixamos o apartamento. Quando chegamos à garagem, me preparo para ser levada até um dos carros extravagantes de Chase. Não entendo de marcas, mas o pequeno par de asas em um deles e o leão em outro indicam que provavelmente custaram mais do que eu e minhas três amigas possuímos juntas. Em vez de carros, porém, me deparo com seis homens de terno preto. A nova equipe de segurança.

— Muito bem, rapazes. Se o assediador estiver espionando — Jack diz, orientando os demais —, vai presumir que o sr. Davis e a srta. Callahan estão comigo ou com o sr. Campbell. Ele e eu vamos dirigir os carros de chamariz. Vocês dois... — ele aponta para uma dupla de homens do tamanho de jogadores de futebol americano que eu nunca vi antes — ... vão levá-los aonde o sr. Davis mandar. Aguardo relatórios detalhados a cada vinte minutos. Caso se passem vinte minutos sem que eu receba notícias, vou presumir que aconteceu alguma coisa. De qualquer forma, vou rastrear ambos pelo GPS dos celulares e do carro.

À minha esquerda, reparo em dois SUVs pretos iguais com vidros escuros.

— Isso tudo é mesmo necessário? — cutuco o ombro de Chase enquanto sussurro no ouvido dele.

Ele me olha com a fisionomia dura, implacável, a mesma com que encara um concorrente numa sala de reuniões: sério e no controle absoluto.

— Eu faço o que for preciso para proteger o que é meu. A sua segurança não é negociável.

De novo essa expressão. Eu deveria começar a anotar quantas vezes ele fala isso... "não negociável". Reviro os olhos e ele passa um braço sobre meus ombros, me puxando para mais perto antes de me dar um beijo na testa.

— Aceite e colabore, meu amor — ele diz, e essas palavras me lembram de que ele ainda é o meu Chase... o homem que me ama, que pode ser jovial, doce e adoravelmente espontâneo entre quatro paredes. Meu noivo... o homem que vai envelhecer a meu lado e que sempre me coloca em primeiro lugar.

— Você também é meu, sabia? — Esfrego o nariz no pescoço dele e mordisco a pele macia.

Ele me abraça apertado, um abraço que é capaz de curar o mundo, mas que não é para qualquer pessoa. Eu só o vi abraçar as pessoas da família, e mesmo assim não do jeito que faz comigo. Não, esse abraço é só para mim.

Ele me aperta mais enquanto Jack finaliza as instruções.

— Para sempre, baby — Chase responde e então se afasta e segura minha mão. — Vamos. O tempo não espera — ele ordena e me conduz até um dos SUVs.

Nós nos sentamos no banco de trás e nossos novos seguranças ocupam os bancos da frente.

A primeira parada é na 16th Street. Chase suspira, sai do carro e estende a mão para me ajudar a descer do enorme veículo. Nossos seguranças ficam por perto, sem atrapalhar nosso caminho.

— Onde estamos? — pergunto, olhando ao redor da rua movimentada.

San Francisco é maravilhosamente diversificada e cosmopolita. Pessoas de todos os lugares e etnias convergem para este caldeirão urbano. Há profissionais vestidos com austeridade focados em seus objetivos, hipsters lotando cafés e livrarias, famílias passeando com as crianças.

Chase segura minha mão e começa a descer a rua.

— Você já vai ver.

Ele sorri e eu quase paro de andar apenas para contemplar a incrível felicidade que ele me proporciona e o mundo à nossa volta. Caminhamos alguns quarteirões até o trecho entre a Moraga e a Noriega Street. Chase para e aponta para alguma coisa atrás de mim.

— Olhe.

Olho por sobre o ombro, seguindo a direção do dedo dele, que indica a base de uma escadaria. Ando devagar até lá e me deparo com uma visão deslumbrante. É uma escadaria de arco-íris, mas não exatamente. Pequenas peças de mosaico se unem para formar uma miríade de imagens. Meu olhar vagueia de um ponto a outro, incapaz de se deter em uma única faceta. É de tirar o fôlego, possivelmente uma das coisas mais lindas que eu já vi.

— Como? — sussurro, tentando assimilar aquela maravilha.

— Foi construída em 2005. Mais de trezentos voluntários da comunidade, comerciantes locais e doadores individuais se juntaram para colocar em prática a criação das artistas Aileen Barr e Colette Crutcher.

Dou alguns passos e contemplo o jogo de cores formado pelos ladrilhos minúsculos.

— Tem cento e sessenta e três degraus no total. Eu adoro a lua no centro. Em noites claras ela parece refletir a própria lua, criando um efeito sobrenatural.

Olho escada acima e vejo a enorme lua, com ladrilhos escuros em volta. Finalmente solto a respiração e aprecio os detalhes da magnífica visão. A escadaria começa com uma variedade de temas marítimos, desde peixinhos até ondas agitadas, em pequenas peças coloridas. As ondas do mar parecem subir até metade da escada, onde dão lugar a ladrilhos em tons de marrom e laranja pontilhados de flores e criaturas da floresta. Mais acima, os degraus refletem um céu povoado por pássaros e uma formação de insetos, tudo em tons de verde-água e azul-claro. A seguir vem a lua que Chase adora, um enorme círculo feito de peças brancas e cinza, rodeadas de azul-escuro. Os degraus no topo da escadaria parecem brilhar com a representação de um gigantesco sol. Tenho certeza absoluta de que nunca vi nada mais fascinante, com exceção do homem que está a meu lado, com o braço nos meus ombros, enquanto me delicio com a visão dessa obra de arte urbana.

— Vamos subir?

Chase segura minha mão e eu aceno com a cabeça, ainda maravilhada demais para falar. Subimos degrau por degrau quase com reverência, e de pouco em pouco eu me abaixo para passar o dedo em algum mosaico. Chase não solta minha mão, apenas se inclina comigo para ver o que atraiu minha atenção. Prosseguimos e, finalmente, quando estamos entre a lua e o sol, Chase me faz sentar. Então desce cerca de dez ou quinze degraus e pega o celular.

— Cadê o sorriso bonito?

Não preciso nem me esforçar. Sentada neste lugar onde nunca estive antes, com o homem que fez questão de compartilhar esta beleza comigo, não tenho como reprimir um amplo sorriso. Ele tira algumas fotos, e eu pego o meu celular, gesticulando para ele vir se sentar a meu lado. Um rapaz com cabelo moicano tingido de pink e usando jaqueta de couro passa do nosso lado, subindo.

— Moço, por favor? — chamo, e ouço Chase resmungar baixinho e pressionar meu ombro. — Pode tirar uma foto nossa?

O moicano acena com a cabeça e sorri, antes de ajeitar a mochila a tiracolo. Pega o celular que estendo para ele, e eu reparo nos piercings que ele tem nos lábios, pequenos anéis em cima e embaixo.

— Você é parecida com a minha irmã — ele diz, com um sorriso simpático.

Seus olhos têm um tom de verde igual aos meus, talvez mais intenso até. Se não tivesse tanto metal no rosto, ele até que seria bonitinho.

— Espero que seja um elogio — respondo educadamente.

— É, sim. Todo mundo acha ela linda. Eu acho também, mas sou suspeito, né? É minha irmã. — Ele dá de ombros e desce alguns degraus para tirar nossa foto. Chase e eu sorrimos com esse menino desconhecido nos contando um pedacinho da sua vida. De certa forma isso embeleza ainda mais o momento. O moicano tira várias fotos de nós dois na escada, algumas bem naturais, sem fazermos pose. Depois se aproxima e fala: — Agora façam de conta que vocês se amam.

Chase se vira para mim e segura meu rosto. Seus olhos são da cor do oceano, e, como tantas vezes antes, eu me perco em suas profundezas.

— Eu não preciso fazer de conta — ele sussurra.

— Nem eu — retruco, logo antes de seus lábios tocarem os meus.

A boca dele se abre e eu deixo o beijo se aprofundar, oferecendo a Chase o que considero ser o primeiro beijo de verdade do dia, bem ali, na escadaria mais linda do mundo. Ele tem sabor de menta e de homem. *Meu* homem.

Chase e eu nos beijamos naqueles degraus como se fôssemos adolescentes que acabaram de se descobrir e estão trocando o primeiro beijo. Colocamos tantas promessas e amor no beijo que eu esqueço onde estamos, até que escuto risinhos atrás de mim e o som de pancadinhas. Eu me afasto e olho para trás. Uma menininha de cabelos castanhos e um menino que deve ser irmão dela estão pulando um degrau de cada vez, de mãos dadas. Em seguida olho para baixo para descobrir que o moicano foi embora e deixou meu celular no degrau, ao lado do meu pé. Nunca julgue um livro pela capa... O garoto poderia ter fugido com o celular moderno que Chase me deu, mas não fez isso.

Pego o celular e olho as fotos. Tem pelo menos umas sete. Ali está aquela em que estamos rindo com naturalidade, depois a nossa pose e a que foi tirada mais de perto. Chase está segurando meu rosto e dizendo que me ama. Essa foto eu vou mandar imprimir.

— Olhe. — Mostro a ele as imagens, e ele aponta para a mesma de que eu gostei mais.

— Mande todas para mim, mas essa é... especial.

Aceno com a cabeça, feliz de ver que estamos em completa sintonia. Mal posso esperar para surpreendê-lo com um belo porta-retrato no nosso quarto ou na sala de estar.

— Venha, meu pingo de mel — ele diz.

Ah, não, outro termo carinhosinho. Pingo de mel, não.

Eu me retraio visivelmente, e Chase ri.

— Não gostou de pingo de mel? Tudo bem, vou continuar com o baby. — Ele sorri e roça o nariz no meu rosto. Depois segura minha mão e subimos o restante dos degraus. — Agora a próxima parada. — Passa o braço sobre meus ombros. — Tudo bem se formos a pé?

Nós dois olhamos para minha rasteirinha e para o confortável mocassim dele. Sorrindo, eu o encaro e enlaço sua cintura com um braço.

— Eu vou a pé com você para qualquer lugar.

Caminhamos por cerca de um quilômetro e meio quando Chase para na entrada do Japanese Tea Garden, um portão enorme que parece um pagode japonês. Uma placa na porta diz "Fechado para manutenção", mas ele entra assim mesmo.

— Não podemos entrar. Está fechado — aviso em tom baixo, esperando não atrair atenção para nossa invasão. Chase olha para trás e gesticula para um banco ali perto, sinalizando aos seguranças para se sentarem.

Um homem asiático todo vestido de branco aparece do nada.

— Sr. Davis. — Ele vem em nossa direção com a mão estendida, e Chase a aperta. — Acredito que esteja tudo a seu gosto. Os jardins são exclusivamente seus pelas próximas três horas, conforme a sua solicitação. E mais um vez obrigado pela generosa doação. Será muito bem empregada na manutenção dos nossos jardins.

— Vamos? — Chase sorri e aponta para uma variedade de diferentes caminhos.

Balanço a cabeça, sorrindo também. Esse homem compraria ingresso para o céu, se fosse possível.

O primeiro lugar onde paramos é um pagode vermelho de cinco andares. Lembra os fogos de artifício do pagode da amizade, que eu sempre gostei de ver no Dia da Independência, aquele em formato octogonal e que, quando é aceso, se transforma numa minirresidência oriental. Só que o pagode de verdade é ainda mais bacana.

— Este foi construído em 1915 para a Exposição Universal. Foi trazido pra cá depois do evento para proteger a história. Os pagodes são tipicamente relacionados a lugares onde são celebradas atividades religiosas, geralmente budistas, que tendem a usar as diferentes hierarquias para adoração. Também são conhecidos por conservar em segurança artefatos e relíquias religiosas.

Chase olha para a edificação quadrada vermelha, construída em camadas, enquanto eu olho para ele.

— Você conhece mesmo arquitetura e história. — Encosto a cabeça no ombro dele e espero pela resposta.

Ele suspira e olha ao redor.

— É uma paixão minha, definitivamente — admite com simplicidade.

Eu gosto dessa faceta de Chase. É interessante e diferente, algo que o faz parecer mais real, mais humano.

Seguimos por um caminho sinuoso e chegamos a um jardim zen. Chase me leva até um banco e nos sentamos, apreciando a paisagem e as pedras no rio, dispostas num padrão perfeitamente relaxante.

— Você sabe algo sobre o jardim zen? — pergunto. Os olhos de Chase brilham e ele acena com a cabeça. — Me conte o significado dele.

Ele segura meu ombro e contempla a amplidão do lugar.

— O jardim zen foi criado com um sentido religioso e mitológico. Tem o intuito de ajudar as pessoas na busca pela iluminação.

Murmuro, assentindo, incerta sobre os aspectos mitológicos e religiosos. Os jardins são lindos e convidam qualquer pessoa a meditar.

— E ele ilumina você? — pergunto, com uma ponta de sarcasmo.

— Sim — ele responde, sem expressão, e meus ombros se curvam ligeiramente de frustração por causa da piadinha fora de hora.

E então eu percebo. Os ombros de Chase começam a tremer e ele inclina a cabeça para trás enquanto uma sonora gargalhada irrompe. Dou um soquinho no peito dele.

— Você caiu direitinho! Eu pareço o tipo de cara que encontra iluminação em um amontoado de pedras e arbustos? — ele fala, ainda rindo.

Reviro os olhos.

— Tá bom... tanto faz — respondo e me levanto, me preparando para pôr alguma distância entre nós.

— Ah, não é tanto faz, não — ele retruca quando começo a correr pelo caminho entre a vegetação luxuriosa.

Correr ali, naquele lugar, me faz sentir livre como um pássaro. O cenário é deslumbrante, verdejante, impregnado de aromas florais; o ar é carregado de umidade, refrescando minha pele conforme sigo pelas trilhas, explorando aquele paraíso. De repente, me deparo com uma ponte de madeira marrom-avermelhada em formato de meia-lua, arqueada sobre um laguinho. O sol brilha sobre a ponte e reflete na água, criando um círculo completo de luz.

O braços de Chase enlaçam minha cintura por trás, e ele cola o corpo ao meu. Estamos ambos ofegantes depois de correr, fascinados com aquele cenário.

— Incrível, né? — ele murmura, sua respiração fazendo cócegas na minha orelha e pescoço.

— Sim... — Seguro os braços dele em volta da minha cintura, prendendo-o junto a mim.

— Vamos atravessar a ponte — ele sugere, com um braço à minha volta e segurando minha mão.

Caminhamos até a ponte protegida por balaustradas de madeira e escalamos os degraus altos que levam ao topo do semicírculo. Chase me segura, me ajudando a subir. Quando chegamos lá em cima, me apoio na balaustrada e contemplo os jardins em volta, onde o silêncio é rompido apenas pelo gorjeio dos pássaros e o zumbido das abelhas.

Chase então me faz virar para ele e me olha, esquadrinhando meu rosto. É como se ele compreendesse tudo, como se soubesse o que estou pensando neste momento sem que eu precise dizer uma palavra. Ele se inclina e captura meus lábios num beijo, não um sôfrego, de um homem ávido por sua mulher, mas um beijo para ser lembrado. Um beijo que combina e se encaixa no dia de hoje, do qual nos lembraremos daqui a vinte, trinta, quarenta anos, quando estivermos grisalhos e voltarmos a este lugar. É um momento em que expressamos nosso amor um pelo outro, numa ponte em forma de um círculo que nunca acaba. Assim como o nosso relacionamento... infinito.

Segurando-me pela cintura, ele me conduz de volta para fora da ponte.

— Vamos. Está com fome? — pergunta.

Balanço a cabeça automaticamente, pela força do hábito. Quem pode ter apetite quando há tanta coisa desmoronando? Pelo menos no último mês tem sido assim.

— Não? Bem, mas você vai comer. Está muito magra.

Não discuto. Ele está certo, e nós dois sabemos disso.

Chase me conduz para uma espécie de clareira rodeada por salgueiros--chorões, cujos galhos se curvam até o chão. À sombra de um deles, sobre o gramado, está estendido um grande cobertor branco com várias almofadas jogadas em cima e, ao lado, um balde de gelo com champanhe e duas charmosas cestas de piquenique. Depois que nos sentamos, eu tiro as rasteirinhas, seguro os tornozelos de Chase e tiro seus sapatos, admirando seus pés nus. São tão masculinos, com dedos perfeitos, curtos e largos, e unhas arredondadas. Incrivelmente macios, com uma estreita penugem dos tornozelos até o peito dos pés. É irritante. Em geral os homens têm pés feios, parecendo patas de mamute, mas não o meu Chase.

Ele abre o champanhe e me serve uma taça, espumante no ponto certo para fazer a língua formigar. Em seguida pega uma tábua e começa a desembalar uma abundância de frios e queijos. Tira da cesta um vidro com uma pasta arroxeada, abre e coloca uma generosa porção sobre a tábua.

— O Bentley disse que é um chutney de framboesa com mostarda que vai muito bem com copa, salame e presunto cru. — Ele aponta para os diversos frios. — E também com brie, manchego e cheddar irlandês. — Traça uma linha sobre a tábua, por entre os queijos.

— Parece fantástico.

O sorriso dele é largo e sincero. Chase adiciona mais alguns itens da cesta ao nosso banquete: picles de pepino, pera em calda e morangos.

Durante uma hora nós comemos, oferecendo mordidas um ao outro. Quando já estamos satisfeitos, nos deitamos lado a lado no cobertor, encostando a cabeça nas almofadas macias. Chase desliza um dedo pelo meu braço, começando no pulso até o ombro e depois de volta para o pulso. O toque dele faz cada ponto da minha pele formigar e atiça a luxúria que fermenta sob a superfície entre nós.

— Eu não posso nem conceber a ideia de não admirar a sua beleza todo santo dia. — As palavras dele soam como uma prece.

— Que bom, então, que você pode me admirar todo dia — respondo, da maneira mais franca possível.

Não faz parte dos meus planos ficar sem Chase. Não sei se eu conseguiria, agora que conheço o verdadeiro Chase... o homem, não apenas o magnata dos negócios que rege um império, ou o rapazinho melancólico que viu a mãe ser abusada por anos a fio. Eu tive o privilégio de enxergar o homem que ama arquitetura, história e adora cookies no café da manhã; que aprecia uma refeição simples da mesma forma que um jantar cinco estrelas; o homem que gosta de usar short de pijama combinando com o meu, ou terno combinando com meu vestido, de modo que sejamos sempre dois em um. O ser humano mais honesto que eu tive o privilégio de amar.

Chase se senta e passa a mão na minha perna, começando no tornozelo e empurrando o vestido para cima. Ele o leva até a altura do peito e faz um sinal para eu me levantar. Então puxa o vestido pela minha cabeça, me deixando só de calcinha e sutiã cor de lavanda.

— Você é mais maravilhosa do que qualquer coisa em todos os vinte mil metros quadrados deste jardim — ele diz baixinho, deslizando um dedo por todo o meu corpo.

Com agilidade, ele se põe de joelhos e tira a camisa polo, me presenteando com a gloriosa visão do seu tórax. O peito dourado dos deuses... Chase é bastante comprometido com a boa forma e a saúde, e vale muito a pena, pois seu peito é musculoso na medida certa, com relevos suaves e um abdome liso e sólido. Ele desafivela o cinto e tira a calça. Quase com reverência, segura meus joelhos e os afasta, se movendo para se encaixar entre eles.

Antes que eu me dê conta, ele já tirou meu sutiã e sua boca está cobrindo um mamilo. Ele provoca o pequeno pico até que fique vermelho como os morangos que acabamos de comer. Olha para meu peito com admiração e então toma o outro mamilo na boca. Enquanto ele suga meu seio, suas mãos se ocupam em puxar minha calcinha para baixo. Eu me contorço e o ajudo a tirá-la, até ficar completamente nua sob o corpo viril e quente. Seguro o rosto de Chase, e ele solta meu seio.

— Eu adoro os seus seios, baby. Eu poderia chupá-los por horas.

Ele os acaricia novamente, segurando cada um e o apontando para sua boca, onde pincela cada mamilo com a língua. Deixo escapar um gemido e arqueio os quadris.

— Eu preciso de você... dentro de mim. — Arqueio o quadril, pressionando a poderosa ereção dele com a minha pélvis.

Ele geme e desliza o corpo sobre o meu.

— Ainda não. Eu quero o seu suco na minha língua — diz, abrindo mais minhas pernas.

O tesão me atravessa com volúpia diante da crueza das palavras dele, me umedecendo ainda mais. Estamos ao ar livre, o sol nos aquecendo através das folhagens das árvores, e aqui Chase tem a mim, nua e deitada diante dele, seus olhos azuis fixos no centro ardente entre minhas pernas.

— Eu acho o máximo nem precisar encostar na sua boceta e ver que ela está implorando pelo meu toque, pela minha língua, pelo meu pau. — Ele se debruça, aproxima o rosto e inala. — Esse cheiro, essa excitação, é por mim, para mim. Você sabe o que isso faz comigo, Gillian?

Chase se levanta para tirar a cueca boxer e eu fecho um pouco as pernas.

— Fique aberta para mim. Quero ver o seu corpo assim, como se estivesse implorando para ser possuído.

Por um longo momento ele fica olhando para mim, contemplando extasiado a minha parte mais íntima. Em seguida desliza a mão pelo membro grande e duro, puxando de leve, preparando-o para mergulhar dentro de mim e reivindicar o que inegavelmente lhe pertence.

Depois de alguns segundos, eu não aguento mais. Meus quadris se movem para cima e para baixo, de um lado para o outro, as pernas abertas para a contemplação de Chase. Ele está manipulando o pau com tanta força que eu tenho que me agarrar ao cobertor e dar um tempo para ele. Fecho os olhos, controlando o desejo de me enroscar nele, a vontade de que fosse a minha mão ali em vez da dele. Por fim, Chase segura meus quadris e faz parar os movimentos de ansiedade, então eu sinto o calor úmido de sua língua investindo diretamente no meu âmago.

— Ah... — começo a murmurar, mas minha voz se perde quando ele segura minha bunda e introduz a língua o máximo possível, alcançando um ponto tão profundo dentro de mim que tenho certeza de que homem nenhum me teve desse jeito antes.

Chase me força para baixo enquanto me contorço sobre o cobertor. Seus lábios capturam tudo o que podem e me sugam com força, tanta que uma dorzinha familiar surge na minha pélvis e se espalha pelo meu corpo como uma manta quente. Ele então recua e pousa os lábios sobre o botão pulsante de pura premência e necessidade de atenção. Retorce os lábios em volta da pérola contraída, belisca delicadamente com os dentes e provoca com a língua. Por fim, quando já estou segurando os cabelos dele com tanta força que tenho medo de arrancar um tufo, ele me tira da doce agonia. Abocanha meu clitóris com um movimento firme e desliza a língua sobre ele ao mesmo tempo em que o suga.

Um grito silencioso se forma na minha boca conforme uma cadeia de tremores sacode meu corpo, dos dedos dos pés à ponta dos cabelos. Chase continua os movimentos da língua sobre o feixe de nervos e em seguida a introduz dentro de mim, o tempo todo gemendo e rosnando como um animal selvagem.

Quando finalmente gozo, ele se posiciona entre minhas pernas, esperando que eu olhe para ele. Seus lábios, queixo e nariz estão recobertos pela minha essência. Ele se move para trás, se apoiando nos joelhos, e abre minhas pernas, para no instante seguinte me invadir com seu pau. Dessa vez eu grito alto, de puro êxtase.

— Isso, baby, engula o meu pau. — Ele pressiona mais fundo. — Engula... inteiro... até... o... fim... — Ele prende a respiração conforme se aprofunda mais em mim, até o fim, as bolas pesadas batendo na junção das minhas nádegas. — Me sinta, Gillian... me sinta dentro de você. Eu sempre vou estar aí, te possuindo, recebendo o que é meu e dando o que é seu.

Ele respira pesadamente enquanto mete dentro de mim.

— Você gosta disso? Me quer inteiro? Cada... centímetro... meu... é... seu... — ele fala uma palavra a cada estocada.

Segura meu quadril como apoio para dar impulso e me penetrar cada vez mais fundo, me sacudindo a cada investida firme. É divino. Chase trepando comigo desse jeito, provando que nada vai afastá-lo de mim.

— O que você sente? — Ele acrescenta um dedo ao ato, girando-o em volta do meu clitóris, me levando à loucura.

— Eu sinto... — Tento recuperar o fôlego enquanto o orgasmo começa a se formar, efervescente, contraindo minha espinha, meus membros protestando conforme as primeiras ondulações do gozo me atravessam. — Sinto a gente.

Chase sorri, se deita em cima de mim e bombeia sem parar.

— O que mais? — pergunta, por entre os dentes.

Sua pele cintila com as gotas de suor no esforço de se conter. Ele não quer apenas gozar e derramar seu sêmen dentro de mim — quer que seja bom para mim também, e sempre é.

— Baby, tudo... eu sinto tudo — sussurro no ouvido dele, abraçando-o e colando meu corpo ao dele, deixando a cabeça pender para trás enquanto me sinto galopar rumo à libertação.

Seguro Chase contra mim com tanta força que sinto o momento exato em que sua espinha se retesa, uma vértebra por vez, em extremo prazer, antes de jorrar dentro de mim. O orgasmo se prolonga como se estivéssemos surfando juntos uma onda interminável.

Quando volto do nirvana, ainda estou abraçada a Chase, só que agora esparramada sobre seu peito, ambos ofegantes, como se tivéssemos acabado de participar de uma maratona. Ele estende o braço e tateia à procura da calça. Tira o celular do bolso e o segura no alto para tirar uma foto.

— Olhe para a câmera... Eu quero guardar este momento para sempre.

É um pedido que eu não tenho como negar. Segura de que meus seios estão comprimidos contra o peito dele, olho por entre o cabelo e meu esconderijo no tórax largo. Uma das minhas mãos está exatamente sobre o coração acelerado de Chase.

Nós dois olhamos para a câmera e eu dou meu sorriso secreto, aquele que guardo só para Chase. Ele tira a foto e vira a tela para me mostrar. Ficou linda. A ponte em formato de meia-lua aparece ao fundo, mas o mais importante é o primeiro plano: Chase, seus olhos com a expressão saciada e também imaculada, sem marcas do passado nem da situação presente. O meu olhar também é suave, resplandecente. Acima de tudo, é mais um momento nosso, francos e espontâneos no amor.

— Mande para mim... essa é especial. — Uso as mesmas palavras que ele usou sobre a outra foto, na escadaria.

Ele acena com a cabeça e joga o celular de volta para perto da calça. Ficamos um longo tempo ali deitados.

— Você acha que sempre vai ser assim tão bom entre nós? — pergunto, por fim.

Chase me aninha mais nos braços, e eu apoio o queixo no peito dele, como sempre faço depois que transamos.

— Tem tudo para ser. Eu não tenho dúvida de que não existe outra mulher para mim. Nenhuma outra me aguentaria do jeito que você aguenta.

Ele move as sobrancelhas, mas eu sei que existe um fundo de verdade na afirmação. Dou um beijo no rosto dele e recuo para encará-lo.

— Tem razão. Nenhuma mulher normal aguentaria você. — Ele me olha levemente surpreso, mas eu continuo: — Passeios especiais, jardins secretos privativos, brunches no jardim da cobertura, trepadas fenomenais em que o prazer da mulher é primordial... Você está certo. Seu bobo... — Dou risada e ele segura e balança meu nariz.

— Sua fofa.

— Nós já não falamos sobre isso? "Fofa" é para filhotinhos de cachorro e recém-nascidos, não para uma mulher de vinte e tantos anos que fica nua ao ar livre e deixa você transar com ela num jardim público.

Chase ri e eu gosto da sensação do pau dele se movendo ao lado da minha perna. Ele gosta de ficar assim o máximo de tempo possível, mas eu sei que nosso prazo aqui dentro está terminando.

— Não precisamos ir embora?

Ele me beija e então se senta, e eu me ponho de pé. A mistura de nossa essência começa a escorrer pelas minhas pernas. Chase observa atentamente, com um brilho predador no olhar e um sorriso malicioso. Reviro os olhos e pego um guardanapo de papel da cesta de piquenique para me limpar antes de colocar a calcinha, o sutiã e o vestido.

Chase se veste e eu começo a guardar as coisas.

— Deixe. Eu arranjei alguém para recolher tudo.

Óbvio que ele arranjou. Balanço a cabeça e ele coloca o casaquinho sobre meus ombros, pois o ar fresco do fim de tarde em San Francisco começa a nos envolver.

— E agora... a sobremesa — Chase anuncia enquanto me conduz para fora dos portões do jardim.

Fecho os olhos e tento gravar na mente a experiência de hoje, para que possa relembrá-la com frequência. Sempre que tiver um dia difícil, quero voltar para aqueles degraus de arco-íris que contam uma história tão linda que todo mundo deveria ver de perto, e para o jardim mágico onde Chase e eu nos amamos à sombra acolhedora de um salgueiro.

— Eu pensei que a gente tivesse acabado de comer a sobremesa — falo, em tom brincalhão.

— Sua raposinha atrevida, vamos. Eu conheço um lugar que serve os melhores cupcakes de caramelo, fresquinhos, assados diariamente.

— Você me ganhou no "raposinha atrevida". — Dou risada, feliz.

11

GILLIAN

O Hollow é um pequeno café não muito longe do Japanese Tea Garden. O fim de tarde se aproxima com o término da nossa caminhada. Chase segura a porta do lugarzinho singular para eu entrar. O aroma de canela e café forte espirala pelo ar, para o deleite dos meus sentidos. Fecho os olhos ao inspirar profundamente aquele perfume. Chase aperta meus dedos e segue até o balcão. Ele faz o pedido enquanto eu examino os produtos. Sobre um aparador longo e com aparência de antigo há uma fileira de itens de cozinha relacionados ao preparo de café e panificação. Um pequeno infusor de chá de metal, em formato de robô, atrai minha atenção. É algo tão inusitado e aleatório que assim que pego o pequeno objeto nas mãos decido que vou comprar dois, um para mim e outro para Chase. O infusor vai ser uma lembrança desse dia. Pego secretamente dois robozinhos e coloco a mão atrás das costas pouco antes de Chase se virar para mim.

— Vamos sentar lá dentro?

Concordo com um sinal de cabeça e permito que ele siga na minha frente até a mesa de ferro forjado. Com uma destreza que eu não sabia ter, vou até o caixa e em dois movimentos ágeis coloco os robozinhos sobre o balcão e em seguida uma nota de vinte na mão do rapaz.

— Pegue rápido! — digo, evidentemente apressada.

Olho de soslaio para Chase e vejo que ele está sentado com os braços cruzados e um pé apoiado no joelho da outra perna, balançando a cabeça. Dou de ombros, pego o troco e a sacolinha antes de me encaminhar para a mesa, onde Chase está forçando um sorriso.

— O que tem no pacote, doçura? — ele pergunta.

É oficial. O uso de cada termo carinhoso conhecido pela humanidade é um jogo para ele. Melhor eu começar a retribuir.

— Uma lembrança do nosso dia juntos. — Mostro os dois infusores de chá em formato de robô.

Ao pegar um deles, um sorriso ilumina seu rosto. O robozinho parece minúsculo naquela mão enorme. Ele franze a testa enquanto vira e revira o objeto.

— O que é isso?

É quando eu começo a rir.

— São infusores de chá. Veja, abre aqui. — Solto a lingueta na cabeça do robozinho e ela abre ao meio. — Aí você coloca as folhas dentro, fecha e mergulha em uma xícara de água quente.

Ele levanta os bracinhos curvos, que terminam em pequenas arruelas cortadas ao meio para imitar mãozinhas.

— E isso?

Dou risada e levanto os bracinhos do infusor, esfregando o polegar na borda dentada.

— Essa parte se prende na borda da xícara, de modo que o infusor fica imerso. Você usa os bracinhos para tirar quando o chá estiver pronto.

— Ah, genial — ele diz, como se fosse a primeira vez na vida que visse um infusor.

— Pensei que seria legal se tivéssemos algo na cozinha só nosso. Eu e você e o nosso tempo juntos. — Sinto meu rosto esquentar, e Chase cobre minha mão com a dele.

— É perfeito — diz e leva minha mão aos lábios para beijar a palma.

O atendente do café traz duas canecas fumegantes e as coloca na nossa frente. Parece um latte, mas há desenhos na espuma. No meu há um coração, e no de Chase uma folha.

— Que legal — exclamo, me inclinando para sentir o aroma. — Será que é... — Sinto o cheiro perfeito de café com baunilha.

— O seu amado latte de baunilha? Claro. — Ele ergue a caneca com um sorriso presunçoso.

Levanto a minha e tocamos de leve uma na outra.

— Ao nosso futuro. Que seja tão encantador quanto o dia de hoje.

Ele sorri.

— Definitivamente eu quero brindar a isso.

Esse latte é a melhor coisa que já experimentei na vida. Sério. A mistura de espresso, baunilha e creme é inacreditável. Seguro a caneca com as duas mãos e murmuro de prazer enquanto a mistura me leva a um estado de graça.

Quando ergo os olhos, vejo que Chase está me encarando sem disfarçar. Seus olhos estão escuros, como se estivessem pairando nas profundezas da luxúria.

— Você me faz loucamente feliz, Gillian.

As palavras dele ecoam em mim, como se fossem ditas dentro de uma latinha com um cordão conectado direto ao meu coração.

Sorrio quando o atendente traz dois cupcakes. Na cobertura bege há quatro florzinhas perfeitamente desenhadas.

— Estes são os melhores cupcakes de San Francisco? — pergunto a Chase quando ele leva o dele à boca para uma mordida gigantesca.

Geralmente ele é bem sóbrio e se comporta de maneira discreta em público, mas não agora, com essa iguaria diante dele. Ele acena com a cabeça, respondendo que sim. Puxo a forminha de papel e dou uma mordida. Ah, meu Deus do céu! Acabo de ter um orgasmo alimentar. Caramba, ele não estava brincando. A cobertura é amanteigada e suave, leve, e a massa é fofa, branca e úmida.

— Incrível — digo, com a boca cheia de uma doçura incomparável.

— Eu te disse. É o melhor!

— A gente podia encomendar esses cupcakes para o casamento! — Abro um sorriso antes de dar outra mordida.

Chase coloca o bolinho sobre a mesa, depois o cotovelo, e apoia o queixo na mão. Nossos olhares se prendem ao mesmo tempo em que uma serenidade esplêndida transborda do semblante do meu amado.

— O que foi? — pergunto, sem conseguir disfarçar um sorriso ao perceber que ele me olha como se eu fosse a única coisa que ele amasse no universo.

— Você.

Inclino a cabeça para o lado.

— É a primeira vez que você fala do casamento com um sorriso no rosto — ele diz.

De repente, a massa do cupcake parece grossa, seca e revestida de cimento conforme tento engolir.

— É mesmo? — Tomo um gole da minha caneca, tentando afastar a sensação desconfortável que as palavras dele me causam. Sei que não deveriam. Não foi uma farpa, mas foi de uma franqueza quase brutal.

— É que eu quero que você fique animada para se tornar a sra. Davis. E essa foi a primeira vez que eu vi seus olhos brilharem ao tocar no assunto. — Ele se reclina na cadeira e eu não consigo parar de pensar que ele está se afastando.

Querendo evitar qualquer distanciamento, eu me inclino para a frente e cubro a mão dele com a minha.

— Eu quero ficar animada, mas você sabe como é difícil neste momento.

Ele aperta os lábios numa linha fina.

— Eu gostaria que o casamento fosse a única coisa que estivesse na nossa cabeça agora. Aí seria divertido e eu me sentiria a mulher mais feliz do mundo, me casando com o homem que eu amo. Vai ser assim quando o Phil melhorar e o nosso problema terminar. — O problema ao qual me refiro é o maluco que está me perseguindo. Mas, de alguma forma, parece que isso tira a credibilidade.

— Eu sei, baby. Não estou bravo. Quer dizer, não é verdade. Eu estou furioso com tudo isso, mas ao mesmo tempo sei que vai ser insignificante na nossa vida. Um pontinho no todo que vai ser o nosso futuro juntos — ele conclui, confiante.

Chase está certo. Aliás, está inacreditavelmente certo. Daqui a vinte anos, quando olharmos para trás, será com um aceno displicente de mão e as palavras: "Lembra daquele maluco que nos perseguia? Que fracassado... Como era mesmo o nome dele?" Pelo menos é nisso que quero acreditar.

Passamos o restante do passeio sussurrando coisas bonitas um para o outro sobre como vai ser a nossa vida daqui a cinco, dez, vinte anos. Depois voltamos para casa e fazemos amor sob as estrelas no jardim da nossa cobertura.

A manhã de sábado chega trazendo muitas alegrias. Literalmente. Anabelle aparece como um tornado, correndo pela cobertura igual a uma gazelinha selvagem.

— Tia Gigi, esta casa é sua?! — grita, saindo de um quarto e entrando em outro. — Você mora neste lugar enorme sozinha? — Ela olha perplexa para os quadros na parede. Até o vaso que está do lado dela é maior que a sua estatura de criança de quatro anos.

— Não. A titia mora com o tio Chase, lembra?

Chase sai do elevador usando camisa e calça de jogar golfe, segurando os tacos. O rosto de Anabelle se ilumina ao vê-lo.

— É verdade! Você beija ele, vai casar e me dar uma irmãzinha pra brincar. — Ela bate palmas.

Chase para onde está, boquiaberto.

— Hã? Eu perdi alguma coisa? — Ele olha para Anabelle e depois para minha barriga. — Você está...? — E não termina de falar.

Balanço a cabeça com veemência.

— Não! Ela confundiu as coisas. — Gesticulo, estendendo as mãos, e vejo Chase relaxar.

Eu me abaixo até ficar no mesmo nível dos olhos da filha de Phillip.

— Belle, a tia Gigi vai se casar com o Chase. Ele vai ser seu tio, e os nossos filhos vão ser seus primos. Mas a titia não vai ter bebê agora.

Anabelle faz beicinho.

— Mas eu achava que quando alguém casa tem bebês. — Ela para de falar e cruza os braços.

Respiro fundo.

— Bem, é verdade. A gente pode ter um bebê quando se casa. E, quando o tio Chase e a tia Gigi decidirem ter também, você vai ser a primeira a saber, combinado? — Aperto de leve o seu narizinho. Ela ri e o limpa com a manga.

— Tudo bem. — Gira sobre os calcanhares e corre na direção de Chase.

Ele a segura e a levanta do chão sem nenhum esforço. Desde que Phillip foi hospitalizado, há três semanas, nós só ficamos com Anabelle duas noites, tomando conta dela na casa de Phil, mas nessas ocasiões ela se tornou a pequena aliada de Chase. Dessa vez vamos ficar com ela até segunda-feira, quando a deixaremos na escolinha.

— Muito bem, srta. Anabelle. Se você pudesse escolher alguma coisa para fazer hoje, qualquer coisa no mundo, o que seria? O tio Chase vai fazer acontecer — ele diz, com uma grande dose de bravata.

Anabelle faz beicinho. Nossa, ela está usando todas as armas. Ninguém é capaz de resistir a um beicinho de lábios trêmulos.

— Eu quero ver o papai — ela anuncia e enterra o rosto na curva do pescoço de Chase.

Eu corro para passar a mão nas costas dela.

— Ah, meu anjo, você sabe que ele está com saudade. Ele está só se recuperando do acidente e vai voltar para casa logo, logo. — Minha voz está rouca e baixa, mas faço o possível para passar energia positiva.

Anabelle levanta a cabeça e olha para mim com aqueles olhos grandes, azuis e lacrimosos.

— Mas por que eu não posso ir lá ver ele? Um monte de gente vai no hospital. As pessoas levam flores, balões, lápis de cor e até bonecos quando vão fazer uma visita. Eu quero levar a minha boneca pro papai e talvez ele melhore mais rápido — ela exclama, e meu coração se parte ao meio.

Todos nós gostaríamos de poder ajudar Phil a sair do coma. Os médicos não sabem por que ele não acordou ainda. O cérebro desinchou completamente, os pulmões estão bons, ele está respirando sem aparelhos e seu corpo está reagindo bem à medicação. Os sinais vitais estão ótimos, mas ele ainda não abriu os olhos.

— Meu amor, assim que o papai disser que está tudo bem, nós levamos você para visitá-lo. Prometo. — Meus ombros se curvam com o peso de dizer à filha de Phillip o que os avós dela e eu concordamos. Phil não iria querer que ela o visse daquele jeito ou que se preocupasse.

Os olhos de Chase estão tristes, mas eu percebo o momento em que eles mudam. Ele adota uma postura mais forte e se endireita.

— Que tal um sundae com todas as coberturas que existem? Acho que o Bentley preparou um banquete mágico de sorvete pra você!

Ela arregala os olhos e balança as perninhas para ser posta no chão.

— Sério? Vou tentar achar. Não me mostrem onde está! — ela exclama, inventando sua própria versão de esconde-esconde.

Chase coloca o braço sobre meus ombros e me puxa para um abraço.

— Vai dar tudo certo.

— Eu sei, mas... dói. O Phil precisa acordar. A Anabelle precisa do pai e eu do meu melhor amigo. A Bree precisa do companheiro dela, agora mais do que nunca — digo, aninhada onde mais gosto de estar, entre o ombro e o pescoço de Chase. Ele exala um perfume divino, amadeirado e cítrico, evidenciado pelo suor depois da rápida partida de golfe da manhã.

— Por que agora mais do que nunca? — Ele se afasta um pouco e me encara.

Fecho os olhos e respiro fundo.

— Eu não te contei... A Bree está grávida. — Chase abre a boca numa expressão de espanto. — Está no comecinho, menos de um mês.

Ele me abraça com força.

— Esse assediador filho da puta vai para o inferno, e eu espero que seja eu que o mande para lá.

O corpo dele está rijo, e sinto o calor começar a surgir em um halo de tensão que o envolve por inteiro.

Passo a mão em suas costas em movimentos lentos, desço pelo braço e seguro a mão dele.

— Mas hoje não. Hoje você vai impressionar a sua futura sobrinha com montanhas de sorvete.

Os lábios dele se curvam num sorriso e ele me dá um selinho, dois, três, antes de me conduzir pelo corredor até a cozinha. Ouvimos risos quando nos aproximamos. Que som mais maravilhoso. Estou convencida de que a gargalhada de uma criança cura todas as feridas.

Anabelle e Bentley estão fazendo não apenas um, mas dois sundaes diferentes cada. Bentley a surpreendeu com chantili multicolorido. Neste momento ela está mordiscando o lábio, concentrada em acrescentar porções de chantili azul num dos sundaes.

— Esse parece muito bom. É para mim? — pergunto, sabendo que não é.

Anabelle olha para as duas taças, pensativa.

— Eu posso ganhar mais se terminar o meu? — ela pergunta para Chase, não para mim. Ela sabe que minha resposta seria um sonoro *não*.

— Claro que sim — ele diz, sorridente.

Reviro os olhos, imaginando se vai ser desse jeito quando tivermos nossos filhos. É só pedirem e ele dá tudo numa bandeja de prata.

Anabelle empurra na minha direção o sundae que parece uma explosão de arco-íris.

— Você pode ficar com este. *Bente* — ela diz, em vez de Bentley —, posso fazer outro para o tio Chase?

— Ah, querida, eu não preciso de sorvete — Chase responde, batendo no abdome sarado.

Eu sei que ele malha bastante para ter esse corpo, e gosto disso mais que qualquer outra pessoa. Mas Chase já comeu quatro cookies caseiros no café da manhã. Anabelle olha para ele com aquele ar de superioridade e impaciência de quem se julga muito sábia, como se só ela soubesse o que é realmente importante na vida.

— Todo mundo precisa de sorvete. É a melhor coisa do mundo. — Ela balança a cabeça e começa a encher uma taça. De vez em quando lambe os dedinhos, para remover porções de sorvete ou chantili, mergulhando-os em cada tigela antes de acrescentar a cobertura em sua criação.

Dou risada e tomo o meu sundae. As calorias a mais não vão fazer nada além de me forçar a voltar ao normal.

— Olha, tio Chase, que lindo. Viu? Eu usei todos os confeitos e o chantili azul porque você é menino. Meninos gostam de azul — ela completa, meneando a cabeça.

— Bom, eu não posso deixar de comer um sorvete feito por uma menina linda, né? Obrigado, srta. Anabelle.

Chase e Anabelle conversam animadamente enquanto eu me sento para apreciá-los. Que dupla. Tenho de admitir que estou surpresa com a calma de Chase e como ele fica à vontade com Anabelle. Ele tem um dom. Mesmo quando ela começa a tagarelar sem parar, ele continua paciente e presta atenção em tudo que ela diz. Nas vezes em que ficamos com a menina, Chase pareceu despreocupado, riu mais, sorriu o tempo todo e deu a impressão de estar muito feliz. Será que nossa vida vai ser assim quando tivermos um filho? Não posso evitar sonhar com o nosso miniDavis. Espero que nosso primeiro filho seja um menino de cabelo escuro e olhos azuis como o mar, iguais aos do pai.

— Terra chamando Gillian. — Chase passa a mão no meu cabelo e segura minha nuca. — Um milhão pelos seus pensamentos — ele diz, sorrindo.

Dou um tapinha no peito dele e volto ao presente.

— Você sempre exagera. Eu já disse, com você não tenho segredos. Você pode saber tudo o que eu penso, meu amor. — Beijo os lábios dele.

— Eca, tia Gigi. Você sabe que isso é supernojento. Você vai pegar germe de meninos, ficar doente e morrer — Anabelle repreende, com a expressão grave.

Chase e eu precisamos nos esforçar para olhar para ela sem cair na gargalhada.

— O meu pai me disse pra nunca beijar os meninos, só ele, porque os pais tomam um remédio especial pra não ter germes.

Sem hesitar, Chase se vira e encara o nosso anjinho.

— Eu também tomo esse remédio. O seu pai me deu um pouco, mas só funciona com a tia Gillian. Ela é a única menina que eu posso beijar. É por isso que nós vamos nos casar — ele explica.

Eu mesma quase acredito naquela bobagem. Por outro lado, Anabelle está convencida. Não é preciso argumentar. Ela respira fundo e coloca a mãozinha gorducha na testa.

— Ufa! Pensei que vocês dois já eram.

Depois dessa, não aguentamos. Chase e eu caímos na risada, e ele a pega no colo e a senta em seus ombros.

— Você quer ir ver o topo do mundo? — ele pergunta.

Anabelle arregala os olhos e faz que sim com a cabeça.

— Quero! Isso vai ser super-hiperlegal!

— Chase, eu vou ligar para a Bree, dizer que vamos ficar com a Anabelle este fim de semana e saber notícias do Phil.

Ele assente com um sinal de cabeça ao chegar ao pé da escada em espiral. Depois tira Anabelle dos ombros e a leva pela mão escada acima.

— Encontro vocês daqui a pouco — aviso.

— Pode deixar que eu dou conta, baby — ele responde, já chegando lá em cima.

E quer saber? Ele dá mesmo. Chase tem sido incrível com ela, com minhas amigas... caramba, com tudo. Ele assumiu tudo com equilíbrio e bom senso, sem reclamar. Ele poderia criar caso para tomar conta da filha do meu amigo no fim de semana, mas em vez disso transforma tudo em aventura, se compromete de corpo e alma, e tudo indica que até gosta. Isso só prova que, por trás da natureza severa, autoritária e controladora, existe um homem gentil, delicado e interessado. O meu homem, e em breve meu marido.

Meu marido.

Essas palavras passaram a ter um significado tão especial. Eu sei que Chase está chateado por não termos nos casado ainda. Se as coisas não tivessem se complicado tanto, se aquele psicopata tivesse sido preso, nós nos casaríamos no próximo fim de semana. É difícil acreditar que essa pessoa esteja conseguindo driblar a polícia e os homens de Chase. Além de Justin, não consigo pensar em mais ninguém que queira me atingir, e às pessoas à minha volta em consequência. Não faz sentido. Deve ser algo simples, alguém que eu não esteja levando em consideração.

Massageio as têmporas para amenizar a dor de cabeça que começa sempre que entro em parafuso tentando descobrir quem é o assediador. O pior é que provavelmente é alguém que está bem diante dos meus olhos e eu não estou enxergando.

Suspiro, pego o telefone e digito o número do trabalho de Bree.

— I Am Yoga, Charity falando.

Não reconheço a voz que atendeu.

— Hum... a Bree está?

— Ela está começando uma aula. Quem quer falar? — Charity pergunta, em tom alegre.

— Diga que é a Gigi. Ela vai me atender.

Ouço o fone ser colocado sobre a mesa, depois um ruído farfalhante e então uma voz que eu sei que é capaz de curar um coração partido:

— Oi. E aí?

A voz de Bree soa um pouco tensa. A culpa é minha. Evitei falar com as meninas a semana inteira, mas precisei de um tempo para colocar as coisas em ordem, ir ao psicólogo e ficar com Chase.

— Desculpe pelo sumiço.

— Não, tudo bem. Depois do que eu disse... Nossa, Gigi, acho que eu nunca vou me perdoar. — Ela suspira e eu ouço as lágrimas embargarem sua voz.

— Não fale isso. Muita coisa foi dita durante um momento de estresse. Vamos seguir em frente e não permitir que aquele filho da puta atrapalhe a nossa amizade. Tudo bem? Eu não vou admitir isso — digo, com a máxima convicção possível.

Escuto um suspiro e uma tosse baixinha.

— Tudo bem. Mas saiba que eu não estava no meu juízo perfeito. Eu tinha acabado de saber sobre o bebê — ela sussurra a última frase. — E sinto tanta falta dele, Gigi. Eu não queria ter descontado em você. — Ela volta a chorar.

Quando é que essa situação vai melhorar?

— Amiga, tudo bem. Nós estamos bem, o Phil vai ficar bem, e esse bebê vai ser perfeito.

— Sim, perfeito — a resposta é sarcástica e seguida de um soluço, que eu tenho certeza que é para conter o choro.

Isso não é bom.

— Bree, você... — Tenho dificuldade para formular as palavras. — Você está pensando em tirar?

Silêncio do outro lado da linha.

— Bree...

— Estou aqui. Hum, olha, eu preciso voltar para a aula. Por que você ligou?

Meu Deus, não... Phillip jamais vai perdoá-la se ela abortar. Ele é a pessoa que mais apoia a vida, entre todas que conheço. Não se trata de religião nem de política, nada disso. Ele apenas acredita que a vida de uma criança deve ser preservada acima de tudo, haja o que houver. Nós já conversamos sobre isso muitas vezes.

— Bree... — tento de novo, dessa vez demonstrando meu medo.

— Agora não — ela diz, cortando abruptamente toda a minha esperança de aprofundar o assunto. — Por que você ligou?

— Nós estamos com a Anabelle, vamos ficar com ela este fim de semana. Eu só queria avisar no caso de... você sabe... o Phil... — Não chego a terminar a frase.

— Sim, tudo bem — ela me interrompe. — Conversamos mais tarde. Te amo. *Besos.* — E desliga antes que eu tenha tempo de responder.

— Nada bom, nada bom — digo para o quarto vazio e me reclino na cabeceira da cama. Hora do encontro de mentes. — Operação invasão na vida da amiga de alma começando em três, dois, um... — Pressiono a discagem automática.

— *Hola* — Maria atende.

— Oi, Ria. Temos um problema. Precisamos buscar a Kat e ir todas no trabalho da Bree. Ioga segunda de manhã?

— O que houve com a minha *hermana*? — ela vai direto ao ponto.

Suspirando, verifico o esmalte das unhas. Aliás, preciso fazer as mãos e os pés. Talvez eu leve Anabelle amanhã.

— Ela não está aceitando a gravidez como uma coisa positiva. Estou preocupada com ela e com o que ela pode fazer se o Phil não sair logo do coma.

— Você acha que ela pode se prejudicar, ou ao *niño*?

Balanço a cabeça, mesmo Ria não podendo me ver.

— Não sei o que ela vai fazer. Mas fiquei preocupada com o jeito dela no telefone agora há pouco. Ela precisa da gente. Talvez possamos ajudá-la a superar esse sentimento negativo sobre a gravidez. É óbvio que o bebê não foi planejado. Quer dizer, você já ouviu a Bree falar alguma vez em ter filhos?

Maria estala a língua do outro lado da linha.

— Não, mas ela é ótima com a Belle — considera.

— Isso é verdade. Acho que deve ser só por causa de tudo que está acontecendo. Então você fala com a Kat e vamos todas na aula de ioga na segunda cedo?

— *Si, cara bonita.* Diga *hola* para o Chase por mim. *¡Besos, mi amiga!*

Sentindo-me melhor, jogo o telefone na cama e me levanto para subir até o topo do mundo, onde o meu amor e um anjinho esperam por mim.

12

X

Olha só a loira bonita, montando seu equipamento. A sala ainda está escura, mas consigo vê-la muito bem do meu esconderijo atrás do biombo shoji. A loira não faz ideia do que está reservado para ela nesta bela manhã de segunda-feira em San Francisco. Seu cabelo dourado está bem puxado para trás num rabo de cavalo. Movimentando os pulsos rapidamente, ela estende um tapete de ioga verde-azulado sobre o tablado de madeira. Parece um altar, e os feixes de luz que incidem diretamente ali criam uma espécie de halo. Quando ela vira de costas, ando descalço para ficar atrás da monstruosidade que aquele ricaço babaca e a minha princesa compraram de presente de aniversário para ela. Um Buda. Não me conformo que as pessoas acreditem nessa bobajada oriental. O que foi mesmo que me disseram uma vez? Ah, sim. O budismo é a introspecção da própria vida. Então quer dizer que, se eu penso na minha vida por um tempo, sou budista? Tá certo.

A Barbie Ioga coloca uma música para tocar. Parece Enya. Nossa, como eu odeio essa vaca esganiçada. Movendo-me furtivamente ao redor da estátua, eu a vejo acender velas e um tipo de lamparina com um líquido dentro. Quando completa a montagem, ela começa a meditar. É esse o momento exato pelo qual eu esperava.

Depois de aguardar alguns minutos, percebo que a respiração dela está regular e suave, indicando um estado de relaxamento, e caminho sorrateiramente ao longo da parede. Mesmo que abra os olhos, ela não vai me ver. O elemento surpresa é a chave. Ando bem devagar pela área acarpetada, sem fazer barulho. Quanto mais perto eu chego, mais duro fico. Saber que estou prestes a dar cabo de uma das pessoas que me mantiveram afastado da minha mulher é bom demais. Minha boca se enche de água só de pensar no sangue que vou derramar. Meu pau está latejando conforme deslizo para mais perto dela. A loira explosiva, a coisinha miúda de corpo perfeito e boca atrevida. Bem, aquela boca vai perder o atrevimento já, já.

Sinto o sabor da vitória na língua. Depois que eu terminar aqui, vou me deliciar numa sessão particular com as coisas da Gillian. Os itens que peguei emprestados do apartamento dela antes de aquele babaca esvaziar o lugar vão quebrar o galho até eu conseguir o que realmente importa. Sim, vou colocar meu pau para fora e aproveitar, pensando nas coisas que vou fazer com Gillian quando a tiver de volta. Assim que ela descobrir o que aconteceu com Bree, sua irmã de alma, e com o bebê que ainda não nasceu, todos vão me levar mais a sério. Talvez, quem sabe, minha princesa recupere o juízo e dê o fora naquele merda para trocá-lo por um homem de verdade. Alguém que possa tomar conta dela e protegê-la. Chase Davis não consegue nem manter as amigas dela a salvo... É questão de tempo até eu pôr as mãos na minha garota de novo.

A música muda para algo mais tribal, retumbante. Meu coração começa a bater no ritmo da percussão. É o som perfeito. Com o olhar fixo no meu alvo, subo no tablado. Ela está murmurando um tipo de cântico que se inicia no fundo da garganta e é expelido com força através do diafragma. Quando inspira de novo, o som fica mais profundo, côncavo, diferente de tudo que eu já ouvi. Mulher esquisita... O mundo vai ser um lugar melhor sem mais uma louca que abraça árvores para absorver sua essência orgânica, o amor pela natureza e por todas as criaturas de Deus.

Eu me esgueiro bem atrás dela. Estou tão perto que sinto o perfume do seu cabelo. Cheiro de coco. Me lembra praia, assim como o cabelo loiro e a pele bronzeada. Ela provavelmente se estira em alguma câmara de bronzeamento, absorvendo todos aqueles raios UV venenosos. Bem, minha garota branca como alabastro não faz isso. Sua pele sedosa reluz como pérola. Não há nada mais bonito que isso.

Levo a mão atrás das costas e pego minha faca. É a mesma que eu uso para limpar peixe. Uma lâmina sólida de quinze centímetros com cabo de madeira maciça. Foi a única coisa que levei comigo antes de matar meus pais e incendiar a casa. Tem se mostrado muito mais útil do que aqueles dois abusadores foram um dia. A lâmina prateada brilha com a luz vinda de cima, quase como se fosse um farol, indicando o caminho para que eu continue a livrar o mundo de gente estúpida.

Antes que ela consiga gritar, eu me ajoelho e a prendo com o braço ao redor do tórax. Com um movimento rápido, imobilizo as pernas dela com as minhas. Um corte longo e firme, e... acabou. O sangue jorra e desce pelo corpo dela como uma cachoeira, tingindo o tecido cor-de-rosa de carmim. O corpo se contorce, ao mesmo tempo em que ela emite aquele som nojento de quem está sufocando, tentando puxar o ar enquanto o sangue empoça na garganta. Eu a seguro até que seu corpo fique estático. Deixo a faca de lado e seguro uma das mãos dela para sentir o pulso através dos meus dedos enluvados.

Nada.

Afasto minhas pernas do corpo dela e a deixo cair para trás naturalmente. Os olhos castanhos estão abertos, mas já não têm brilho. Pelo menos ela estava meditando quando eu a matei. Já que ela acredita nessa porcaria, tenho certeza de que foi uma maneira encantadora de morrer. Enquanto observo a poça de sangue crescer sobre o piso de madeira brilhante, aumentando centímetro a centímetro, como se fosse uma rosa gigantesca desabrochando diante dos meus olhos, sinto um arrepio na nuca. Fico ali por alguns minutos, apenas olhando para o corpo, sem entender por que alguma coisa parece errada. Em vez de me preocupar, tiro toda a minha roupa e volto nu para meu esconderijo original. Visto rapidamente um agasalho cinza e enterro um boné de beisebol na cabeça. Segurando o saco de lixo que eu tinha trazido dobrado dentro do tênis, enfio ali minhas roupas sujas. Não posso deixar para trás essa evidência cheia de vestígios da minha pele e fragmentos de cabelo.

Jogo o saco por cima do ombro como se fosse o Papai Noel e olho para minha obra. Perfeita. O corte está limpo, sem extremidades irregulares. Parece um trabalho de cirurgião. Agradeço ao meu velho e querido pai por ter me ensinado a limpar peixe. Veio bem a calhar. Aparentemente foi a única coisa útil que veio daquele filho da puta doente. Vasculhando a sala mais uma vez, tenho de novo uma sensação de apreensão. Alguma coisa está errada.

Ah, é. Pego de volta uma das luvas e a calço de novo. Mergulho um dedo na poça de sangue, que começa a coagular. Repito o movimento mais algumas vezes, rabisco as letras rebuscadas e assim deixo a minha marca. Com um sorriso de orelha a orelha, tatuo esse momento no meu cérebro.

Depois de mais uma olhada ao redor, verifico se não há nenhuma prova potencial para aquele porco, Thomas Redding, usar contra mim. Nada. O som de vozes vindas da escada me desperta do devaneio. Rápido como uma bala, fujo pela porta dos fundos e me esgueiro pela escada de incêndio.

Os melhores amigos de Gillian estão perdendo essa guerra. Não custa sonhar que ela abra mão do jogo e se entregue. Neste momento, estou ganhando de dois a zero.

GILLIAN

— *Ei! Alôôô... BFF esperando aqui!* — grito pela janela da limusine.

Kat está beijando Carson e esfregando seu corpo esguio no dele, bem na frente do prédio dela. Ele também não perde tempo, com as mãos no traseiro dela enquanto a devora com a boca até deixá-la sem fôlego.

— Fala sério, gente. Temos que conversar com ela antes da primeira aula. Não podemos nos atrasar!

Quando abro a porta do carro para sair, uma mão forte me segura pelo braço e me puxa para dentro.

— Vai ser um prazer ir buscar a srta. Bennet — Austin anuncia.

Fecho a cara, reviro os olhos e resmungo bem alto para ele ouvir. Austin sorri, sai da limusine e dá um tapinha no ombro de Kat. Ela se afasta de Carson com os olhos vidrados, como se não lembrasse onde está.

— A srta. Callahan requer a sua presença — Austin informa.

— Oi! — Faço um sinal para chamá-la para a limusine e dou uma risadinha.

Kat tem a decência de pelo menos aparentar estar sem graça.

— Desculpe, desculpe! Eu me empolguei. Aquele homem.... Humm.

Ela passa a língua pelos lábios e acena enquanto Austin volta para o carro. Quando Chase não está, ele se senta a meu lado no banco traseiro. Eles acham que é mais seguro. Eu acho que é sufocante.

Sorrio para Kat.

— Parece que vocês dois estão se dando muito bem. — Ela encolhe os ombros e vira a cabeça. Não é um gesto que uma mulher perdidamente apaixonada faria para a melhor amiga. — O que foi?

Mais uma fuga de Kat. Espero com os braços cruzados e a cabeça inclinada. Faz algum tempo que venho tentando aperfeiçoar o jeito dela de se expressar. Se bem que parece funcionar só com ela. As outras meninas acham muito engraçado, então só funciona se for para fazê-las rir. Kat dá um suspiro e se recosta no assento.

— Sei lá. Está tudo ótimo, ele é ótimo, o sexo é...

— Ótimo? — completo.

— Não, é fenomenal, mas ele ainda não disse... *aquilo*, sabe? — Ela acena a mão para a frente e para trás.

Balanço a cabeça, sem ter a menor ideia do que ela está falando.

— Ah, Gigi. Parece que você nunca entende os meus sinais — ela choraminga.

— A culpa não é minha se você é péssima em charadas. Agora fale de uma vez... alto e claro, por favor. Qual é o problema?

Ela solta o ar com impaciência, soprando a franja.

— Ele ainda não falou que me ama, mas eu já disse isso para ele, tipo... um milhão de vezes. — Kat faz beicinho com os lábios carnudos.

— Ah, amiga, isso não significa nada. Você já conversou com ele sobre o assunto?

Os olhos dela cintilam.

— Sim, aí é que está... eu perguntei. Ele respondeu que quando estiver pronto vai dizer que me ama também. Mas, apesar de já terem se passado meses, ele ainda não falou. Você não acha estranho?

Eu sei que Kat é do tipo que pensa demais e analisa uma situação até a morte. É muito possível que ela tenha interpretado errado o que Carson disse, se bem que é um assunto que não tem meio-termo. Ou a pessoa ama, ou não ama. Fico imaginando o que o estará fazendo vacilar.

— É, concordo com você que é estranho, mas talvez ele esteja esperando por um dia especial ou alguma outra coisa. — Termino a frase bem na hora em que estamos estacionando em frente ao prédio onde fica o estúdio de Bree. Maria está esperando do lado de fora e sorri ao ver a limusine.

Austin sai do carro, abre a porta e ajuda Kat a descer, depois nos segue para dentro do edifício. Ele nos conduz pelas escadas até o estúdio no terceiro andar.

— Austin, pode deixar que entramos sozinhas, obrigada — eu digo e sigo para abrir a porta.

— Desculpe, mas você sabe que eu preciso verificar o lugar primeiro. Depois me sento no fundo da sala e espero a aula terminar. O sr. Davis foi categórico em suas recomendações. A segurança aumentou desde que a srta. Simmons recebeu o último bilhete no hospital.

Resmungo, mas ele não se abala. Maria gira a maçaneta e ouvimos o clique característico da trava da porta. Espio pelo vidro jateado, tentando enxergar alguma coisa. Assim que me aproximo do vidro, escuto a música. Ela está ali, em algum lugar. Talvez tenha se esquecido de destravar a porta e ido ao banheiro.

Maria bate e grita:

— Bree! Abra a porta!

Enquanto esperamos, eu me viro para Kat e falo baixinho:

— Vai ficar tudo bem. Tenho certeza de que tem um motivo para ele não ter dito aquelas três palavrinhas. Pode ser qualquer coisa. Talvez ele esteja receoso, ou tenha sido traído, ou nunca tenha dito isso antes... ou então talvez tudo isso seja novidade e nem ele mesmo esteja entendendo direito.

— Pode ser, mas é um saco. Eu sinto que só eu estou totalmente comprometida, sabe?

— Sei. Mas pense que ele não estaria com você se não gostasse, certo?

Kat anui e olha para Maria, que está fazendo uma cena atrás de nós, esmurrando a porta.

— *Perra*, é bom você abrir essa porta agora, ou o *hombre grande* aqui vai resolver isso para a gente! — ela ameaça.

Virando-me para Maria, procuro dentro da bolsa e pego meu chaveiro. Levanto a chave que tem o símbolo do "om" feito com caneta hidrocor preta.

— Era só ter usado a chave. — Dou risada.

— Caramba... eu tinha esquecido completamente que ela nos deu a chave. — Ela dá um tapa na testa e eu dou um passo à frente e destranco a porta.

— Bree? Bree, amiga, onde você está? — chamo.

A sala está mais escura do que normalmente fica quando ela está se preparando para a aula. Talvez ainda esteja meditando. Ela costuma meditar antes das aulas, mas as batidas na porta deveriam tê-la interrompido. Eu me viro para entrar na sala principal e paro. A luz que incide sobre o tablado ilumina um corpo de costas sobre uma poça vermelha. Eu me aproximo devagar, pé ante pé.

— B-Bree... — sussurro e então me arrepio inteira. Ela está totalmente imóvel... sem vida.

Percebo o momento exato em que Maria e Kat entram, porque as vozes se calam no instante em que elas devem ter visto o que eu vejo.

Dou um passo, dois, três e vejo os fios loiros. O rosto está virado para o outro lado, mas o cabelo é igual ao de Bree, só que coberto de vermelho.

Não... não... não... Não tenho certeza se falei alguma coisa, porque parece que de repente todo o ar da sala desapareceu, substituído por um zumbido ininterrupto. Escuto o apito de um trem distante, que mais parece um grito. O trem se aproxima, o tinido estridente cada vez mais alto à medida que tomo consciência do corte gigante na base do pescoço alvo à minha frente. O zunido dos arranhões no metal fica mais estrondoso, e chego a sentir a máquina pesada me rasgando, como se o vagão estivesse passando a centímetros da minha cabeça. Sinto o violento deslocamento de ar quando ele passa na velocidade da luz.

Mas não é um trem. É um grito descomunal que escapa do fundo da minha alma.

Sinto que sou erguida no ar e carregada para fora dali, o corpo de Bree se distanciando cada vez mais, como em um túnel. Nesse momento meu pesadelo se torna realidade e então eu consigo ver a mensagem que só pode ter sido deixada ali para mim.

As palavras estão manchadas e retorcidas, escritas com o sangue da minha melhor amiga.

Dois já foram. Faltam dois.

— Onde ela está?! — alguém grita.

Mal posso ouvir, com o barulho do trem ainda ecoando na minha cabeça.

— Minha noiva. Onde é que ela está?! Gillian Callahan. Alta, bonita, ruiva. Não dá para passar despercebida.

Ah, meu amor... Esse é o som de um homem que ama a sua mulher. Só que essa mulher não merece ser amada. Ela é uma assassina. Posso não ter empunhado a faca, mas é como se eu tivesse assinado o atestado de óbito. E o bebê! Ah, meu Deus...

O bebê. O filho de Phillip.

Estou comprimida entre dois corpos quentes do lado de fora do prédio, sendo atendida pelos paramédicos. As duas mulheres ao meu lado estão respirando tão rápido e ofegantes como se tivéssemos acabado de correr uma maratona. Estamos as três juntas, nossas cabeças se tocam e a água pinga em nossas mãos entrelaçadas, tornando o ar daquele pequeno espaço úmido e pesado. Alguém me segura por trás, mas eu não solto minhas amigas. Não posso... Se eu soltar, ele as levará também.

— Maldito! Não ouse encostar nelas! — grito. — Pode me levar... só eu! — A voz sai como um lamento de terror e dor.

— Baby, sou eu.

A voz dele me causa a sensação de água fria sobre uma queimadura. Eu me viro e me jogo em seus braços. Eles me envolvem e eu sinto um alívio imediato, como uma loção refrescante sobre uma queimadura de sol. Enquanto esse homem estiver me abraçando, não existe mais nada. É impossível existir. A presença dele é muito poderosa, ampla demais para permitir qualquer infiltração. É o único lugar onde me sinto segura.

Atrás de mim, vejo que Carson está puxando Kat para abraçá-la. Não sei como ele chegou aqui nem por quê, mas faz sentido.

A única coisa que está faltando é...

— Maria! — ouço alguém chamar atrás de mim.

Tommy se aproxima, com seu físico avantajado e voz retumbante, e Maria pula nos braços dele.

— Graças a Deus você está bem — ele sussurra, beijando-a.

Chase segura meu queixo e ergue minha cabeça, até que seus olhos azuis focam os meus.

— Fale comigo — ele diz, baixinho, e me beija de leve nos lábios.

Lágrimas escorrem pelo meu rosto.

— Ela se foi. A B-Bree. Ele a matou. — As palavras saem dos meus lábios, mas parecem erradas, distorcidas e ácidas.

O olhar de Chase endurece, se torna glacial. Seu maxilar se tensiona.

— Thomas... um instante — ele diz, gesticulando.

O namorado de Maria se afasta depois de mais um beijo rápido e um afago na mão dela.

— Onde está o corpo? — Chase pergunta.

Balanço a cabeça.

— Não, não, não... você não pode ver! Não vai querer ficar com isso na cabeça — grito e caio de joelhos.

Maria e Kat sentam no chão e se juntam a mim de novo, compartilhando a mesma dor profunda.

— Baby, eu preciso ver o que aconteceu. Desculpa, já volto. Thomas, arrume um jeito de eu passar — ele fala entredentes. — Carson, Austin, fiquem de olho nas meninas. Jack, venha comigo — ele chama seu segurança.

Eu nem tinha me dado conta da presença daqueles homens ali.

Thomas consente com um sinal de cabeça.

— Na verdade eu ainda não entrei lá. Recebi o telefonema do Austin logo depois do seu.

Passa-se uma eternidade, mas eu não me importo. Embora esteja sem sensibilidade nas pernas depois de ter ficado na mesma posição durante tanto tempo, e parecer que meus cílios estão colados de tanto que chorei, perdi a capacidade de produzir lágrimas. Todas elas se foram literalmente com Bree. Minha irmã de alma. O gosto ruim na boca vira e revira, como um vulcão prestes a entrar em erupção. Levanto no mesmo instante e corro até uma lata de lixo próxima, pondo para fora tudo o que tenho no estômago. Depois de vários espasmos, não há mais nada para sair, e fico apenas com o gosto amargo de bile na boca. Carson me dá uma garrafa de água e um tapinha no ombro, sem dizer nada. Nem espero que ele diga. Não há o que dizer a alguém que acabou de descobrir que a melhor amiga foi assassinada. Bebo a água e jogo a garrafa na lata de lixo também. Quando a náusea passa, volto para perto de Kat e Maria, que estão encostadas no muro, as duas tão devastadas quanto eu. Não consigo pensar em nada para dizer a elas, então me encosto no muro também e aguardo.

Chase e Tommy andam rápido na nossa direção, ambos com uma expressão sombria no rosto. Tommy está segurando o celular.

— Maria, olha isso. — Ele estende o telefone.

Nós três olhamos para a imagem. É uma foto tirada de cima, de dois pés descalços. Só que eu não consigo focar os pés, apenas a poça de sangue ao redor. A lateral de um deles está manchada, ficando marrom conforme o sangue coagula. Um tremor me sacode, trazendo a náusea de volta.

— O que está faltando no pé dela? — Thomas pergunta.

Maria cobre a boca com a mão e se inclina para a frente a fim de olhar melhor.

— *Dios mio*... Não é ela!

Minha pele toda se levanta em arrepios quando escuto essas palavras.

Kat pega o telefone e olha mais de perto.

— Não tem a tatuagem... a nossa trindade. Não tem! — Ela engasga de emoção e as lágrimas escorrem de seus olhos silenciosamente.

Chase me puxa para seus braços.

— Gillian, não é a Bree. Não sei quem é essa pobre moça, mas não é a Bree — ele murmura.

Meus joelhos fraquejam e eu me apoio nos ombros fortes. Estou aliviada até os ossos. De repente tenho uma ideia maluca. Eu me afasto, enfio a mão no bolso de Chase e pego o celular dele. Está travado, mas movo o dedo pela tela, libero o teclado e digito a palavra que significa tanto para o meu homem: I-N-F-I-N-I-T-O.

O visor se acende e vejo uma foto minha na cama, com o cabelo espalhado sobre os travesseiros brancos. Minhas costas estão completamente nuas, o acolchoado cobrindo apenas o meu traseiro. Estou dormindo. Não há nenhuma parte íntima à mostra, e Chase me olha com aquele sorriso de soslaio característico.

Mais tarde. Depois eu lido com ele. Por enquanto, preciso de uma confirmação. Digito o número e aguardo. Toca duas vezes e então eu ouço o som mais lindo do mundo.

Bree. Viva.

— Alô? Chase? — ela pergunta, alegre. — Eu preciso falar com a Gigi agora mesmo. — Ela está toda animada.

— Ah, meu Deus, é você... Você está viva! — As lágrimas que eu pensava terem secado retornam em profusão. Tenho a sensação de que vou explodir.

Maria pega o celular da minha mão.

— Bree, amiga! — Lágrimas escorrem dos olhos dela conforme fala com Bree. Nossa irmã de alma, que escapou da morte sem nem saber. — O quê? O Phillip acordou? — ela pergunta, com a voz incrédula e ao mesmo tempo maravilhada.

As palavras entram pelos meus ouvidos e abrem caminho até meu coração. Phillip acordou!

— *Gracias, Jesús.* Gente, o Phillip acordou! — Ela ri e eu abraço Chase com mais força. — Tudo bem, *hermana*. Escute... Precisamos falar com você. Quem deu a sua aula agora de manhã? — O rosto de Maria se contrai. — Tommy, o nome da moça é Charity Kerns — ela diz.

Ele meneia a cabeça e se afasta para passar a informação para a polícia.

Depois que Kat fala com Bree também, nós três concordamos que precisamos ir ao hospital vê-la pessoalmente. Precisamos contar a ela o que aconteceu com Charity, a estagiária, mas também precisamos ver Phil.

Vida e morte. Yin e yang.

Por favor, Senhor, nos ajude a passar por isso.

13

GILLIAN

*As pessoas mudam quando dão de cara com a morte e com a pers*pectiva *real* de perder alguém amado. Para mim é uma questão de autoconhecimento, talvez até uma sintonia com Deus e o universo como um todo. Assistir à batalha de Phillip para sair das profundezas sombrias do coma e ver Bree viva quando achei que a havia perdido para sempre... Isso é mais do que uma experiência. Define você e o resto da sua vida de uma maneira impossível de explicar. Eu estou diferente. E sei, sem a menor sombra de dúvida, que vou carregar essa experiência para sempre. Vou ter sempre esse medo, essa sensação esmagadora de perda dentro de mim.

Ao entrar no quarto de Phillip, vejo Bree saudável e, o mais importante, *viva*. Um suspiro escapa dos meus lábios quando ela vira a cabeça com aquele sorriso incrivelmente lindo. É um daqueles momentos em que a gratidão nos atinge de tal forma que quase nos leva a cair de joelhos. Do jeito que estou, preciso me segurar na cama e respirar várias vezes. Porém, quando vejo os olhos castanhos e ternos de Phil, perco o controle. Ele me olha com aquela expressão contraída, a mesma que sempre costuma me vencer, quando deveria ser eu a me preocupar com ele. Foi ele quem esteve em coma no último mês, foi ele quem quase perdeu a vida por causa de um doente mental obcecado por uma ruiva que não pode ter.

— Phil, Bree — murmuro.

Ela avança alguns passos e me puxa para um abraço afetuoso. Perfeito. Tudo neste momento é perfeito. Passo a mão nas costas dela, entremeando os dedos no cabelo loiro sedoso. Cabelo limpo, não cheio de sangue coagulado e pegajoso.

— Amiga, você está tremendo. — Ela me aperta e eu desmorono ainda mais sobre seu corpo delicado.

— Você está viva.

Eu me afasto e olho para ela. Seus olhos se enchem de lágrimas de empatia, apesar de ela não saber por que estou tão aliviada. Coloco delicadamente a mão sobre sua barriga e soluço. O bebê está bem, aninhado na segurança do ventre de Bree. Sem perceber o que estou fazendo, Bree segura minha mão, olha por cima do meu ombro e beija meus dedos.

— Eu estou bem — ela assegura e me lança um olhar sério, alternando entre mim e Phillip, tentando comunicar alguma coisa que não faço a menor ideia do que seja.

— Sim, está mesmo! — Maria entra correndo e abraça Bree.

Eu me afasto e vou até a cama. Phil parece confuso, mas continua observando.

— Oi — digo, embora minha voz pareça áspera como um ralador de queijo.

— Oi. Venha aqui — ele me chama, com seu habitual jeito autoritário.

Algo nesse gesto, talvez a familiaridade desse jeito dele, me faz chorar ainda mais. Eu me aproximo e ele segura minha mão, tão quente. Eu me inclino e beijo seus lábios suavemente, quase como se ele não fosse real, depois roço o nariz na sua testa com carinho.

— Você está péssima — ele me diz, com o olhar cheio de preocupação e repreensão. — Não está se cuidando. Está pele e osso. — Ele inspeciona meu rosto e pescoço como se estivesse catalogando cada centímetro.

— Bom, você também não está com a melhor das aparências aí nessa cama, bonitão — brinco, assumindo nosso costumeiro jeito fraterno de competir e brincar.

Ele fecha os olhos e deixa a cabeça cair sobre o travesseiro, soltando o ar.

— Você se casou sem a minha presença?

Nego com a cabeça e abro um sorriso.

— Eu não poderia. Quem me levaria até o altar?

Phillip engole devagar e balança a cabeça.

— Eu senti a sua falta... muito — digo antes de beijá-lo na testa. Afasto uma mecha de cabelo delicadamente, um gesto que já fiz incontáveis vezes antes, mas dessa vez parece mais significativo. Tudo tem uma importância maior quando você sabe que seus amigos vão permanecer na sua vida.

Phil franze o cenho ao ver que Maria e Kat abraçam Bree como se nunca mais fossem soltá-la. É bem provável que não soltem mesmo. Tivemos uma manhã devastadora. Acho que nenhuma de nós pretende se afastar da outra por um bom tempo. Quando olho além das meninas, vejo Chase e Carson encostados na parede.

O olhar de Chase é cauteloso e passeia pelo meu rosto, mãos e corpo enquanto acaricio meu melhor amigo. Ele inala o ar com tanta força que consigo ouvir a três metros de distância. O maxilar está tenso e os dentes apertados. Mais que tudo, ele está tentando conter o ciúme. Mesmo que ele e Phil tenham se entendido nos últimos meses, ele não gosta que nenhum homem toque em mim. Especialmente um homem que está me puxando de encontro ao seu peito. Minha orelha encosta suavemente na camisola hospitalar de algodão de Phil, bem sobre o coração dele. Fecho os olhos e fico só ouvindo os batimentos. Lindo.

— Nós vamos ficar bem. Sei que fiquei fora do ar por muito tempo, mas estou de volta.

Meneio a cabeça sobre o peito dele, e minhas lágrimas molham a camisola. Não demora muito e eu sinto uma mão no meu ombro. Eu esperava que fosse Chase, mas é Maria.

— *Cara bonita*, minha vez — ela diz, com a voz carregada de emoção.

Eu me afasto e deixo que eles tenham um momento juntos.

Chase estende os braços, e eu me sinto atraída como ferro em direção a um ímã.

— Vai ficar tudo bem — digo enquanto me aconchego em seu peito. O perfume cítrico com sândalo me preenche com uma sensação de paz.

— Vai sim. Eu vou cuidar disso — ele diz, com uma falta de emoção impressionante.

Eu me afasto e observo o rosto forte dele e os olhos frios. Chase move o maxilar como se estivesse triturando pedras com os dentes. Apesar da aparência perturbadora, ele me segura com um carinho que eu sei que é só meu, e estou certa do que há entre nós. Depois de mais um abraço, ele me coloca a seu lado.

— Phillip, Bree, nós precisamos atualizar vocês com o que aconteceu hoje.

Bree estreita os olhos, nos encarando especulativamente.

— Deve ter acontecido alguma coisa muito séria. É por isso que vocês estão todos à minha volta, agindo como se não me vissem há anos.

Maria e Kat se entreolham. Eu baixo a cabeça, novamente atormentada pelo terrível sentimento de culpa.

— O que foi? Contem já — ela diz, com apreensão na voz.

Phil estende a mão e aperta o ombro dela.

Olho ao redor da sala. Kat está nos braços de Carson, Maria encostada na parede perto da cama, e há mais dois guarda-costas, além de Chase e eu. Todos olhamos para Bree com profunda tristeza. Chase faz menção de falar, mas Maria o impede, estendendo a mão. Ele apenas meneia a cabeça, permitindo que ela lide com a situação delicada da melhor maneira possível, dadas as circunstâncias. Eu não poderia falar mesmo que quisesse. Minha garganta está seca e eu estou coberta de remorso.

Maria segue na direção de Bree e segura a mão dela.

— Bree, a Charity foi atacada no seu estúdio. — Bree arregala os olhos e dá um passo para trás. — *Cariño*, ela não resistiu.

Bree balança a cabeça, incrédula.

— Não... Não... Como assim, não resistiu? Você está dizendo que... ela morreu? — Sua voz é aguda, e depois se transforma num sussurro: — O que aconteceu?

Phil puxa Bree para a cama, e quando ela se senta ele a enlaça pela cintura, pousando a mão no seu ventre, como se protegesse o bebê ainda não nascido. Como se o instinto paternal estivesse em ação, mesmo sem ele saber ainda.

— O... há... o assediador cortou o pescoço dela.

Bree leva a mão à boca e seus olhos se arregalam ainda mais.

— *Hermana*, o alvo era você. Ele deixou ou-outra mensagem — Maria gagueja, a emoção atrapalhando as palavras antes de ela tossir baixinho para clarear a garganta.

Nesse momento Chase resolve interferir.

— O cara já tentou matar o Phillip, e agora a Bree. — Ele olha para minha amiga, solidário. — Isso já superou a capacidade de investigação do meu grupo. O trabalho agora está nas mãos da polícia de San Francisco. O Thomas é o detetive encarregado e vai nos manter informados quando descobrir alguma coisa. Até lá eu tenho um plano para manter todos vocês em segurança.

Maria se vira para Chase tão rápido como se tivesse levado um tapa.

— É mesmo? Você tem um plano? Tenho certeza de que não vou gostar. — Ela coloca as mãos na cintura, inclina a cabeça para o lado e o encara, o sangue italiano vindo à superfície com um rugido.

Chase contrai os lábios numa linha fina.

— Não, nenhum de vocês vai gostar. Vou mudar todo mundo de casa.

No mesmo instante elas suspiram e resmungam. Fico quieta e deixo Chase lidar com a situação. Nada do que fizemos até agora garantiu a segurança dos meus amigos. Eu faço qualquer coisa para mudar isso.

— Vou pedir que todos vocês vão para a propriedade da minha família fora da cidade, cercada por um muro largo de pedra. O portão e a propriedade vão ser monitorados e patrulhados por guardas armados. Equipes de seguranças armados vão estar em todas as portas de entrada e saída.

— Você não pode estar falando sério — Phillip intervém.

— Extremamente sério, assim como a sua namorada e o bebê... — Chase olha para a mão de Phil sobre o ventre de Bree — ... estariam mortos agora se o plano do nosso inimigo tivesse se concretizado.

Ah, meu Deus do céu. Quero matá-lo por ter deixado o segredo escapar. As conversas ao pé do ouvido cessam na mesma hora. Phillip estreita os olhos ao virar Bree de frente para ele.

— Bebê? Do que ele está falando?

Os olhos dela se inundam de lágrimas, que deslizam pelo seu rosto.

— Eu ia te contar...

— Você está grávida? — ele sussurra.

Eu me sinto péssima por estarmos todos ali presenciando o que deveria ser um momento particular dos dois.

— Como? Quando? — ele pergunta, visivelmente tão desnorteado como todos nós ficamos quando Bree nos contou, na semana passada.

— Na primeira vez — ela balbucia e ele a puxa para si, acariciando seu cabelo.

— Meu Deus, e você lidando com isso sozinha... Desculpe, amor. Eu sinto muito. — Ele a abraça contra o peito e ela chora. Lágrimas se formam nos olhos de Phil, mas ele inclina a cabeça para trás e pisca várias vezes para contê-las.

Eu me viro para Chase e dou um soquinho no braço dele.

— Isso era para ser particular. Ela queria contar quando eles estivessem sozinhos! — eu o repreendo baixinho.

Chase segura meu rosto entre as mãos.

— Desculpe, baby. Escapou. Mas todos nós aqui precisamos levar isso muito a sério. — Ele beija meus lábios e depois me abraça com força. — Cada um de vocês vai ter um segurança e um motorista à disposição. É a única maneira de nos defendermos desse psicopata até ele ser pego. A mansão tem várias suítes e empregados em tempo integral que vão cuidar de tudo que vocês precisarem: refeições, roupa lavada, tudo isso.

Carson abraça Kat.

— Vamos pra lá imediatamente, bochecha doce — ele diz e a beija no pescoço.

— Sim, vamos fazer o que for preciso — ela confirma.

Chase relaxa visivelmente com o consentimento deles.

— E vocês dois? — pergunta, gesticulando na direção de Bree e Phillip.

Ele está com a mão em concha no rosto dela, depois apoia a testa na dela, enquanto a mão desliza do rosto para o ombro a fim de pousar sobre o ventre.

— Amor, você e o bebê precisam estar em segurança. — Ele a aninha nos braços.

Ela dobra os joelhos até o peito e os abraça enquanto chora.

— Nós vamos fazer o que você está pedindo. Não sei quando vou ter alta, mas a segurança da Bree e do bebê é prioridade. Merda! — ele grita e todos se viram para ele. — Onde está a Anabelle? — O corpo dele enrijece, e eu concluo que foi o excesso de movimento e emoção.

— Relaxa — Chase diz. — Tem uma equipe de segurança vigiando a sua casa e a escola da Anabelle e acompanhando os seus pais de perto. Estamos nos revezando para cuidar da menina. Eu vou providenciar para que a sua filha e os seus pais se mudem para a mansão imediatamente.

Phillip meneia a cabeça e se tranquiliza.

— Obrigado, cara. O que você está fazendo... — A voz dele está carregada de emoção.

— Eu tenho o dever de proteger a nossa família — Chase responde.

Os olhares deles se cruzam e os dois fazem uma espécie de comunicação silenciosa que irrita as mulheres, a mim particularmente.

Maria é a última para quem olhamos. Ela tem uma postura rígida e visivelmente grilada.

— Ria, eu não posso deixar esse monstro te atingir — digo, quase sem fôlego. O medo paralisante e o pânico se espalham por todo o meu corpo, arrancando o ar dos meus pulmões. — Por favor... por mim.

Ela revira os olhos e arqueia os ombros.

— *Cara bonita*, você sabe que eu faria qualquer coisa por você. — E me puxa para um abraço apertado.

— Obrigada, obrigada, obrigada — murmuro contra o espesso cabelo preto da minha amiga.

X

— Você é ainda mais bonita pessoalmente do que nas fotos.

Estendo os braços. As mulheres adoram ser abraçadas sem nenhuma sugestão sexual. Isso confere uma falsa sensação de segurança. O grande lobo mau não vai de fato fingir levá-las à casa da vovozinha e comê-las vivas. Infelizmente para ela, eu sou o lobo.

Um sorriso largo ilumina o rosto delicado. Ela é mesmo muito bonita, se eu gostasse de loiras. Não é o caso. Ruivas fazem mais o meu tipo, mas eu preciso dessa loira em particular.

— Obrigada. Você é muito gentil.

— Sente-se. Espero que você goste de comida italiana. — Tenho vontade de revirar os olhos enquanto ela senta o corpo longilíneo e esbelto na cadeira de madeira à minha frente. Escolhi este lugar porque qualquer mulher o acharia charmoso. Gillian achava.

Sinto saudade da minha garota só por estar aqui, mas este é um passo necessário, e eu preciso cultivar esse relacionamento para chegar à próxima fase do meu plano.

Ela pega o copo de água e toma um gole devagar. É impressionante como parece estar controlada, apesar de muito nervosa. Uma das mãos está no colo apertando o guardanapo, e a outra segurando o copo.

— Está ótimo. Eu adoro massa. Acredito que é a comida mais internacional de todas.

Forço um sorriso, mesmo não tendo achado graça no que ela disse, mas rir com a pessoa a deixa mais confortável e menos tensa. Quando o rosto dela enrubesce ligeiramente, eu sei que a fisguei.

— Então, me fale de você. — O objetivo deste encontro é obter o máximo de informação possível e construir uma ligação que vai me aproximar mais do prêmio final.

— O que você quer saber? — ela responde, tímida, e umedece os lábios.

Ah, então é assim que vai ser. Vou trepar com ela para tirar a informação. A maneira como ela está avaliando meu corpo por cima da borda do copo cada vez que dá um gole é muito reveladora. Eu já trepei com algumas mulheres antes de Gillian, mas foi para satisfazer necessidades físicas. Se ela vai deixar o babaca ricaço enfiar aquele projeto de pau dentro dela, eu também posso tirar uma casquinha. É o mínimo. Uma questão de justiça.

— Quero saber tudo, claro. Família, por exemplo.

— Tenho uma irmã que mora em Nova York. Quando viajo para o nosso escritório de lá, consigo visitá-la. Meus pais moram na Flórida. Típicos pássaros da neve que voam para o sul no inverno.

Ela sorri e eu faço o possível para não bocejar. Em vez disso, meneio a cabeça.

O garçom vem até nossa mesa, e ela pega o cardápio. Parece que está olhando os pratos o mais rápido possível.

— Que tal uma garrafa de vinho tinto? — sugiro.

Ela concorda com a cabeça e eu me viro para o garçom.

— Traga uma garrafa nessa faixa, aquele que costuma ser o mais pedido. — Aponto na carta os vinhos que estão entre trinta e quarenta dólares. Quando ergo a cabeça, vejo que ela está me fitando com olhos sonhadores. — Gosto de ser surpreendido. — Encolho os ombros.

— Interessante. Mas você pode acabar com um vinho horrível — ela avisa, com um tom sedutor.

— Ou eu posso acabar tendo a experiência mais linda, hipnotizante... — aproximo minha mão dela sobre a mesa e passo o dedo pelo antebraço, descendo para a mão e para o dedo do meio — ... e encantadora da minha vida.

Ela suspira. Essa mulher já está no papo. Estou conseguindo dobrá-la sem nenhum esforço. Mamão com açúcar.

— Fale sobre a sua família — ela pede.

— Bem, eu sou adotado. A minha família me criou e depois foi adotando outras crianças carentes. — Isso não está muito longe da verdade. A família com que fiquei era ótima, considerando o inferno de onde eu tinha vindo, mas eles eram santos, e santos não ficam felizes salvando uma criança só. Não. Eles precisam continuar salvando ou morrer tentando.

Os olhos azul-claros da moça se enternecem e se tornam tristes. Ah, Jesus, não quero lidar com uma biscate sentimental. Preciso embebedá-la, e rápido, assim ela começa a falar ou cala a boca com um belo cacete goela abaixo.

O garçom escolhe esse momento para trazer o vinho. Ele me serve um gole para degustar. Digo que está bom e ele serve um pouco em cada taça.

Nós dois provamos, e o vinho é gostoso. Na maioria das vezes, quando você pede que te tragam um vinho popular, eles servem algo mais palatável.

— Humm — ela murmura e umedece os lábios novamente.

— Gostou? — pergunto.

Com um movimento do pulso, ela afasta o cabelo loiro comprido.

— Sim. Obrigada.

Pedimos uma massa e um frango. Depois que os pratos são servidos, ela já está na segunda taça de vinho e começa a sentir os efeitos.

— Agora que já passamos pelo assunto família, por que você não me conta o que gosta de fazer para se divertir? — Esboço um sorriso, me inclino para perto dela e cubro a mão pequena e delicada com a minha, bem maior e calosa.

Ela olha para baixo de relance quando começo a acariciar as costas da mão dela.

— N-não muita coisa, infelizmente. Eu trabalho muito. Demais, na maior parte do tempo.

Isso não poderia ser mais fácil. Ela vai dar a informação que eu quero de bandeja.

— É mesmo? Em que você trabalha?

— A empresa onde eu trabalho faz um pouco de tudo. Compras corporativas, investimentos, aquisições, restaurantes, boates, hotéis... Em qualquer coisa que você pensar nós temos envolvimento.

Agora que a bebida deve estar subindo, ela dá uma risadinha e coloca a mão sobre a minha. A mão dela está quente. Imagino que tenha a ver com desejo por sexo, culminando com o vinho correndo em suas veias.

— E o que você faz nessa empresa que faz de tudo? — Balanço a mão em círculo, num gesto de "tudo isso", embora eu saiba exatamente o que ela faz. Eu a observo há vários meses, esperando que Chase estivesse trepando com outras... ela inclusive... mas até agora o imbecil provou ser fiel. Talvez eu não o faça comer as próprias bolas depois que as cortar fora e o deixar sangrando até a morte. Ah, não... claro que vou fazer isso. Vou mesmo.

Os olhos dela se iluminam.

— Eu sou assistente pessoal executiva — ela diz, orgulhosa.

— Parece um cargo poderoso e sexy ao mesmo tempo — comento, usando um tom de voz rouco e sensual.

— Como assim?

— Bem, a parte executiva significa que você é responsável ou trabalha com o responsável. — Eu movo as sobrancelhas e ela ri. — Então você claramente tem um certo poder.

Ela mexe os lábios, ponderando o que estou dizendo.

— A outra parte é óbvia. A palavra "pessoal" me faz pensar em "particular", o que pode levar a alguma coisa sexy, dependendo do ponto de vista.

Eu pisco e ela fica vermelha de novo. Dessa vez a cor desce pelo pescoço na direção dos peitos grandes. Fico um pouco surpreso que Chase não esteja usufruindo disso. Ela é uma mulher fácil. Eu sei que vou estar entre as coxas dela mais tarde, e nós estamos num encontro às escuras. Não deve ser difícil para um pilantra endinheirado.

Deve fazer um bom tempo que ela não trepa, porque o corpo dela está muito travado. Os lábios estão bem vermelhos, o vinho acrescentando ainda mais cor. Volta e meia ela respira fundo e solta o ar bem devagar, como se estivesse tentando relaxar. Se contorcer na cadeira é outro sinal de excitação. Vou ganhar essa muito fácil.

— Então, quem você assiste *pessoalmente*? — pergunto, com uma voz insinuante.

Ela suspira, coloca um cotovelo sobre a mesa e apoia o queixo na mão. Devagar, eu me movo para a cadeira ao lado dela, coloco o braço sobre a mesa e aproximo o rosto do dela. O desejo escurece os olhos azuis enquanto passeiam pelo meu rosto. O perfume floral que a envolve me remete a primavera e rosas. Eu gosto de rosas. Muito.

— Por que você quer saber? — ela pergunta, tentando fazer um pouco de mistério.

Que idiota. Será que ela acha que pode brincar de gato e rato comigo? Não sou um gatinho doméstico padrão apreciando um pires de leite. Sou a porra de um jaguar que rasga a carne e devora com vontade até o osso.

Inclinando-me um pouco mais, coloco a mão sobre o joelho dela. A pele está nua, sem meia-calça. Ela suspira quando meu polegar ultrapassa o joelho. Empurro o tecido do vestido para cima com um movimento discreto e deslizo o polegar pela parte interna da sua coxa. As pernas se movem, mas ela não as fecha quando chego a poucos centímetros da fonte de calor ardente sob o vestido.

— Você vai manter o seu trabalho em segredo... — sussurro, me inclinando para roçar o nariz no pescoço dela, levando-a a crer que estou me afogando em tesão.

— Hum... não...

— Então por que você está hesitando? Eu não estou. — Deslizo a mão até em cima para tocá-la.

— Ah, meu Deus... — ela sussurra enquanto passo a mão sobre o tecido úmido.

Sei exatamente quando alcancei o ponto certo, porque ela fecha as pernas, prendendo minha mão. Pressiono com mais força aquela carne sedosa. O filete de tecido entre as coxas macias não representa barreira nenhuma quando pressiono meu dedo contra o sexo úmido dela.

— Hum... justiça seja feita, você está me deixando louco a noite inteira — minto. — Toda gostosa nesse vestido e nesses sapatos. Você quer ser comida hoje, né? — Pressiono com mais força e ela geme de prazer.

Não demora muito para ela começar a mover ligeiramente os quadris, forçando meu dedo a penetrá-la mais.

— Não acredito que você está fazendo isso... bem a-aqui.

— Ah, meu doce, você não tem ideia do que eu estou preparado para fazer a fim de conseguir o que quero. — Enfio mais um dedo nela. — Eu quero te conhecer. Quero saber tudo a seu respeito. Começando por para quem você trabalha. — Mordisco a orelha miúda e ela move mais os quadris. — Não pode ser um segredo tão grande, pode?

Curvo os dedos contra as laterais da fenda úmida e roço o ponto mais sensível. Gemidos sutis escapam dos lábios dela, se tornando progressivamente mais altos. O suficiente para serem ouvidos se houvesse mais clientes no restaurante, mas a esta hora, no pico do trânsito, ainda tem pouca gente, e era com isso que eu contava.

— Diga o que eu quero saber. Para quem você trabalha? — Faço movimentos com os dedos e os enfio mais fundo.

O corpo delicado se contrai inteiro ao espiralar num orgasmo silencioso. A cabeça dela pende para a frente e a respiração fica ofegante. Tiro os dedos melados e os enxugo no guardanapo.

— Então... — Aguardo um pouco antes que ela responda o nome que estou pronto para ouvir, confirmando que dei um passo grande para trazer minha garota de volta.

— Eu trabalho para Chase Davis. — Ela ergue a cabeça, sorrindo.

O que ela não sabe é que esse jogo é meu e acabo de ganhar mais um round.

Bingo.

14

GILLIAN

— *Gillian, levante.* — A voz de Chase ecoa no quarto silencioso como uma lâmina afiada entrando no meu subconsciente.

Puxo a coberta e me escondo embaixo dela. O colchão afunda na altura dos meus quadris, e ele puxa a coberta. Estou tão letárgica que, mesmo usando toda a minha força para segurar a coberta no lugar, ele consegue puxá-la. Coloco o braço sobre os olhos e suspiro alto, fazendo questão de mostrar quanto estou frustrada.

— Vamos, pra fora da cama. Tome uma ducha, vista uma roupa confortável e venha jantar com a gente.

Balanço a cabeça, mantendo o braço sobre os olhos.

— Estou cansada, Chase — digo por entre os dentes.

— Você dormiu o dia todo. Caramba, você dormiu a semana inteira. As meninas estão preocupadas. — Ele passa a ponta do dedo pela linha do meu cabelo. — E eu também. Você está se escondendo na cama. Já deu. Chega. Vem. — Ele me puxa pelo braço até eu me sentar.

As luzes brilham demais, a pressão na minha cabeça é insuportável e a culpa sufoca meu coração.

— Por que você não pode simplesmente me deixar dormir?

Afasto as mãos dele, mas não adianta. Ele me puxa até eu ficar de pé e vai me empurrando para o banheiro.

— Eu falei com o dr. Madison e expliquei que você anda deprimida. — Ele me avalia com o olhar terno e coloca um frasco de um remédio sobre o aparador. — É um ansiolítico e antidepressivo. Ele mandou você tomar um por dia e na semana que vem quer saber como você está.

Sinto um formigamento de raiva se espalhar pelo meu corpo. Chase andou falando com meu terapeuta sem eu saber? Dou um tapa no vidro de remédio, que voa pelo banheiro e vai parar dentro da pia. Chase estreita os olhos, bravo.

— Você. Precisa. Disso — ele diz, devagar. Devagar demais.

— Eu não estou doente, Chase. Que saco, eu estou *triste*, tá?! Tem uma grande diferença — exclamo, num tom de voz duro e cheio de desprezo. O mesmo tom com que falei com o dr. Madison quando ele me deu a primeira receita. Rasguei na cara dele em pedaços bem pequenininhos e deixei cair no chão como se fosse confete. Ele ficou tão feliz com meu comportamento quanto Chase está agora.

Chase se aproxima com os braços abaixados. Dou dois passos para trás e cruzo os braços sobre o peito.

— É para o seu bem, Gillian. Que merda, você se isolou. A vida está acontecendo sem você. Isso não é legal. Você não percebe o que está fazendo ao se distanciar?

Balanço a cabeça para a frente e para trás. O pânico e a raiva incendeiam todos os feixes nervosos do meu corpo até eu me sentir como se estivesse queimando inteira.

— Que vida?! — esbravejo. — Você acha que eu gosto de ter um guarda-costas me seguindo por toda parte? E precisar olhar por cima do ombro a todo instante? E ter sempre a sensação de estar sendo observada? — Apoio as mãos no aparador e me inclino para a frente.

— É para te manter em segurança... — Chase começa a falar.

— Não! Não me venha com essa agora. Ninguém está em segurança. Meus amigos foram ameaçados e quase morreram. Várias pessoas na academia morreram por minha causa. — Aponto o dedo para o meu peito com tanta força que chego a espetar o osso. — A Bree estaria *morta* agora se não fosse por um engano. Só que uma garota de vinte anos, com a vida inteira pela frente, foi assassinada no lugar dela... por minha causa! — grito, as lágrimas escorrendo pelo meu rosto. — Então não venha me dizer o que eu estou perdendo na vida. Que merda. Eu não mereço viver!

A letargia assume o controle e eu deslizo pela parede, do alto da minha vaidade, e fico encolhida no chão. Abraço os joelhos com força, apoio a cabeça e deixo que o mundo desabe sobre mim. A preocupação, o medo, o estado de ansiedade constante... ver meus amigos olhando para mim com pena... é demais. Não aguento mais.

Não demora muito para que Chase se agache à minha frente.

— Gillian, nada disso é culpa sua. Você precisa saber disso.

— Será, Chase? Eu não sei de nada... O que eu sei é que, aonde quer que eu vá, pode ser o lugar e a hora de acontecer alguma coisa. Isso me deixa arrasada. Por outro lado, se pelo menos ele conseguir o que quer, não vai mais atingir ninguém que eu amo. E quem ele quer sou eu! — Um tremor começa nos meus lábios, desce para o peito e depois para os membros.

Chase faz uma careta.

— Escute aqui. A culpa é de quem está causando tudo isso, não sua. Baby, olhe para mim. — Ele segura meu rosto com a mão em concha e, com o polegar, ergue minha cabeça, forçando-me a fitá-lo. — Nós vamos pegar esse cara. É só uma questão de tempo.

As palavras dele me dão esperança, mas não conseguem curar minha dor.

— Mas a que custo? É como ele disse: quem vai ser o próximo? Você?

Engasgo com um soluço. Definitivamente, Chase está na lista de alvos do assediador. Se esse sujeito está obcecado por mim, obviamente despreza o homem com quem vou me casar. O homem para quem entreguei meu coração publicamente. O simples pensamento de algo acontecer com Chase me deixa com o estômago revirado e com uma náusea quase incontrolável. As garras do medo envolvem outra vez a minha mente.

— Eu não suportaria...

Chase me puxa para seu colo e me encaixa sentada com as pernas ao redor de seus quadris. Eu me seguro a ele como uma segunda pele.

— Não vai acontecer nada comigo. E ficar se escondendo no nosso quarto não é saudável...

— Não é o nosso quarto. — Engasgo ainda mais.

Trata-se de uma suíte de hóspedes exageradamente decorada e pretensiosa, que imita o estilo francês antiquado. É espalhafatoso demais, tudo cor-de-rosa gritante e dourado, com estampas florais e listras. Esse exagero de tons me sugere uma tentativa de ver a vida através de lentes cor-de-rosa. Aparentemente, a mãe de Chase usa uma decoração similar em seus quartos de hóspedes, assim como ele faz em seus restaurantes. Se este quarto fosse um restaurante, poderia se chamar Pink. Maria e Tommy estão no quarto azul, Bree no branco, apesar de eu suspeitar de que ela não tenha pregado o olho nem uma noite, e Kat e Carson estão no quarto cinza.

Chase suspira no meu pescoço.

— Não, não é o nosso quarto. Eu sei que você estava começando a se acostumar na cobertura. — Ele acaricia minhas costas de cima a baixo, aliviando minha ansiedade. Enquanto ele me abraça, começo a respirar do jeito que Bree me ensinou na ioga. Essa respiração faz maravilhas quando estou estressada. — Baby, vamos ter todo o tempo do mundo para arrumar o nosso lar. Além disso, eu te disse que depois do casamento vamos procurar uma casa, provavelmente em algum lugar perto daqui. A localização é ótima e as casas são de primeira.

Deixo escapar um gemido. A última coisa que quero é mudar para perto de Colleen Davis. O tio Charles é ótimo, mas estou aqui há uma semana e tenho evitado todo tipo de comunicação com aquela bruxa, minha futura sogra.

Chase inclina minha cabeça e apoia a testa na minha.

— Você não curte muito a ideia de morar perto da minha mãe, né?

Pelo tom de voz, eu sei que ele está sorrindo, sem precisar olhar para seu rosto lindo. Balanço a cabeça. Faz menos de um ano que estamos juntos e ele já me conhece tão bem.

— Não faz mal. Quando chegar a hora, vamos arranjar um lugar para nós dois e os nossos futuros filhos. Se não encontrarmos, eu construo. Eu já disse, Gillian, vou te dar o mundo.

Ele roça o nariz no meu rosto, depois me beija suavemente.

— Eu só quero você — digo.

Chase sorri e o gelo que envolvia meu coração se racha e derrete com o feitiço dele.

— Dá um nó na cabeça. — Ele balança a cabeça, depois para e respira fundo. — Desculpe dizer isso, baby, mas você está fedendo. — Faz uma careta e eu dou risada.

É a primeira vez que rio em uma semana, talvez duas. Rapidamente ele me levanta, tira minha roupa e abre o chuveiro.

— Hora do banho.

Ele me empurra para dentro do grande boxe revestido de azulejos cor-de-rosa. Lembrete para mim mesma: nunca decorar nada em rosa... jamais.

Entro embaixo da água e me sinto no paraíso. O calor bate no meu pescoço dolorido e reaviva minha consciência. Quando abro os olhos, Chase está me encarando, estudando cada traço, cada curva, passando pelo meu peito, pernas e mais especificamente a penugem entre minhas coxas.

— Por que você não entra também, grandão? — convido.

Ele balança a cabeça.

— Eu adoraria, mas não chegaríamos a tempo para o jantar, e tem três mulheres que vão cortar o meu saco se eu não te levar lá para baixo logo. Elas já estão achando que eu estou te mantendo como refém. — Ele abafa o riso. — Não que eu não quisesse. — E franze a testa.

Reviro os olhos e me viro de costas, e ele prende a respiração.

— Caramba, você tem uma bunda tão linda que me dá vontade de...

Quando olho de novo, vejo que ele está com as mãos fechadas em punhos enquanto observa a própria excitação. A calça justa revela uma saliência tentadora e de tamanho considerável.

— O que você quer fazer? — Passo as mãos sedutoramente sobre os seios, ensaboando-os por inteiro, estimulando os mamilos a enrijecerem. Separo um pouco os lábios, inclino a cabeça para trás e encho a boca de água ao mesmo tempo em que permito que o jato escorra pelos meus seios, o calor aplacando meus mamilos sensíveis.

Chase geme.

— Mais para baixo — diz, através dos dentes cerrados.

Obedeço, não só para deixá-lo louco de tesão, mas também porque ele está me fazendo sentir atrevida e desejável. A semana inteira eu me senti apenas a carcaça da mulher que normalmente sou. Está na hora de sair da concha.

— Assim? — Deslizo a mão por entre as coxas, massageio meu sexo e solto um gemido.

— Sim, isso mesmo — ele diz, a voz permeada de luxúria.

Então abro os olhos e sou presenteada com uma visão maravilhosa. Meu homem, ainda de terno, está com o olhar penetrante focado em mim. Ele abriu o zíper da calça e tirou o pau para fora. Fico com água na boca ao vê-lo movimentar a mão sobre o membro com uma força bem maior do que eu faria.

— Agora enfie o dedo nessa sua bocetinha linda... Faça de conta que é o meu dedo. — Ele geme baixinho.

— Não consigo, baby. — Fecho os olhos, tentando fazer o que ele me pede. — Meu dedo é muito pequeno. O seu fica enorme dentro de mim. — Choramingo.

— Coloque dois dedos, então... Isso, assim... Abra mais as pernas. Abra esses lábios e toque o seu botão para eu ver. Nossa, você é absurdamente gostosa — ele exclama, com a voz tensa, aumentando o ritmo da fricção e gemendo ao mesmo tempo.

Chase me acha gostosa enquanto me estimulo, mas a beleza dele é impossível de definir. Ele parece uma obra de arte em movimento. Seu corpo se curva na minha direção, sugerindo a necessidade física de estarmos mais perto um do outro. As mechas do cabelo escuro se agitam conforme ele movimenta a mão cada vez mais rápido. O pescoço, inclinado para trás, evidencia as veias que se contraem e dilatam. Quando ele morde o lábio inferior eu choramingo, pois era eu que queria estar mordiscando aquela boca. Então os olhos dele se abrem de repente, enviando ondas de prazer ao longo do meu corpo, a tal ponto que tenho a sensação de que vou explodir.

— Estimule o clitóris, baby. Eu quero te ver gozar. Goze para mim, só para mim — ele diz, como se eu precisasse ser lembrada. Todo o meu prazer é para ele, por causa dele e entregue a ele, para sempre.

Um gemido abafado se forma no fundo da minha garganta e escapa num grito agudo conforme pressiono meu clitóris com uma das mãos e me penetro com dois dedos da outra.

— Isso... goze para mim... juntos — ele diz, com um gemido profundo que eu reconheceria de longe.

O som excitante do orgasmo dele me estimula, e eu me sinto transbordar num turbilhão de sensações. Vejo estrelas explodindo em todas as direções conforme as ondas de prazer varrem minhas pernas, tronco e membros. Esplendorosa, doce sensação... Chase está aqui comigo, os olhos semicerrados, a boca retorcida como se estivesse com dor: aquela sensação de quando o prazer é tão bom que chega a ser quase dolorido. Sinto o corpo inteiro arrepiar enquanto observo jato após jato do gozo dele jorrar para dentro do boxe, se misturar com a água e escoar pelo ralo.

Chase se segura no porta-toalhas com tanta força que os nós dos dedos ficam esbranquiçados, enquanto me equilibro entre uma parede e a outra do boxe, ofegante.

— Está se sentindo melhor? — ele pergunta, tirando as roupas respingadas de água e entrando no boxe.

Fico paralisada quando meu Super-Homem joga seu superterno no chão e me abraça, segurando minha bunda.

— Bem melhor... mas por que você não entrou antes? — *Bem que eu gostaria de ter usufruído de um belo pau duro.*

Ele passa as mãos no cabelo, puxando-os para trás enquanto a água lambe sua pele, deixando-o reluzente como um deus da água. Dá um sorrisinho e me puxa para um beijo profundo e molhado, do tipo que teria sido maravilhoso quando eu estava com a mão entre as pernas.

— Eu disse que não queria que a gente se atrasasse para o jantar com todo mundo lá embaixo. Você me conhece, Gillian... Se eu estiver com você toda nua, se entregando para mim, preciso de horas para devorar o seu corpo maravilhoso. No instante em que eu enfio o pau em você, o tempo para e um jogo novo começa.

Aceno com a cabeça, termino meu banho e saio do boxe, afastando qualquer ideia de desfrutar do meu homem nu e molhado.

— Ela está viva! — Kat grita e corre para me abraçar.

Deixei o cabelo molhado e o prendi para cima com uma fivela grande. Pelo menos minha roupa combina com a dos demais. Estou usando uma camisa social de Chase e uma calça de ioga. Quando ele saiu do chuveiro e me viu com essa roupa, me lançou um olhar meigo. Se houve um momento em que meu estoico, controlador e superconfiante noivo se tornou meigo, foi quando me viu confortavelmente vestida numa roupa que tinha o cheiro dele, mais do que qualquer outra coisa.

— Bem-vinda ao mundo dos vivos, *puta*! Chega de evitar as suas *hermanas*, né? — Maria me recebe cheia de atitude, mas se levanta da cadeira, me puxa para um abraço e apoia a testa na minha. Os olhos azul-claros se focam nos meus, e tenho a sensação de que seu olhar me atravessa. — Você está bem?

— Eu vou ficar. — Retribuo o abraço, tentando amenizar o sentimento de culpa com o amor e o afeto dos meus amigos.

Bree se levanta e eu me afasto de Maria para abraçá-la.

— Me desculpe. — Estremeço nos braços dela.

— Ah, Gigi, você não tem que se desculpar. — Ela me abraça forte. — Vão encontrar esse maluco. É verdade que nós perdemos muito, mas ainda temos umas às outras. — Sua voz falha e ela tosse para limpar a garganta.

Eu me inclino para trás e coloco a mão na barriga dela. Ainda está lisinha, mas imagino o bebezinho ali dentro, aquecido e protegido.

— E temos de esperar este bebê, certo? — Fito os olhos azuis marejados de Bree.

Ela meneia a cabeça com veemência e finalmente sorri.

— Não acredito que vou ser mãe. Ah, meu Deus!

Todas as meninas pulam, Maria golpeia o ar e começa sua dancinha de sempre.

— O título de Melhor Tia do Mundo vai ser meu!

Kat se vira, apoia a mão no quadril e inclina a cabeça.

— Não concordo. Todos sabem que eu sou a melhor. Além disso, vou fazer roupinhas de princesa para ela e deixá-la brincar com as minhas roupas no closet...

Reviro os olhos, mas Bree se limita a sorrir, observando a briga de mentirinha das duas.

— Ei, meninas, eu acho que vocês estão esquecendo um fato importante. — As duas param e viram para olhar para nós. — E se for menino?

Elas olham para mim como se de repente tivessem crescido mais membros no meu corpo. Maria caminha até a gente e coloca a mão sobre a barriga de Bree.

— Nada disso, *chica*. Eu nunca me engano. — Ela dá de ombros e se vira para Kat. — Eu vou ensinar essa menina a dançar como uma bailarina. Todas as *niñas* amam bailarinas. — Ela assume uma expressão presunçosa, erguendo uma das sobrancelhas.

Preciso entrar nessa disputa. Nenhuma delas vai ficar se exibindo para mim!

— Lamento, meninas, mas eu vou ensiná-la a amar sapatos como eu. Vocês já viram como a Anabelle me adora? Vocês sabem que a coleção de sapatos dela é fora de série. Quem vocês acham que deu todos esses sapatos pra ela? Hein?

Bree começa a rir e balança a cabeça. Alguém me envolve com os braços, me aproximando do seu corpo quente. Obviamente, Chase terminou o banho.

— Está se divertindo? — ele pergunta enquanto Maria me oferece uma taça de vinho.

Abro um sorriso, faço um brinde com ela e digo:

— *Salud*. — Depois seguro as mãos de Chase. — Muito. — Tomo um gole do vinho e me aninho nos braços dele. — Obrigada por ter me tirado do quarto e acabado com o meu pânico. Isto aqui é exatamente o que eu preciso.

— Eu vou sempre te trazer de volta, você sabe.

Ele beija meu pescoço e então se afasta para ir conversar com Carson. Com uma taça de vinho na mão, os dois vão até a mesa de sinuca, enquanto eu me reconecto com minhas amigas.

— E então, o que o Phil falou sobre o bebê quando vocês ficaram sozinhos? — Kat faz a pergunta que eu estava louca para fazer.

Bree morde um morango do prato de petiscos que a cozinheira colocou ali.

— Surpreendentemente, ele aceitou muito bem. Quis que eu fizesse outro teste de gravidez e esperou os três minutos comigo para ver o sinal de positivo no bastão. Depois me deu mais um teste e disse, com um sorriso deste tamanho: "De novo" — ela imita a voz grossa de um homem.

Todas nós achamos graça.

— Isso é bem coisa do Phil. Nunca quer ficar de fora. — Balanço a cabeça, pensando com carinho no meu melhor amigo. Ele merece essa felicidade, e ver como Bree está contente agora me dá a certeza de que tudo vai dar certo para eles.

— É... Ele quer que eu mude imediatamente para a casa dele, para que a Anabelle se acostume com a ideia antes de contarmos que ela vai ganhar um irmão. O que vocês acham, meninas? Eu não aceitei nem recusei. Ele sai do hospital na semana que vem e vai ficar com a Anabelle aqui até essa situação se acalmar. Mas e depois? — Ela enruga o nariz, puxa um joelho para o peito e apoia o queixo. — Não faz tanto tempo que estamos juntos. E se não formos tão compatíveis assim?

— Por que você está falando isso? Você ama o Phillip, não ama? — Maria indaga.

Bree suspira, ergue o cabelo, enrolando-o numa espiral, depois o torce como um caracol no alto da cabeça, passando a ponta por dentro do coque para prendê-lo. É um truque de mágica que aquele cabelão todo fique preso sem uma presilha ou grampo. Já pedi para ela me ensinar, mas nunca dá certo para mim.

— Amo demais, mas foi tudo muito rápido. Não quero que ele se arrependa no meio do caminho. Nós não precisamos morar juntos só porque ficamos grávidos, sabe?

Kat meneia a cabeça e retorce os lábios, pensativa.

— Mas, amiga, e se for melhor para você? Olha só a Gigi... Ela e o Chase estão morando juntos depois de alguns meses de namoro e agora vão se casar. O amor acontece quando é para ser. O tempo não importa.

Todas nós concordamos, meneando a cabeça, enquanto Kat continua a ser a voz da razão.

— Não deixe que o medo te faça perder algo que pode ser tudo o que você sempre quis.

Bree fica observando e mordisca o lábio inferior.

— Tudo bem. Vou pensar no assunto.

— E lembre-se que vocês têm um tempo aqui para se acostumar um com o outro antes da mudança definitiva. Todos vocês vão ficar aqui como uma família, dividindo o espaço por um tempo — acrescento. — Não deixa de ser um treino.

Os olhos de Bree se iluminam.

— Você tem razão. Nós vamos ter tempo para descobrir se somos compatíveis no dia a dia. Você é um gênio, Gigi! — ela exclama, feliz, balançando na cadeira como se todos os problemas do mundo tivessem sido resolvidos. Nossa, eu gostaria que fosse fácil assim.

Maria pisca para mim e levanta a taça. Dou uma risadinha.

— Um brinde! — ela grita. Todas nós resmungamos, mas erguemos nossas taças. — Ei, vamos lá. Agora que a Bree está grávida, prometo que vou maneirar.

Bree faz uma careta e olha feio para ela. Dou uma tossida para limpar a garganta e falo:

— Eu gostaria de propor um brinde.

Maria meneia a cabeça, concordando.

— À mudança. Muita coisa está acontecendo ao nosso redor. Que tudo isso nos guie para a próxima fase da nossa vida, e que sejamos abençoadas estando sempre juntas para poder compartilhar.

Todas olham para Bree. Três mulheres agradecidas pelo fato de sua irmã de alma estar viva e carregando dentro de si o mais novo membro da nossa família. Estamos determinadas a ficar sempre por perto nos próximos anos. A imagem daquela pobre moça, que se parecia tanto com Bree, volta à minha mente. Rezo em silêncio por ela e sua família.

Nesse momento, faço um pacto comigo mesma. Chega de autocomiseração da minha parte. Essas mulheres, Phil, Thomas, Carson e principalmente Chase merecem que eu esteja com eles por inteiro. Em vez de ficar chorando e me escondendo no quarto, vou enfrentar tudo isso de cabeça erguida, custe o que custar. Esse cretino não pode roubar minha vontade de viver nem o amor que eu sinto por aqueles que me cercam.

— Vamos tirar esse peso de cima de nós — Maria grita e enche nossas taças até a borda com um cabernet de Napa.

Bree olha para as taças com vontade de beber e passa a mão sobre a barriga. Bem nesse momento, o chef de cozinha entra na sala.

— O jantar está servido, sr. Davis. — O homem faz uma espécie de mesura para Chase.

Ouvimos várias exclamações do tipo "estou faminto" e "que fome" por parte dos homens enquanto seguimos para a sala de jantar. O chef serve carne com batata e legumes — comida caseira com pegada gourmet. Disfarço o riso e Chase me conduz para a ponta da mesa, à sua direita. A mãe dele está à esquerda.

— Mãe — Chase diz suavemente, se abaixa e a beija no rosto.

Colleen avalia o grupo, que, com exceção de Bree, está no mínimo um pouco alto.

— Pelo visto vocês todas estão bem-vestidas para jantar — ela comenta, arrogante, olhando para cada uma de nós com o cenho franzido.

Todas as quatro mulheres estão usando diferentes estilos de calça de ioga, camiseta e casaco de moletom. Maria lança um olhar fulminante para Colleen, depois se segura no encosto de uma cadeira e continua lançando farpas.

— Desculpe, algum problema com a minha roupa? — pergunta, antes de erguer a perna direita vagarosamente. Em seguida segura o calcanhar e estica a perna até a ponta do pé apontar para o teto, numa abertura incrível. Ela fecha os olhos e solta o ar devagar. — Desculpe, cãibra na perna — explica com a voz doce, sabendo que o movimento horroriza a mulher que a observa. Acrobacias diante de uma mesa de jantar arrumada para a realeza e encabeçada pela bruxa esnobe que tenta menosprezá-la... Nunca amei tanto minha amiga.

— Uau, o Tommy é um homem de sorte — Carson resmunga e Kat bate no ombro dele. — Desculpe, bochecha doce, mas isso foi impressionante. Imagine o que eu poderia fazer com você naquela posição... — Ele abre um sorriso largo e foca o olhar no rosto bonito dela.

Kat fica vermelha e lhe dá um cutucão. Chase reprime um sorriso.

— Bem, mãe, pessoas normais usam roupas confortáveis para ficar em casa à noite. Você devia experimentar — ele sugere, observando a austera blusa de seda abotoada combinando com a saia que Colleen está usando.

Eu sempre me surpreendo com a facilidade com que Chase consegue contestar a mãe sem ser desrespeitoso.

— Vamos comer, pessoal. Não deixem a comida esfriar.

Observo Chase comer enquanto percorre o olhar pela sala, sorrindo. Nunca o vi tão feliz. Nossos amigos de fato se tornaram parte da vida dele, e vê-los todos aqui, curtindo uma refeição na casa onde ele cresceu, deve deixá-lo nostálgico. No fim, o olhar investigativo chega em mim. Ele inclina a cabeça para o lado, coloca uma batatinha na boca e abre um sorriso maravilhoso, capaz de parar meu coração e me fazer corar. Ele pisca e eu sorrio, embevecida.

— Coma, baby. Você vai precisar de energia, com o que eu reservei para você esta noite — ele sussurra.

Corto um pedaço de carne, coloco na boca e olho para ele com a expressão eloquente. Ele acha que vai me conduzir mais tarde... Mal sabe. Estou me sentindo bem, como há muito tempo não sentia. Meus amigos estão saudáveis, felizes, Phil está consciente e se recuperando. Todos vamos ter uma vida para celebrar e em breve vou me casar com o homem dos meus sonhos. Sim, ele vai levar um pedaço de mim esta noite, bem maior que a barganha. Pretendo cavalgar meu homem a ponto de ir trabalhar com as pernas arqueadas amanhã.

Chase nota a mudança em mim, sempre alerta às sutilezas. Ou então aos feromônios, talvez.

— O que foi? — pergunta, com doçura.

— Você é meu — digo baixinho e seguro o joelho dele por baixo da mesa.

— Reivindicando a propriedade? — ele sussurra, se inclinando sobre mim enquanto as conversas à mesa estão animadas, cada um tentando falar mais alto que o outro.

— Algum problema? — finjo desafiá-lo.

— Nenhum.

Ele abaixa a mão e ajusta a calça. Acho graça, sabendo que ele já está ficando duro, imaginando o que vamos fazer um com o outro mais tarde. Umedeço os lábios, tomo um gole de vinho e suspiro. Só de pensar em ficar sozinha com Chase meu coração acelera, minhas mãos transpiram e sinto o desejo correr pelas minhas veias. Os olhos de Chase brilham e parecem ficar mais intensos.

— Você vai ter o que merece — ele diz, com a voz rouca, por sobre a borda da taça de vinho.

— Promete?

— Sim. Prepare-se, porque vamos trepar a noite toda — ele diz por entre os dentes.

Nós nos entreolhamos. Os olhos dele brilham de luxúria, provavelmente refletindo os meus. Não ouço mais as conversas ao redor. Não vejo mais nada além dos olhos dele, a boca, o rosto bonito e o desejo pulsando entre nós. Minha paixão por ele é maior que tudo. Chase é mais valioso que o ar que eu respiro.

— Quero ver — desafio, levando mais uma garfada à boca.

Sem preâmbulos, Chase se levanta, segura minhas mãos, me puxa e depois se abaixa, encaixando o ombro na minha barriga e me erguendo sobre ele.

— Chase. O que é isso?! — sua mãe grita.

— Me ponha no chão! — Bato na bunda dele, depois apalpo, curtindo a sensação dos glúteos firmes se flexionando. É uma bela bunda.

Com uma das mãos ele segura minhas pernas e, com a outra, meu traseiro.

— Desculpe, pessoal. Foi um dia longo, e minha noiva e eu vamos nos recolher. Por favor, aproveitem a comida, o vinho e a sobremesa que eu sei que o chef preparou.

— Sente-se, Chase! Você está dando vexame — a mãe o censura.

Disfarço o riso e ergo a cabeça, tentando me equilibrar para enxergar o grupo.

— *Buenas noches.* — Maria acena e aponta o polegar para cima na minha direção.

— Divirtam-se. — Kat ri e enrola um cacho de cabelo no dedo. Carson a está devorando com os olhos. Pelo jeito acho que não demora muito para ela também ser carregada para o quarto.

— Vejo vocês amanhã! — Bree acena.

Eu aceno também, enquanto Chase me carrega para fora da sala de jantar. A última coisa que vejo é o rosto vermelho de Colleen. Já no nosso quarto, Chase me joga na cama. Não consigo deixar de rir e soltar uns gritinhos de alegria. Ele pula na cama e me prende entre as coxas musculosas. Passo as unhas nelas de um jeito sedutor.

— O que eu vou fazer com você? — Ele olha para mim, lambe os lábios e começa a desabotoar minha camisa... a camisa dele, na verdade.

— Tudo — sussurro, enquanto ele desce beijando meu pescoço e o vale entre os seios.

— Você que manda.

15

X

Não é que aquele idiota dos infernos sobreviveu a uma bomba e a um monte de concreto caindo em cima dele? A vontade de viver dele certamente é maior que o meu desejo de vê-lo morto. Pelo menos ele vai sofrer pelos próximos meses com a recuperação e a fisioterapia. Quem sabe eu não uso minha lâmina para cortar a garganta do desgraçado durante o sono uma noite dessas. E deixo aquela criança órfã de uma vez por todas. No outro rebento dele eu já dei um jeito, tirando a vida da loira acrobática. Uma já foi; faltam duas. Fico duro de tesão só de lembrar o instante em que a lâmina atravessou aquela linda jugular. Mas não tenho tempo para isso. Agora que o imbecil não está mais no hospital, preciso de outra fonte de informações.

Quando saio do elevador, analiso o ambiente. Uma grande placa cromada na parede oposta ostenta os dizeres "Grupo Davis". Segurando uma pasta, diminuo o passo e finjo falar ao celular. Todos os que passam me ignoram. Não há nada para ver aqui. Sou apenas um sujeito qualquer andando pelos corredores, indo para sua próxima reunião. Só que eu não estou aqui para uma reunião exatamente. Vim em busca de informações e para avaliar o lugar. Sinto a essência da minha garota por aqui, mesmo sabendo que ela não está no escritório. Eu a vi sair com o imbecil. Agora preciso encontrar a sala dela. Aposto que é perto da sala do ricaço idiota. Ter uma mulher como ela faz um homem querer mantê-la por perto. Um dos meus maiores erros foi deixá-la ir embora, mas dessa vez isso não vai acontecer. Vou com calma, usando a inteligência para trazê-la de volta.

Ainda é cedo, mas já que ela saiu posso usar o estratagema perfeito. Conforme me aproximo, um sorriso largo adorna o rosto bonito, o rosto daquela com quem tenho trepado noite sim, noite não desde que nos conhecemos. Devo dizer que me surpreendi ao descobrir que Dana Shephard é uma gata selvagem na cama. Ela aceita tudo, do jeito que eu quiser. Não é comum conhecer uma mulher que dá o rabo em menos de uma semana. Isso só prova que ela é uma vadia, mesmo que use roupas elegantes para trabalhar.

— Oi — ela me cumprimenta quando me aproximo.

Antes de chegar até ela, reparo na porta dupla que com certeza é da sala de Chase. À esquerda vejo uma sala escura e na parede logo à direita da porta a plaquinha com o nome que eu estava procurando — Gillian Callahan — escrito em letras douradas. Ver o nome da minha garota assim em destaque aquece o meu coração. Mas não será por muito tempo... Ela tem que ser importante para mim e só para mim. Ao chegar à mesa de Dana, me inclino e dou um beijo molhado nela. Ela aceita com disposição, gemendo na minha boca. Outra indicação de como ela é oferecida: beijar desse jeito o novo namorado em pleno ambiente de trabalho. Biscate imbecil.

Levanto uma sacola, coloco sobre a mesa dela e dou a volta para entregar o copo de café com leite. Deixei a tampa solta de propósito para que o líquido espirrasse na blusa branca.

— Ah, não, que merda! — digo, numa performance digna de Oscar. Pego os guardanapos dentro da sacola, sabendo que não vão ajudar muito para tirar manchas de café com leite de uma blusa de seda.

— Que ótimo... — ela murmura enquanto afasta a blusa molhada do corpo.

— Meu doce, me desculpa... Eu só queria trazer o seu almoço e te proporcionar uma tarde animada. — Eu a seguro pela cintura e a puxo para o meu lado. — Sabe, depois que eu mantive você acordada ontem à noite, curtindo esse corpo fantástico... — sussurro no seu ouvido, e ela dá risadinhas feito uma adolescente. — Você devia limpar essa blusa com água fria.

— Tudo bem, eu tenho algumas de reserva — ela diz, se virando para uma parede de armários e abrindo um deles, onde há várias blusas e saias penduradas numa sequência perfeita. — Quando se trabalha tanto quanto eu, é preciso ter roupas sempre à mão. — Ela pega uma blusa branca quase idêntica à que está usando.

Olho para o relógio e franzo a testa.

— Desculpe, meu doce. Eu tenho que voltar para o trabalho. Como falei, só passei para trazer um lanchinho.

Dana se aproxima, segura meu rosto e me dá um beijo demorado. Meu pau começa a ficar duro quando me imagino jogando-a em cima da mesa e comendo a garota ali mesmo, fazendo jus à vadia que ela é.

— Te vejo hoje à noite? — ela pergunta, esperançosa.

Balanço a cabeça e me viro na direção do corredor para que ela pense que estou com pressa.

— Acho que não. Tenho que trabalhar até tarde hoje, depois vou malhar. Mas amanhã eu sou todo seu. — Abro um sorriso.

O rosto dela fica vermelho.

— Tudo bem, então amanhã a gente se vê. Não vejo a hora. — Ela acena e segue pelo corredor, provavelmente em direção ao banheiro.

Quando a perco de vista, vou até a sala escura e entro. No mesmo instante sou envolvido pelo perfume de baunilha da minha garota. O aroma está por toda parte. Lembro que ela costumava usar sabonete líquido com fragrância de baunilha. O cheiro me remete à época em que éramos felizes, aproveitando todo o tempo que ficávamos juntos. Quando a vida era melhor.

Deixando o passado para trás, me ajoelho e tiro uma pequena escuta do bolso. Tiro a fita adesiva e colo embaixo do gaveteiro que fica sob a pesada mesa de madeira. Isso vai garantir que eu escute direitinho o que a minha garota está planejando, fazendo. Se eu tiver sorte, vai me ajudar também a saber por onde ela anda. Até agora eu sei que ela está com aquele cretino, mas não está dormindo na cobertura. Hoje foi o primeiro dia que ela voltou ao escritório para trabalhar. Também não está hospedada na casa de nenhuma das amigas, e seus cartões de crédito não foram usados. Na verdade, todos os amigos dela desapareceram. Acho que assustei a cambada toda quando matei aquela piranha loira.

Tenho certeza de que o enterro deve ser logo. Faz mais de uma semana que eu cortei o pescoço dela. Vai ser legal observar, mesmo de longe. Ver toda aquela gente chorando por uma biscate estúpida como Bree Simmons. Chega a ser cômico. Quanto mais penso no assunto, mais certeza eu tenho de que fiz um favor para o mundo matando aquela vaca. Se ela tivesse ficado fora do caminho, se não fosse tão próxima da minha garota, talvez ainda estivesse viva. Todo ser humano nasce com livre-arbítrio, e eu avisei todos eles que nada me impediria de conseguir Gillian de volta. Talvez agora eles me deem atenção. As outras duas também devem saber do meu bilhete. Elas vão ser as próximas se não tirarem o time de campo. Até agora, tudo bem. Faz uma semana que não ouço nem um pio de nenhuma delas.

E hoje a vi saindo do prédio pouco antes de eu entrar. Ainda bem que ela não me viu. Estou achando legal ficar fora do radar e ela não ter ideia de quem eu sou ou de onde estou. Se bem que é estranho. Eu fui aquele que a amou mais que qualquer outro, que cuidou dela e a ajudou a resolver seus problemas. Não faz sentido ela ainda não ter me associado a tudo o que está acontecendo.

Na certa o pinto de ouro a está emburrecendo. Mas eu vou dar um jeito nisso. Quando ela for minha de novo e estiver escondida no meu lugar especial, não vai ter escolha a não ser lembrar o amor que compartilhamos, como era bonito e especial e pode voltar a ser assim.

Ainda sem ser visto, saio da sala e coloco um envelope com o nome de Gillian debaixo de alguns papéis na mesa de Dana. Ela vai vê-lo amanhã ou depois e vai entregá-lo à minha garota, e eu vou ouvir sua reação ao abrir o envelope. Enquanto estou sonhando com a resposta de Gillian ao encontrar a lembrança que deixei, sou trazido de volta ao presente pelo som da porta de vidro sendo aberta para mim. Olho para cima e dou de cara com o inimigo, o maldito Chase Davis.

— Pode passar. — Ele segura a porta aberta, o segurança parado bem atrás.

Jack Porter me observa e, por um breve momento, parece ter me reconhecido, mas a impressão passa logo. Eu baixo a cabeça e me viro para o outro lado. Um sujeito comum, de terno, pasta, nada de mais.

— Ah, desculpe — murmuro, disfarçando a voz só por precaução.

— Sem problemas — Chase responde enquanto passo.

Ele desce afobado os degraus de concreto. Quando me viro só para verificar se está tudo bem, vejo Jack Porter na mesma posição, perto da porta, com o olhar fixo em mim.

Que merda! Isso não é nada bom. A última coisa que eu preciso é de um ex-militar desconfiado de olho em mim. Vou ter que prestar mais atenção em tudo o que ouvir e esperar uma semana ou mais antes de atacar. Eles que pensem que está tudo bem novamente. Claro, vão ficar apavorados quando descobrirem o que tem naquele envelope.

Tudo bem. Vou ficar na minha, curtindo ouvir minha garota e fodendo a secretária do desgraçado. Talvez eu tire umas fotos e envie para Gillian. Isso mesmo, em algum momento vou mostrar as fotos a ela. Ela vai ficar fora de si quando me vir tomando algo que era do Chase, permitindo que outra mulher coloque as mãos em mim. Tenho certeza de que vai ficar louca de ciúme.

GILLIAN

— Como você está se adaptando? — pergunto a Phil pelo telefone.

Eu o ouço suspirar longamente.

— Tão bem quanto esperava. Gigi, eu não estou na minha casa, mas é bom estar com a Bree e a Anabelle. A Anabelle está superanimada. Ela acha que estamos de férias.

Rindo, apoio o telefone entre o ombro e a orelha e verifico meus e-mails.

— A oferta do Chase para arrumarmos uma professora particular para ela ainda está de pé. Se você quiser que a Anabelle tenha algumas aulas de pré-escola, podemos contratar alguém — eu o lembro.

— Não, não precisa. Essa situação não vai se prolongar muito mais. Além disso, a Bree vai tirar o próximo mês ou mais de férias. Ela não aguenta voltar para o estúdio depois do que aconteceu. Acho que ela vai fechar a empresa e procurar outra coisa para fazer.

Sinto uma pontada no coração.

— Ah, não — exclamo. — Abrir o I Am Yoga era o sonho dela. Era tudo o que ela sempre quis fazer na vida.

— Gigi, uma moça foi assassinada lá no lugar dela. Você encararia voltar a dar aula naquele tablado sabendo que poderia ter sido morta ali?

Respiro fundo e solto o ar aos poucos.

— Não, tem razão. De qualquer forma, você conseguiu convencê-la a fazer terapia? O telefone do dr. Madison está na discagem automática do meu telefone. Tenho certeza de que ele vai concordar em vê-la. Nós vamos pagar, claro — explico.

— Vou falar com ela sobre isso. Obrigado, Gigi. E agradeça ao Chase pela hospitalidade. Já agradeci ao Charles e à Colleen. — Ouço ruídos estranhos do outro lado da linha. — Olha, a enfermeira está aqui para a minha sessão de fisioterapia. O Chase mandou entregar vários equipamentos aqui, para que eu não precise sair. Ele faz tudo por baixo do pano.

Eu acho graça.

— Ele é assim mesmo. Fico feliz que você esteja se recuperando e grata por você e sua família estarem em segurança agora. Obrigada por ter concordado em ficar aí enquanto resolvemos esta situação. Espero, para o bem de todos nós, que não seja por muito tempo.

— Está tudo bem. O Chase é o dono do escritório de arquitetura e cuidou para que eu não deixe de receber meu salário no valor integral. A Bree, a Anabelle e o bebê estão saudáveis e em segurança. Não preciso de muito mais.

— Fico feliz, Phil — termino de falar quando Chase abre a porta e entra.

O terno preto deixa o corpo dele mais forte e imponente. Ele está usando uma camisa azul-clara e gravata amarela. A cor da camisa realça seus olhos, e eu me sinto derreter. Morro de vontade de enterrar os dedos naquele cabelo castanho-escuro. Ele tranca a porta e fecha as persianas antes de se encostar na parede.

— Bom, preciso desligar. Te amo, Gigi — Phil se despede enquanto eu umedeço os lábios, aproveitando a visão do meu homem com os braços cruzados casualmente e um olhar de quem quer me comer.

— Também te amo — respondo, quase sem ar.

Chase franze o cenho. Ele não gosta que eu diga a outro homem que o amo.

— Você está bem, Gigi? Parece distante — Phil pergunta, pouco antes de encerrarmos a ligação.

Meu olhar continua preso ao de Chase quando ele se afasta da parede e caminha para a mesa. Segura meu pulso com a mão quente e me faz levantar antes de colar o corpo ao meu. Está deliciosamente duro. Um calor intenso se espalha pelo meu corpo, umedecendo o tecido de renda entre minhas pernas.

— Estou muito bem. Prestes a ficar melhor ainda. Nos falamos depois. Até mais, Phil.

Seguro firme o telefone e tento colocá-lo no gancho às cegas. Chase tira o fone da minha mão e desliga para mim antes de me puxar para um beijo abrasador. Os dedos dele se enterram no meu cabelo enquanto a língua se aprofunda na minha boca.

É puro arrebatamento. Com mãos hábeis, Chase puxa minha blusa e a desabotoa. O sutiã vermelho não deixa muito para a imaginação.

— A calcinha combina com o sutiã — ele diz, com a voz rouca de desejo, antevendo o sexo proibido que vamos fazer no escritório.

— Você sabe que sim. — Mordisco seu lábio inferior.

— Eu te amo pra cacete... — Ele desliza minha blusa pelos ombros.

— Humm, eu te amo muito mais — murmuro quando ele mordisca meu mamilo por sobre a renda vermelha e lambe com força até encharcar o tecido que arranha prazerosamente minha pele. — O que está acontecendo, Chase? — pergunto, depois de desabotoar a camisa dele, revelando o peito bronzeado.

Ele se inclina para trás por tempo suficiente para eu passar a língua no seu mamilo e mordiscá-lo. Um gemido escapa dos lábios de Chase.

— Eu preciso estar dentro de você. Agora. Vou te comer em cima dessa mesa, baby. — Ele chupa a pele delicada do meu pescoço, traçando uma linha com os dentes. Com uma das mãos, abre o zíper da minha saia, que escorrega para o chão. Em menos de um segundo, estou deitada de costas na mesa, e meu amor está entre minhas pernas, se esfregando contra minha calcinha molhada.

Deixo escapar um gemido.

— Por que agora? Não que eu esteja reclamando... — Movo os quadris ao ouvir o estalido da renda se rasgando e se soltando. — Outra calcinha rasgada? Sério, Chase?! — Esse cara vai ter que comprar uma loja inteira de lingerie se continuar assim.

— Séria é a necessidade que eu tenho de te penetrar agora mesmo... Então é isso mesmo, eu rasguei outra calcinha. Seria mais fácil você parar de usar — ele resmunga enquanto afasta bem as minhas pernas. Chase está fascinado ao me ver toda aberta para ele, completamente vulnerável, e seu pau fica duro como concreto. — Você é perfeita, e é toda minha.

Ele se abaixa e lambe meu centro molhado de baixo para cima, rodopiando a língua pelo meu feixe de nervos, que está ansioso por atenção.

— Seu gosto é tão bom. Eu poderia te chupar durante horas.

Continuo a brincar com ele, ofegante, tentando satisfazer ao máximo seu anseio de me foder aqui no trabalho, onde qualquer um pode nos interromper.

— Se eu não estivesse de calcinha... — Paro de falar e respiro fundo quando ele enfia a língua em mim seguidas vezes. O prazer avassala meu corpo em ondas. Seguro o cabelo de Chase para pressioná-lo contra mim com mais força. Ele geme, me chupa e mordisca meu ponto mais sensível. Eu o seguro ali, ofegante, trêmula. — Se eu não estivesse de calcinha, qualquer pessoa poderia perceber e saber que eu estava pronta para ser comida a qualquer momento...

Ele se afasta e me olha, bravo. Aparentemente cutuquei o urso com vara curta.

— Nem fodendo! Você está pronta para receber o meu pau... Veja, Gillian. — Ele abre o zíper da calça e tira a ereção para que eu veja. O membro está tão inchado e duro que anseio por tê-lo mais próximo, dentro de mim, por abraçá-lo intimamente. — Veja como eu estou cheio de tesão por você. Para transar com você. Para trepar com você... minha noiva.

Ele encaixa o pau na entrada do meu sexo e me penetra. Depois cobre minha boca com a mão para abafar meu grito.

— O meu pau sabe direitinho onde buscar prazer, e é em você. Só em você, baby.

Chase recua e arremete novamente. Eu mordo a mão dele, entregue à avalanche de dor e prazer que se mesclam em uma só sensação. Ele tensiona e estremece quando meus músculos internos se contraem na primeira onda do orgasmo. Ele não para, apenas sorri.

— Eu vou gozar, Chase.

Meu corpo se contrai, os mamilos empinados, as costas em arco, o cabelo balançando sobre a borda da mesa. Ele me segura pelos quadris e me força a abrir mais as pernas, pressionando meu clitóris. A expressão dele é tremendamente sexy enquanto o orgasmo me rasga de cima a baixo.

— Não estou nem perto do fim... Quero te deixar tão dolorida a ponto de você não conseguir sentar direito amanhã.

Ele investe mais fundo, repetidas vezes, cobrindo minha boca com a mão de novo quando o segundo orgasmo chega. Em seguida leva a mão ao meu clitóris e os movimentos circulares recomeçam.

— Não, baby. Eu não consigo. De novo não... — suplico, enquanto o prazer se prolonga, meu corpo já exaurido por dois orgasmos avassaladores.

Chase então se debruça sobre mim e me penetra num ângulo diferente, se enfiando mais fundo no meu canal estreito até roçar aquele ponto escondido. No mesmo instante, sinto que estou voando de prazer, enquanto o membro duro investe repetidas vezes. Parece que ele não consegue parar, *não quer* parar de me foder.

— Quem é o seu dono? — Chase pergunta quando estou no limite do meu quarto orgasmo seguido. O rosto dele está contraído, a respiração entrecortada em espasmos sôfregos; uma linha de suor recobre sua testa enquanto ele continua com as investidas.

Eu me sinto rodopiar no abismo enquanto ele continua com os movimentos cadenciados. É uma sensação implacável, descontrolada... Chase parece uma máquina, e eu não sei onde fica o botão para desligar.

— Chega, Chase. Para! — eu grito e o empurro.

Ele me segura, ainda dentro de mim, mas aquele olhar vidrado e anormal desaparece com meu tom ríspido de voz e minha reação física. De repente os olhos da cor do oceano voltam a ser o que sempre foram e percorrem meu rosto. Seu pau ainda está inchado, pulsando e me partindo ao meio.

— Fale comigo — imploro.

Chase permite que eu me levante. Seguro no pescoço dele, enquanto minhas pernas ainda estão ao redor de seu corpo. Ele se senta numa cadeira, sem me soltar nem perder a conexão comigo. Relaxo os braços e as pernas nas laterais da cadeira, arfante, meu sexo pulsando e formigando. Na verdade, meu corpo inteiro formiga enquanto ficamos ali sentados.

Depois de um longo momento ele anuncia:

— Nós recebemos outro bilhete.

Fecho os olhos e me apoio nele. Agora entendo a razão de ele precisar tanto transar comigo: estava determinado a provar sua posse. Provar que eu sou sua mulher. Agora faz todo o sentido ele querer me proporcionar prazer tantas vezes seguidas. Quando Chase se sente ameaçado, reage como um homem das cavernas.

— Está tudo bem, meu amor. Eu estou aqui, em segurança. Você me garante isso.

Ele espalma as mãos nas minhas costas e me puxa com força contra o peito.

— Eu não posso te perder, Gillian... Eu não sobreviveria. Você é o meu mundo. A vida deixa de existir se você não puder compartilhá-la comigo — ele sussurra rente ao meu pescoço.

Sinto a pele das costas arrepiar e o abraço com mais força. Eu amo este homem.

— Você não vai me perder.

Balanço os pés, só a pontinha relando no chão, mas já é o suficiente. Levanto bem devagar e volto para baixo a fim de proporcionar um breve alívio do meu peso. Chase geme e beija meu pescoço. Coloco as mãos nos ombros dele e me levanto de vez. Só a ponta da ereção ainda está em mim. Ele abre os olhos e mordisca meu mamilo, sugando-o com delicadeza. Uma torrente de novas sensações se empoça no meio das minhas coxas.

Chase ergue a cabeça e solta meu mamilo. Beijo longamente os lábios úmidos e escorrego sobre o pau dele, deixando a gravidade agir até me sentar em seu colo. Ele geme e fecha os olhos. Contraio o máximo que posso meus músculos internos e continuo com o movimento de subir e descer.

— Está sentindo, Chase? Estou bem aqui, onde eu quero estar. — Eu me movimento para cima mais uma vez e escorrego até senti-lo inteiro dentro de mim. — Fazendo amor com você — digo, me movendo sensualmente no colo dele.

Depois de mais alguns minutos na mesma cadência lenta, fazendo amor com meu homem, sinto o momento em que tudo se transforma para ele. Com todos os músculos do corpo tensos, ele me abraça com mais força e eu chego a sentir seu pau pulsar dentro de mim.

— Eu vou gozar, baby — ele murmura e passa a língua nos lábios, conforme subo um pouco para alcançar sua boca. Contraio os músculos enquanto o beijo, voltando a sentar num movimento intenso.

Chase goza e me estreita entre os braços, arqueando as costas enquanto me penetra, jorrando sua seiva dentro de mim e prolongando ao máximo a derradeira estocada.

Ficamos ali um longo tempo, abraçados. Chase ainda está totalmente vestido, ao passo que eu estou com o sutiã abaixado, sentada no colo dele. Ele apenas colocou o pau para fora, e eu só desabotoei sua camisa. A gravata está torta no colarinho, e é uma cena tão engraçada que não consigo me conter. Começo a rir alto, cada vez mais, até o ponto de derramar lágrimas de alegria.

— O que é tão engraçado?

— Olhe pra gente. Estamos uma bagunça. — Aponto para meu corpo nu e o estado em que ele se encontra. Ele olha para baixo e depois para mim.

— Eu diria que estamos muito bem. Você combina com sexo no escritório. — Ele roça o nariz no meu pescoço, sugando a pele de vez em quando.

— Não... de jeito nenhum! Não tenho condições físicas para mais um orgasmo. Ninguém nunca te disse para manter os orgasmos múltiplos entre as quatro paredes do quarto? Eu ainda preciso trabalhar o resto do dia! — eu o repreendo e saio do seu colo, mas ele me segura antes de eu me mexer mais. Conforme eu já esperava, sua seiva começa a fazer cócegas na minha coxa. Ele observa com um sorriso sacana. Beijo o peito dele. — Você é tarado, sabia? — Pego alguns lenços de papel e me enxugo.

— Não posso fazer nada se me dá tesão ver a minha marca em você. — Ele se levanta com o pau duro de novo.

— Não! — Aponto e corro seminua ao redor da mesa.

— Aonde você vai? — Ele mordisca o lábio, se abaixa e pega minhas roupas. — Está procurando isso aqui, sexy?

— Chase, eu juro que não consigo lidar com isso — digo, apontando para o estado erétil em que ele está. — Outra hora. Amanhã. Você arrebentou a minha pepeca.

Ele ri e se levanta de um salto.

— Então acho que vou ter que dar muitos beijos nela para sarar. — Ele me leva até o sofá no fundo da sala e me faz sentar ali.

Antes de ele se ajoelhar e cumprir o prometido, eu o desafio:

— Ou então eu posso te chupar — ofereço.

Chase geme, inclina a cabeça para trás e olha para o teto.

— Obrigado por me dar a mulher perfeita — diz, como em uma prece.

Menos de um minuto depois, o silêncio substitui com mais eloquência toda e qualquer palavra que pudesse ser dita.

X

Aquele merda, chupador de pau, filho de uma puta vai ter o que merece. Vou encontrá-lo e cortar cada apêndice do corpo dele, começando pelo precioso pinto!

Ouço Chase gemendo enquanto minha garota coloca a boca perfeita naquele palito.

— Ahhhh, esse cara é um homem *morto*! — grito e jogo longe os fones de ouvido. Depois tiro o meu pau para fora e bato no botão do alto-falante. A raiva faz o sangue ferver nas minhas veias.

— Eu adoro te chupar — Gillian fala, com a voz rouca. Eu imagino aquela boca rosada cobrindo o meu pau. — Eu vou fazer você se sentir melhor — ela diz, e eu seguro firme o membro rijo entre as minhas pernas.

Os sons dos gemidos masculinos saem dos alto-falantes e se espalham por todo lado. Então ele resolve abrir aquela boca maldita.

— Isso, assim... enfie até a garganta... Gillian, você me engoliu inteiro, baby. Você é tão linda...

Levo a mão à boca, umedeço a palma e os dedos com a língua e volto a segurar meu pau, movimentando para cima e para baixo ao som dos gemidos dos dois.

— Goza em cima de mim, baby, nos meus peitos, no meu rosto... onde você quiser — ela fala, parecendo uma vadia de quinta categoria.

Mas a culpa não é dela. Eu sei que ela diz essas coisas por influência *dele*, porque ele quer ouvir.

Mais gemidos.

— No seu rosto lindo, nunca. Eu te amo demais. Engole, baby... É tudo para você — ele diz.

Escuto o som característico de chupadas até ele gozar. E eu gozo logo em seguida, com ela, lambuzando minha mão. Tudo para minha garota, minha Gillian.

— É isso aí, Gillian. Você é minha — diz o filho da puta, e em seguida ouço o som de beijos.

Eca... Estou prestes a vomitar de tão enojado que fico ao ouvi-la chupá-lo, mas ao mesmo tempo mais excitado do que nunca. Foi fácil lembrar aqueles lábios perfeitos, imaginá-los ao redor do meu pau de novo. Preciso trazê-la de volta.

— Ela é sua sim, Chase. É sim... Só se for sobre o seu cadáver — prometo para as paredes, olhando as fotos da minha garota me encarando. As imagens dela me acalmam. Tenho milhares de fotos agora, coladas por toda parte, como se fossem papel de parede. O quarto da Gillian. — Não vejo a hora de te trazer para cá, meu amor. Logo... Logo nós vamos estar juntos de novo. Eu juro.

16

GILLIAN

— *Ele já está me deixando louca!* — *Bree resmunga, dramática,* desmoronando no banco à mesa do nosso pub irlandês favorito.

Passo o dedo sobre a trindade na mesa, apreciando a familiaridade daquele símbolo em nossa vida e o círculo que o protege. Maria empurra o prato de queijo cheddar envelhecido derretido na direção de Bree.

— Coma. Você já está chata, e isso porque está de três meses no máximo.

Bree solta o ar ruidosamente.

— O problema é que o Phil me quer toda hora ultimamente, e eu não quero magoá-lo. — Ela faz beicinho.

— O que o médico diz? — pergunto, interessada de fato em saber detalhes sobre o sexo durante a gravidez.

Ela morde uma fatia de pão crocante antes de responder:

— Ele diz que eu estou muito bem. O bebê está saudável e as batidas do coração são bem fortes. Foi tão bonitinho quando o Phil ouviu o coração e viu o ultrassom. — Ela cruza os braços ao redor da cintura e seus olhos se iluminam. — Ele ficou hipnotizado com a imagem do nosso bebê. Ele vai ser um bom pai. Tenho esperança de que me ensine uma coisa ou outra.

— Então, qual é o problema? O *pene roto* dele? — Maria pergunta.

Eu cutuco o braço dela e a repreendo:

— Pare com isso! Você sempre acha que o pau dos homens não funciona — digo, rindo.

Maria encolhe os ombros e dá um golinho no poorman stout, nosso drinque de sempre no pub.

Bree suspira alto.

— O problema é que ele virou um tarado agora que está se sentindo melhor, o que me deixa louca de tesão também. Sei lá, parece que a gravidez aumentou a minha libido. Vocês sabem como é... — Ela olha para nós duas.

Como se tivéssemos combinado, Maria e eu balançamos a cabeça negativamente pouco antes de termos um ataque de riso.

— Eu perdi alguma coisa? — Kat chega correndo, senta no banco ao lado de Bree e a abraça. Depois se abaixa para acariciar a barriga dela. — Como vai a nossa menina? — indaga.

— Qual delas? — Maria e eu perguntamos ao mesmo tempo. Começamos a rir de novo, em perfeita sintonia.

Maria se controla primeiro.

— A Bree estava contando que está cheia de tesão, mas com medo de quebrar o *pene* do namorado dela — diz, mordendo um pedaço de pão lambuzado no queijo.

Bree fica boquiaberta.

— Não é nada disso! Eu só estou preocupada com o Phil. Ele ainda está se recuperando, mas nós dois estamos fissurados pra ficar sozinhos.

Assim que consigo parar de rir, retomo a conversa:

— Vai ficar tudo bem, contanto que vocês vão devagar. Mas fale com ele sobre a sua preocupação. O Chase e eu podemos assistir a uns desenhos da Disney na sala de TV com a Anabelle. Vamos fazer de conta que estamos no cinema. Ela vai amar. Não é um bom plano?

Ela cobre minha mão com a sua.

— Excelente, amiga. Obrigada.

— De nada. Além do mais, é o mínimo que eu posso fazer. Sei que não é fácil morar todo mundo debaixo do mesmo teto.

Kat entra na conversa depois de chamar o garçom.

— Não acho que seja um grande problema. Quer dizer, a casa é imensa e os quartos são espalhados. Só vejo vocês quando jantamos juntos. Fora isso, estou trabalhando ou passando um tempo sozinha com o Carson. O que é um problema ainda, aliás — ela conta, fazendo cara feia.

— Problema por quê? — Maria pergunta. — Ele não está sendo legal com você? Será que eu preciso *hablar con él*? É bom que ele esteja tratando bem a minha *hermana*!

Posso ver Maria se empertigar conforme a irritação toma conta, e ela se prepara para brigar.

— Relaxa, Ria. Se a Kat precisar que a gente entre no meio, nós interferimos. Mas tenho quase certeza de que não é isso. Certo?

— Certo. — Ela acena a mão para chamar o garçom e aponta para o drinque de Maria, fazendo um sinal de positivo com o polegar. O garçom anui com a cabeça. — Exatamente, Gigi. Vocês lembram que eu contei que ele ainda não disse que me ama? Então, nada ainda. Isso está começando a me deixar furiosa. Então eu parei de me declarar para ele, e sabe o que é estranho?

— O quê? — Bree endireita o corpo e se aproxima de Kat.

— Ele tenta me forçar a falar. Por exemplo, quando estamos de bobeira ou logo depois de transar, ele diz: "Você me ama, né, bochecha doce?" — ela imita a voz grossa de homem. — E, em vez de dizer "amo", eu só faço que sim com a cabeça, e isso está deixando o Carson furioso. — Kat abafa o riso.

O garçom chega com a bebida.

— Obrigada. — Ela sorri e dá um golinho. Um pouco da espuma fica em seu lábio e faço um sinal para ela limpar, apontando para o meu lábio superior.

Kat passa a língua pela boca.

— Então é isso, meninas. Parece que o Carson gosta de mim, mas não me ama. O que vocês acham?

Balanço a cabeça, sem saber exatamente qual é o sentimento de Carson. Eu o conheço, mas não bem o suficiente para ter uma opinião formada sobre o que se passa na cabeça dele.

— E se ele só estiver com medo de falar? Como se tivesse fobia a compromisso, a envolvimento? — Bree sugere, inclinando a cabeça e enrolando uma mecha de cabelo loiro no dedo.

Kat apoia os cotovelos na mesa e suspira.

— Não sei o que fazer. Quer dizer, se ele não me ama depois de tanto tempo, não vai amar nunca. Mas estou tão apaixonada que não consigo nem imaginar ficar sem ele.

Maria estende a mão.

— Vocês precisam conversar. Eu sei que você não gosta de confrontos, mas acho que é hora de ser direta. Vá direto ao ponto e pergunte se ele te ama.

Kat se encolhe visivelmente, como se murchasse. É de partir o coração vê-la sofrer assim. Os dois parecem perfeitos um para o outro. É óbvio que existe uma conexão profunda, e o que vejo é definitivamente amor verdadeiro. Só não tenho certeza sobre qual é o problema de Carson. Mas esse é um assunto no qual nenhuma de nós pode se envolver. Kat tem que resolver sozinha e em seu próprio tempo. Espero, para o bem de Carson, que não seja tarde demais quando ela tocar no assunto. Tomara que não seja durante uma briga, ou numa situação desfavorável, pois isso poderia afastá-los de vez.

— Tenho certeza de que você vai dar um jeito, e, se quiser conversar sobre o seu plano de ataque com uma de nós, você sabe onde moramos. — Bree dá uma risadinha.

— Que piadinha infame. Você precisa trabalhar isso melhor — Maria brinca, balançando a cabeça.

— Por falar em trabalho... — diz alguém que eu não via desde cedo, se aproximando.

A assistente de Chase, Dana.

Maria olha com desdém para a loira alta, que parece uma diva dos negócios.

— Será que ela não descansa nunca? — ela sussurra e eu belisco seu braço.

— Ai! — Maria esfrega o local.

— Oi, Dana. Você precisa de alguma coisa? — pergunto, com toda a educação que consigo depois de uma semana trabalhando duro e me escondendo do meu assediador. Ele não deu mais sinal de vida depois que mandou as fotos da moça assassinada no lugar de Bree, no mês passado. O cara escreveu a mesma coisa em todas as fotos.

Lembre-se.

Chase não me mostrou as fotos, e eu agradeci por isso. Não preciso que ninguém me lembre o que o demente fez com aquela menina; a cena sempre aparece nos meus pesadelos, e toda vez penso no que poderia ter acontecido com Bree.

— O Chase me disse que você estaria aqui com suas madrinhas. Achei que seria a oportunidade perfeita para finalizar os detalhes do casamento. Ainda tem algumas coisinhas para revermos, e só temos um mês! — Ela coloca na mesa a perdição da minha vida, aquele maldito fichário com os planos do casamento. Desde que começamos o volume está três vezes maior, cheio de marcadores coloridos com títulos impressos.

— Você não percebe que nós estamos tentando relaxar um pouco? — Maria não consegue se segurar.

— Veja bem, srta. De La Torre... — Ria arregala os olhos diante da formalidade, mas Dana continua, inabalável. — O Chase me encarregou de fazer esse casamento ser o melhor dia da vida deles, e é exatamente isso que eu pretendo fazer. Ou vocês me ajudam, ou me atrapalham. Eu não gostaria de dizer ao Chase que vocês estão prejudicando o casamento dele com a Gigi. Nós duas sabemos que isso não vai pegar bem para nenhuma de nós, não é?

Maria olha para ela, depois para mim e para cada uma das nossas amigas, então foca os olhos em Dana de novo.

— Você me colocou no meu lugar, me ameaçou e me fez sentir culpada, tudo de uma vez só.

Dana assente com um aceno de cabeça.

— Tem certeza de que nós não somos parentes? — Maria ri e dá um tapinha no fichário. — Tudo bem, pode perguntar o que quiser. Mas, se pretende nos fazer trabalhar, precisamos nos embebedar primeiro.

Dana mordisca o lábio inferior.

— É justo. — Ela dá de ombros e abre a primeira aba marcada com um post-it.

Maria acena para que o garçom traga mais uma rodada para nós e, para Bree, um pedaço calórico do famoso bolinho de batata irlandês e um café descafeinado com creme irlandês. Apesar de ser uma bebida totalmente sem álcool, deixa a sensação de se estar tomando um Baileys. Esse é o segredo para uma mulher grávida não se sentir excluída.

— Te amo, amiga. — Bree sorri e muda de posição no banco enquanto termina de comer o petisco de pão e queijo.

— Primeira coisa da lista: o local. Eu reservei metade de um resort em Cancún. É um dos que pertencem ao Chase.

— Metade? Pra que tudo isso? Era para ser um casamento simples, só a família e alguns amigos. — No mesmo instante começo a ficar nervosa e a sentir um formigamento na nuca.

Dana toma um gole do drinque.

— Humm, que delícia. — Ela lambe os lábios e responde à minha pergunta. — Vai ser simples, cerca de quarenta pessoas no máximo. O Chase queria garantir a privacidade, por isso fechamos todos os quartos que poderiam ter vista para o local da cerimônia.

— Ah, tudo bem, então. — Aceno com a cabeça, mais tranquila.

— Eu já sei que você não tem muita paciência para o assunto das flores, mas podemos falar a respeito agora? Eu preciso fazer o pedido para o gazebo que estamos montando, o caminho, as mesas para a recepção e tudo isso. — Dana faz anotações e eu suspiro.

Sem ter certeza do que é melhor, solto o ar devagar.

— Eu só não quero que você transforme o lugar em um mar de flores. Quero uma decoração discreta.

— Gigi, você adora flores brancas de todo tipo. Pena que não seja época de margaridas, mas que tal uma combinação de flores brancas que não tenham muito perfume? — Dana olha para mim, esperando minha confirmação.

— Sim, boa ideia. Eu gosto muito de flores brancas.

— Excelente. Vou escolher um arranjo e deixar tudo lindo. Ótimo. Bem, o vestido a sua amiga está fazendo...

Passamos a hora seguinte revendo os últimos detalhes. No fim eu já tinha tomado três drinques e comido meio cheeseburger.

— Tudo bem, meninas. Por último, mas não menos importante, a despedida de solteira. Diante das atuais circunstâncias... — ela me olha com tristeza — ... o Chase não gosta da ideia de vocês saírem sozinhas, mesmo com os seguranças. Ele quer fazer uma festa de despedida de solteiro para os dois juntos.

Bree, Kat e Maria começam a resmungar e a reclamar imediatamente. Ouço vários "Que chato", "Não é justo", "Controlador" e "Estraga-prazeres". Imagine três mulheres que adoram uma balada e depois diga que elas não podem fazer o que quiserem. O resultado são três garotas furiosas. Não aguento mais tanta lamentação.

— Meninas, parem com isso! — Elas se calam. — Nós sabemos que estamos correndo perigo. Não vou arriscar a vida de nenhuma de vocês nem me colocar em risco pouco antes do meu casamento. Tenho certeza de que podemos pensar em alguma coisa divertida, mas que não chame atenção.

Começo a perguntar se elas têm alguma sugestão quando Dana me interrompe:

— Ah, eu não estava planejando nada modesto, só mais reservado. — Ela força um sorriso. — Eu tenho uma ideia, e o Chase é rico o suficiente para tornar possível.

Todas as meninas se inclinam para a frente, como se Dana estivesse prestes a contar um segredo.

— Conta aí, amiga — Ria pede.

Ela olha ao redor, aumentando o mistério.

— Um iate particular, dois dias antes do casamento, com todas vocês e os respectivos namorados. Ah, talvez eu convide o meu também! — ela diz, animada, arregalando os olhos logo em seguida e cobrindo a boca com a mão, como se tivesse falado mais do que devia.

— Dana, você está namorando? — pergunto, mais feliz do que deveria estar. Mesmo sabendo que Chase é meu, o fato de a linda amiga e colega de longa data ter seu próprio namorado me deixa tremendamente feliz.

— Vamos, conta logo! — Maria bate o copo na mesa.

Dana fica vermelha.

— Na verdade, nós estamos saindo há algumas semanas. Ele é... — Ela respira fundo e fica com o olhar distante. — Ele é maravilhoso. Bonito, musculoso... — Ela gesticula para enfatizar a descrição. — E é muito bom de cama. — As palavras vêm rápido, como uma avalanche rolando montanha abaixo.

— Uhu! Toca aqui! — Bree exclama, levantando a mão. — Ainda bem que pelo menos alguém está dando. Droga, eu preciso dar também. — Ela faz beicinho e todas começamos a rir.

— Vocês são doidas. — Eu cutuco Maria. — Vou ao banheiro, dá licença.

Austin se levanta da mesa dele e vem em minha direção.

— Vocês estão se divertindo bastante, não? Será que o sr. Davis iria aprovar? — ele pergunta, com um sorriso educado.

Eu também acho que não aprovaria, mas dou de ombros e abro um sorriso.

— Eu pareço preocupada? — pergunto, desafiando-o.

Ele ri. Quando chegamos à porta do toalete, ele para, esperando que eu entre.

— Não precisa ficar esperando aí, Austin. Aliás, seria estranho. — Aponto para o balcão da hostess. — Vá paquerar a moça bonita, marque um encontro. — Ele me olha como se eu estivesse falando grego. — É sério, você precisa relaxar. Quando foi a última vez que saiu com alguém?

— Acho que foi antes de começar a trabalhar para o sr. Davis — ele responde.

Fico chocada e boquiaberta.

— Não é possível! Então faz pelo menos seis meses que você não transa? — Fico arrasada pelo meu galã sulista grandalhão.

— Bem, eu não disse que não tive relações nesse período, só não foi nada sério o suficiente para sairmos para jantar ou ir ao cinema... — Ele levanta as sobrancelhas, e eu dou um soquinho no seu braço largo.

— Seu espertinho. — Dou risada e aperto seus bíceps, bem definidos e rijos. — Vá exibir seus músculos avantajados para aquela morena bonita e aproveite para mostrar do que você é capaz.

— Você está bem alta, quase embriagada. Por que não entra no toalete e deixa que eu me preocupo com os meus programas?

Reviro os olhos.

— Certo, mas o meu conselho... vale ouro. As mulheres não rejeitam um bíceps musculoso e sensual.

Ele segura meu braço, me vira e me empurra de leve pelas costas, me lembrando do que eu ia fazer.

— Vai!

A essa altura, preciso mesmo entrar. Faço o que tenho que fazer e, antes de sair, lavo as mãos, olhando no espelho para checar a maquiagem e o cabelo. Quando acho que estou bem, abro a porta. Ao mesmo tempo a porta do banheiro masculino em frente se abre e dou de cara com a última pessoa que eu gostaria de rever.

— Ah, meu Deus. Justin!

— Princesa, que sorte a minha. Eu estava mesmo com esperança de te encontrar — ele diz.

Olho para o balcão da hostess e, conforme esperado, Austin está lá, mas não olha na minha direção. Justin segue meu olhar, em seguida segura meu braço e, na velocidade da luz, me empurra para dentro do banheiro masculino.

Antes de eu pensar em gritar, ele coloca a mão na minha boca e tranca a porta.

— Tenho procurado por você, mulher, desde que um amigo nosso me mandou uma nota da coluna social de um jornal anunciando o seu noivado com aquele ricaço. Eu sabia que precisava te encontrar e lutar por você. — Justin se aproxima de mim e respira fundo. — Humm, o seu cheiro continua bom pra caralho, como costumava ser... É como se eu estivesse voltando para casa. — Ele roça o nariz ao longo do meu pescoço e eu solto um gemido. — Não ouse dizer uma maldita palavra, senão vamos ter problemas, entendeu? — ele fala e eu aceno com a cabeça.

Justin se afasta um pouco e eu o empurro com toda a força, viro e tento destravar a porta. Começo a gritar quando ele segura meu rosto de novo. Mordo a mão dele e com a outra ele me dá um tapa tão forte que chego a ver estrelas. Mal consegui me recuperar quando ele me segura pelo cabelo.

— Vamos continuar a lutar, é? Ah, lembra como eu gostava quando você resistia e lutava? Havia tanta paixão entre nós, né, Gil?

Ele me empurra contra a parede de azulejos, puxa um monte de papel-toalha e enfia na minha boca. O papel áspero entra fundo na goela e me sufoca. Sinto náuseas, mas contenho a bile que sobe pela garganta.

— Veja bem, Gil, eu só queria conversar, e olha o que você me forçou a fazer. Agora eu te quero de volta. — Ele pressiona o corpo contra o meu. — Nossa, você sempre teve um corpo perfeito, mas com o tempo ficou ainda mais incrível. — Segurando-me pelos quadris, ele esfrega a ereção na minha barriga. Viro a cabeça e tento gritar apesar do papel, mas não consigo.

Alguém bate na porta e mexe na maçaneta. Quando tento gritar, Justin puxa meu cabelo para trás e bate minha cabeça no azulejo.

— Já vou sair! — ele grita para quem está do outro lado da porta.

Eu me esforço para focar a vista, mas vejo a imagem dele duplicada, tamanha a força do impacto. Sinto a mão de Justin na minha cintura e depois entrando por baixo da blusa, empurrando-a para cima.

— Uau, eu preciso fazer o reconhecimento dessas tetas convidativas... — Justin segura meus seios enquanto as lágrimas escorrem dos meus olhos. — Estão maiores. — Ele puxa o sutiã para baixo e os mamilos enrijecem na hora, mas de frio.

Justin aperta meus mamilos e eu começo a ter ânsias, sem conseguir segurar o enjoo. Respiro fundo para me conter. A última coisa de que eu preciso é sufocar com meu próprio vômito.

— Ah, não lute. Você gosta disso, baby. — Ele me chama do mesmo jeito que Chase, e meu coração começa a bater mais forte. Estou muito enjoada. — Lembra como a gente se divertia e como eu te fodia gostoso? Em nome dos velhos tempos, vou te foder de novo. Depois podemos voltar para o meu colchão e trepar mais devagarzinho. Agora eu vou foder cada centímetro seu, e não vou ser bonzinho. Você nunca deveria ter tentado fugir — ele me repreende enquanto beija meu pescoço.

Alguém começa a esmurrar a porta, e eu olho para o lado, esperançosa.

— Nem ouse. Vai ser muito pior se você fizer barulho. — Ele coloca a mão entre minhas pernas, sobre a calcinha, pressionando com força. — Ah... você gosta disso, hein?

O barulho dos murros na porta do lado de fora aumenta. Tomara que seja Austin. Se for, ele me vai me ajudar.

— Se segura aí, companheiro. Eu estou ocupado com a minha garota aqui! — ele grita e começa a chupar meu pescoço. Sinto minha pele se enrugar e contrair com a pressão da boca de Justin. Ele gostava de me deixar marcada, não importava como... fosse com os punhos, a boca, os dentes, ele sempre deixava marcas na minha pele, como se tatuasse ali o seu poder. — Eu queria beijar a sua boca, mas não posso correr o risco de você gritar.

— Abre essa porta, porra! — ouço a voz de Austin e, por um momento, fico aliviada.

— Espere a sua vez! — Justin vocifera e se vira.

Nesse instante, dobro o joelho e atinjo com toda a força o saco dele. Justin urra de dor, levanta o punho e me dá um soco na cara. Meu nariz começa a sangrar, fico tonta e vejo tudo preto.

— Ah, você faz tudo ser melhor ainda, sua vaca! — Ele me levanta, mas não consigo me mexer. Estou perdendo a consciência depois de tanta bebida e tantos golpes.

No instante em que tenho a vaga consciência de uma sensação quente e úmida ao redor do meu seio direito, ouço um estrondo de madeira e metal se estilhaçando. Logo em seguida sinto uma dor muito forte no seio inteiro, como se uma centena de agulhas me espetassem ao mesmo tempo. Contudo, com a mesma rapidez com que veio, a dor vai embora. Não sinto mais as mãos que seguravam meus braços acima da cabeça, e meu corpo desaba no chão. Não consigo me mexer, mas escuto grunhidos e rosnados de homens arfantes. Alguém joga alguma coisa em cima de mim, e sinto que estou sendo carregada. A última coisa que percebo são os gritos das minhas amigas, vozes masculinas e a sensação de estar sendo levada para fora.

— Está tudo bem, Gigi. Estou te levando para o hospital.

Balanço a cabeça e finalmente me dou conta de que não estou mais com o papel na boca.

— Eu quero ir pra casa... para o Chase... — imploro.

— Você precisa ir para o hospital. — Austin passa a mão na minha cabeça e me segura.

Ouço a voz de Jack ali perto.

— Austin, já chamaram um médico na residência dos Davis. O Chase está nos esperando lá, e se prepare, porque ele está furioso.

Só consigo pensar que estou com dor e preciso ir para um lugar seguro. E Chase é o único que pode me dar essa segurança.

Quando acordo, estou deitada numa cama. Meu rosto está dolorido, mas não se compara com o que já senti em ocasiões anteriores. É uma dor tolerável. Olho ao redor e vejo Chase sentado com os cotovelos nos joelhos, a cabeça abaixada e apoiada nas mãos, em sua habitual posição de quando está preocupado. Uma mulher que eu já vi entra no quarto. Acho que é a médica que Chase contratou para cuidar de Phillip.

— Ah, você acordou. Pensei que fosse dormir um pouco mais com a medicação — ela diz, com a voz doce.

Chase levanta a cabeça e nossos olhares se encontram. Parece que ele está tão mal quanto eu. Envelheceu uns dez anos em uma noite.

— Gillian, como está se sentindo?

Penso em todas as dores que sinto, mas, em vez de enumerá-las uma por uma, especialmente na presença de Chase, que me olha como se eu fosse uma pedra rara e preciosa, me limito a responder:

— Eu vou sobreviver.

Chase se levanta e começa a andar pelo quarto. De vez em quando entremeia os dedos no cabelo e puxa os fios até as pontas.

— Você passou por um trauma sério hoje. Pode admitir que está com dor.

Eu o observo conforme ele anda de um lado para o outro. De vez em quando ele olha para mim ansioso, mas logo a raiva o domina. Não tenho muita certeza sobre o Chase com quem estou lidando. Eu já cataloguei todos os jeitos dele, mas agora ele está muito além do Chase bravo; está mais para o Chase furioso.

— Humm... bem, eu estou confusa, não lembro o que aconteceu depois que apanhei pela terceira ou quarta vez.

Chase não está mais mortalmente furioso, mas rangendo os dentes, as mãos cerradas em punhos e os olhos arregalados.

— Eu estou bem, baby, juro. — Tento suavizar o ódio dele, mas não dá certo. Ele balança a cabeça e continua a andar de um lado para o outro.

Alguém bate à porta, eu me assusto e contraio o corpo conforme a dor desce da minha cabeça ao longo das costas. Quando a porta se abre, vejo uma mulher com um distintivo ao lado de Tommy.

— Nós precisamos falar com a vítima — a policial anuncia.

Tommy coloca a mão no ombro dela, Chase respira fundo e contrai o maxilar.

— Com a Gillian, ela quer dizer. Precisamos descobrir o que aconteceu, Chase. O seu segurança, Austin, está algemado, prestando depoimento na delegacia. — Fico chocada, boquiaberta com a notícia, mas não consigo dizer nada. — Ele quase matou o agressor. Bateu tanto no cara que deu hemorragia interna, e estão tentando consertar a cara dele.

Suspiro e meus olhos lacrimejam. Pobre Austin... arriscou a vida por mim.

— Por mim ele podia ter matado o filho da puta — Chase responde, sem nenhuma emoção no rosto além de frieza e ódio.

Tommy empurra a porta e entra no quarto. Viro o rosto. Não quero que ele me veja agora. Já é vergonhoso não ter conseguido fugir. Se fosse qualquer outro, eu não ligaria tanto, mas me magoa que Tommy veja o que Justin fez comigo, por ser uma pessoa conhecida e querida.

A policial se senta na cadeira de onde Chase se levantou minutos antes.

— Olá, Gillian. Meu nome é Athena, eu sou detetive da Unidade de Vítimas Especiais. Preciso que você me conte o que aconteceu. — Olho para Chase, que está em pé ao lado da médica e de Tommy. — Você ficaria mais à vontade se estivéssemos sozinhas?

Fico em pânico só de pensar que Chase pode sair do quarto, e meu coração dispara.

— Chase... — sussurro e no instante seguinte ele está do outro lado da cama.

— Baby, eu não vou sair. Nunca — ele diz em voz baixa, e eu seguro sua mão.

— Será que você pode pedir para o Tommy sair? — pergunto, baixinho, e Athena meneia a cabeça.

— Thomas, a detetive vai te passar mais detalhes quando terminarmos aqui. Precisamos de um pouco de privacidade, por favor.

Ele assente e sai do quarto.

— Pronto... você pode nos contar o que aconteceu? — Athena pergunta, delicadamente.

Ela tem o cabelo loiro-escuro e curto. Os olhos parecem um arco-íris, um misto de verde, azul e castanho. São olhos de uma pessoa honesta e verdadeira. Sei que posso confiar nela.

— Eu fui ao banheiro... O Austin estava esperando por mim a uns cinco metros de distância.

— Austin é o segurança?

Confirmo com um aceno de cabeça.

— Quando eu abri a porta para sair, encontrei o Justin saindo do banheiro masculino bem em frente. Tentei gritar, mas ele cobriu minha boca. Eu mordi a mão dele.

— Ótimo, baby! — Chase aprova e eu esboço um sorriso.

A detetive o repreende com o olhar.

— Então ele começou a dizer que me queria de volta e que decidiu lutar por mim quando soube que eu ia me casar. — Engulo a bile que me sobe à garganta. Chase afaga minha mão em sinal de apoio. Claro que ele não sabe como a história vai piorar. — Aí ele me arrastou para o outro lado do banheiro, bateu minha cabeça no azulejo e me amordaçou com um bolo de papel-toalha, para eu não gritar. Nessa hora ele começou a me tocar, dizendo que o meu corpo era bonito e que eu tinha mudado com o passar dos anos.

As lágrimas que eu estava contendo escorrem pelo meu rosto. Eu as enxugo, brava, pois não quero que Justin tire mais nada de mim.

— Você quer parar um pouco? — Athena pergunta.

Nego balançando a cabeça. Quero terminar logo com isso.

— Depois ele puxou minha blusa para cima e começou a me apalpar. — Chase aperta minha mão com tanta força que preciso soltá-la. — Ele me bateu algumas vezes, disse que ia trepar comigo ali mesmo no banheiro e que depois me levaria pra casa dele e repetiria tudo mais devagar, como nos velhos tempos. Disse também que gostava quando eu reagia lutando. Quando ele me bateu pela última vez, as coisas ficaram confusas. Lembro de ter ouvido a porta se espatifando e de ter sentido uma dor no peito.

Levo a mão ao seio e a dor volta, como se fosse uma explosão estelar. Respiro fundo na tentativa de aliviar a dor latejante.

— O agressor te tocou em mais algum lugar? — ela pergunta, escrevendo alguma coisa no bloco de anotações.

Revejo num flash a hora em que Justin se esfregou entre minhas coxas. Olho para Chase de relance e de volta para a detetive, sem querer ver a reação dele.

— Sim... Ele me segurou contra a parede e colocou a mão entre as minhas pernas, dizendo que era para eu lembrar como costumava ser.

De repente ouvimos o som de uma pancada na parede e nos viramos para o lado.

— Filho da puta! — Chase urra e tira a mão da depressão que acabou de fazer na parede.

A médica corre para socorrê-lo e eu me deixo cair na cama, exausta e inconsolável. Essa situação não vai melhorar nunca. Vai ser muito difícil superarmos nosso passado. Esse inferno vai estar sempre na nossa lembrança.

17

GILLIAN

A médica cuida de Chase enquanto finalizo meu depoimento com a detetive. Justo quando acho que terminamos e enfim posso ficar com meu noivo, aquele que me ama e me entende incrivelmente, e que aliás está se culpando de todas as maneiras possíveis, a detetive desfere o golpe final.

— Gillian, eu preciso fotografar as lesões.

A médica tinha me perguntado se eu queria que ela tirasse as fotos durante o exame, mas eu não quis. Antes tivesse permitido.

— Nem pensar. — Chase perde a paciência. A raiva chega a ser palpável enquanto ele fica de pé na minha frente, ofegante. Ele é um homem na missão de proteger quem ama, mas infelizmente nada pode me proteger. Eu sou um ímã para homens dominadores e violentos.

— Sr. Davis, eu sei que a sua noiva passou por muita coisa esta noite, mas, para que o sr. Campbell não seja indiciado, nós precisamos ter provas do ataque à srta. Callahan, documentar os ferimentos e a tentativa de estupro.

A palavra "estupro" desencadeia o ataque de fúria de Chase.

— Eu não acredito numa merda dessas! Nós temos que preservar os direitos do agressor filho da puta? Aquele homem... — ele aponta para a porta do quarto, apesar de Austin estar sendo interrogado na delegacia — ... salvou a vida dela. Ele é um herói e deve ser tratado como tal.

Coloco a mão nas costas dele e sinto os músculos enrijecerem através do tecido fino da camisa. Ele irradia tanto calor que poderia gerar energia elétrica para uma cidade inteira.

— Lamento, sr. Davis — diz a detetive, tirando uma máquina fotográfica da bolsa. — O sr. Durham está correndo risco de vida por causa dos ferimentos que sofreu. Precisamos de provas para confirmar que o sr. Campbell é o herói que o senhor diz. Caso contrário, vai ser a palavra de um contra a do outro no julgamento, e não é a Gillian quem está na mesa de cirurgia por causa de uma surra que poderia ter tirado a vida dela, e sim o agressor — ela finaliza.

— Tudo bem — ele resmunga, com os dentes cerrados. É possível ver os músculos do seu maxilar se contraindo. — Vamos acabar logo com isso para ela poder descansar.

— Pode acender mais luzes, por favor? — ela pede a Chase, que vai até a parede e acende a luz do teto. O quarto fica brilhante a ponto de cegar.

Tenho a impressão de que estou no meio de um palco com holofotes sobre mim. Deve ser essa a sensação que Maria tem quando está dançando, só que ela floresce à luz. Já eu, neste instante, quero me cobrir, me esconder e proteger meu corpo dos olhares de compaixão.

Athena me olha de um jeito carinhoso e sincero que me incentiva a fazer o que ela pede.

— Afaste o cabelo do rosto — ela instrui.

Em seguida os flashes pipocam enquanto ela fotografa os hematomas no meu rosto e nos ombros, onde Justin me segurou com força contra a parede. Depois tira fotos de perto da marca de mordida e do chupão no meu pescoço. Chase chega a grunhir quando afasto o cabelo, revelando a marca. Meu noivo adora enterrar o rosto naquela curva entre meu ombro e o pescoço, e agora outro homem maculou esse espaço, tanto para mim quanto para ele. Eu me recuso a permitir que as lágrimas voltem. Vai ser mais difícil me controlar se estiver soluçando de tanto chorar.

— Agora a blusa — ela orienta.

Fecho os olhos, sabendo que vai ser devastador.

Lembro que minimizei o que aconteceu de fato quando contei a Chase, para o bem dele. Levanto a blusa e as marcas roxas de dedos pontilham minha pele toda. Ele inclina a cabeça para trás e segura o cabelo. Procuro não demonstrar a emoção inominável que sinto, querendo muito consolá-lo.

— Sinto muito, Gigi, mas você vai ter que tirar o sutiã. Prometo que o seu rosto não vai aparecer na foto, mas nós precisamos fazer isso.

Mesmo sabendo o que vai acontecer, não consigo deixar de ter medo de repetir esse pesadelo. É a primeira vez em anos que fotos minhas nua e machucada são tiradas. Coloco as mãos nas costas e solto o fecho do sutiã confortável que vesti depois que a médica me examinou. Respirando fundo, finalmente abaixo os braços. A detetive fica boquiaberta e fecha os olhos antes de erguer a câmera para fotografar. Chase olha para meus seios e cai de joelhos, derrotado, de cabeça baixa e com as mãos cerradas. Sinto como se tivesse levado uma punhalada ao vê-lo assim tão devastado.

Os hematomas pontuam meus seios, mas não é isso que o está consumindo, e sim a marca da mordida de boca inteira ao redor do mamilo direito. Eu me lembro da dor no final do ataque, quando Justin foi arrancado de cima de mim. Olho para baixo e percebo que não fazia ideia de como estava feio. A marca foi feita com raiva. Os tracinhos ensanguentados, um do lado do outro, formam a meia-lua perfeita da arcada dentária de Justin, provavelmente porque ele deve ter mordido com mais força ao ser puxado para trás.

O flash espoca bem no instante em que ergo os olhos. De repente sou levada a outra época, outro quarto, onde outra detetive está em pé bem a minha frente.

— Srta. Callahan, eu preciso que você tire a blusa e as roupas de baixo para que eu possa fotografar as lesões.

A detetive é uma mulher grande e corpulenta. Eu a classificaria como masculinizada até. O cabelo é cortado bem rente à cabeça, e as feições não são suavizadas por nenhum tipo de maquiagem. Está claro que essa mulher é dura e fria como um prego. Parece que está irritada por ter que tirar fotos da minha surra.

— Hum, podemos pular essa parte? Eu não vou dar queixa — sussurro, com os lábios rachados e ensanguentados. Ainda sinto o gosto do sangue na língua.

A detetive olha para mim como se eu fosse louca.

— Está de brincadeira. Você vai deixar esse cara solto depois de ter te batido como se você fosse um saco de pancadas? Isto é para o seu próprio bem. — Ela ergue a câmera e bate uma foto. — Tire a camisola — diz, num tom imperativo que me lembra o jeito de Justin falar, e eu obedeço automaticamente, com medo de que ela me agrida.

Lágrimas escorrem pelo meu rosto enquanto ela tira uma foto depois da outra do meu corpo nu. Em seguida, ela se abaixa bem diante de mim, olhando minhas coxas de perto. Dou um passo para trás, com medo e vergonha.

— Não se mexa. Preciso fotografar as marcas nas suas coxas onde ele te forçou a abrir as pernas e te violentou.

Violentou. Ele me estuprou? Não, Justin me ama. De vez em quando ele sai da linha porque me ama muito. Ele vive me dizendo quanto eu significo para ele, como sou bonita e que adora ver as marcas dele em mim. Ele faz isso por amor. Não percebe que está usando força demais.

Pulo para trás e puxo o cobertor hospitalar em cima de mim.

— Eu não fui estuprada. As coisas só... Ele só... se deixou levar. Eu queria. Ele... ele me ama e eu o amo. Não vou dar queixa. Foi um acidente. — Balanço a cabeça seguidas vezes, me enrolo no cobertor e me sento na cama.

A detetive chega mais perto. Sinto cheiro de cigarro conforme ela se aproxima e me lembro de Justin. Os dois devem fumar a mesma marca. Ela coloca a mão no meu ombro e eu me contraio. Ela tira a mão rapidamente.

— O que aquele homem fez com você não é amor — ela começa.

Balanço a cabeça negativamente.

— Não interessa o que você diga, eu não vou dar queixa. Por favor, vá embora.

A detetive respira fundo e expira com um barulho, como se estivesse irritada por estar aqui. Eu só queria que ela fosse embora. Caramba, vá ajudar outra pessoa, alguém que seja uma vítima de verdade, e me deixe em paz!

— Gillian, aquele homem estava com muita raiva quando pôs as mãos em você. Ele te bateu tanto que as suas costelas estão roxas, e duas estão fraturadas...

— Eu caí da escada depois que nós fizemos amor — defendo. Não foi isso o que aconteceu, mas ela não precisa saber.

— Não caiu, não. Ele. Te. Bateu. Você ainda não entendeu? Será que é tão boba a esse ponto?

O medo me congela a alma e eu começo a tremer.

— E vai continuar batendo até te matar, caramba. Está me ouvindo? Te matar. Ele não ama você. Ele ama te machucar, isso sim.

Se essa é a maneira dela de me fazer enxergar a razão, não está dando certo. Eu só quero Justin agora. Acho que ela não deveria falar comigo desse jeito. Eu só tenho dezenove anos, estou apavorada e quero estar perto do meu namorado.

— Cadê o Justin? Eu preciso dele... — sussurro.

— Ele está na cadeia até você dar o seu depoimento. Caso contrário, ele vai ser solto.

— Você não vai arrancar nada de mim. Eu e o meu namorado transamos. Ele não me estuprou nem me bateu. As coisas esquentaram e depois eu caí da escada. Agora, saia daqui! — grito.

A médica se aproxima correndo.

— Acho que ela já se esforçou bastante. Gillian, volte para a cama. Precisamos enfaixar suas costelas e tratar dos seus ferimentos. Detetive, se a senhora já tem tudo o que precisa... — a médica diz, mas a detetive não responde.

De repente fica tudo confuso, nebuloso e estranho. Uma réstia de luz vai aumentando diante dos meus olhos, me trazendo de volta para um quarto diferente, para o presente, a realidade do aqui e agora. Eu me sinto abraçada, um cobertor envolvendo meu corpo nu.

— Detetive, já conseguiu tudo o que queria? — A voz de Chase desfaz as teias do passado. — Você está tremendo, baby. Teve outro flashback? — ele pergunta e eu faço que sim com a cabeça. — Ok, terminamos — ele diz para a detetive.

— Já tenho o que preciso. Gillian, eu gravei o seu depoimento. Vou mandar transcrever e deve ficar pronto em dois dias. Você vai poder ler antes de assinar.

Aceno com a cabeça e me encosto no peito de Chase. Pela primeira vez consigo respirar direito. A detetive vai embora e Chase me leva para a cama.

— Quero ir pra casa — digo. — Me leve pra casa.

Ele meneia a cabeça e me senta na cama. Com grande esforço e cuidado extremo, me veste com uma camiseta sua. Fico em pé e ele me ajuda a vestir uma cueca boxer. Depois vai até o closet, pega um roupão grosso e macio e coloca nas minhas costas, volta ao armário e traz uma calça de pijama, um moletom com capuz e as sapatilhas confortáveis que Maria me deu de Natal. Em seguida se agacha e as coloca nos meus pés. Depois entrelaça os dedos nos meus e eu me sinto envolvida por um manto de calma e serenidade. Chase me leva para fora do quarto.

Jack pega as chaves quando nos vê.

— Para onde vamos, senhor? — ele pergunta.

— Para a cobertura. A minha noiva quer ir para casa.

Jack abaixa a cabeça. Tenho certeza de que ele não gosta dessa ideia, já que a segurança na mansão é bem mais reforçada, mas ninguém diz não a Chase depois que ele toma uma decisão. Jack estala os dedos para os seguranças de Maria e Kat.

— Vocês dois vão ficar comigo esta noite. Mando reforços dentro de uma hora.

Enquanto esperamos perto da porta, Jack vai conversar com o segurança de Bree.

— Não permita que ninguém saia antes de o reforço chegar, entendeu? — diz rapidamente para o rapaz. Só então me dou conta de que nem sei o nome dele. Levei muitos golpes para me lembrar de alguma coisa.

— Por que você está tão preocupado? — pergunta o homem corpulento. — Nós não pegamos o cara? Ele não está atrás das grades?

Jack diz algo que me faz estremecer e me deixa de cabelo em pé.

— Não sabemos se Justin Durham é o assediador. Depois que o vi, não acho que seja ele. O Redding só vai ter certeza amanhã de manhã.

Chase acaricia meu braço. Eu me contraio, mas não peço para ele parar, pois a carícia me reconforta. As mãos dele são as únicas capazes de tirar a obscenidade que Justin deixou impregnada na minha pele.

— Vamos — Chase ordena, enquanto os dois continuam a falar sobre o assediador. Eu paro de prestar atenção. Tudo o que quero é ir para casa com Chase.

O trajeto parece mais longo que o normal. Quando entramos no apartamento, meus olhos se enchem de lágrimas. Chase me leva até a suíte. O quarto cheira a mofo, mas é onde me sinto bem.

— O que eu posso fazer para você se sentir melhor? — ele pergunta gentilmente enquanto olho para nossa cama, para as janelas do chão ao teto, para a decoração que ainda não tive oportunidade de mudar... Mesmo assim, me sinto mais em casa do que em qualquer outro lugar. Foi aqui que passei a primeira noite com Chase e onde quero dormir abraçada a ele. Olho saudosa para a cama, mas minha pele ainda coça com a imundície de Justin.

— Eu me sinto suja. Preciso me lavar — murmuro.

Chase me leva até o banheiro e gira o dimer para diminuir a intensidade da luz; ótimo, pois assim minhas marcas não ficam tão evidentes. Ele tira meu roupão e a camiseta devagar, e instintivamente cubro com um braço os seios feridos e baixo a cabeça. Com todo o cuidado, ele tira a cueca boxer e a calcinha. Sem dizer uma palavra, liga o chuveiro. Não sei o que ele está pensando ou sentindo, e isso me deixa doente.

Quando a água atinge a temperatura certa, ele abre a porta e me leva para dentro do boxe. Entro debaixo do jato de água quente, protegendo o peito e as feridas em carne viva. Meu corpo inteiro estremece até ser envolvido por trás pelos braços mais reconfortantes do universo. Eu me apoio no peito do meu amado e fecho os olhos, aproveitando o conforto que ele me proporciona só de me abraçar.

Ficamos ali por longos minutos. Ele me segura até eu balançar o corpo e me virar de frente. Meus seios doem ao se comprimirem contra o peito dele, mas não me importo. Nada poderia me impedir de estar naqueles braços, ouvindo o coração dele bater e sentindo as mãos fortes deslizando pelas minhas costas.

— Vou te ensaboar agora. — Ele se afasta e pega meu sabonete líquido.

— Não, use o seu — digo, batendo os dentes de frio.

Tudo o que quero é estar cercada pelo que pertence a Chase. Aquele perfume me faz sentir ainda mais próxima dele, e quero embriagar todos os meus sentidos. Continuo a tremer e a bater os dentes. É como se eu não conseguisse me aquecer direito. Aumento a temperatura da água, e, quando me viro de novo, Chase está colocando o sabonete numa esponja de banho.

— Nas mãos... — digo quando nossos olhares se encontram.

Ele balança a cabeça, mas eu estendo a mão para que ele coloque o sabonete e percebo que seus olhos estão cheios de mágoa, raiva e tristeza.

— Eu tomo conta do que é meu. Eu preciso, baby... — Sua voz soa rouca e incerta, e eu fecho os olhos e espero.

Chase levanta meu braço e desliza a mão para cima, passando de leve sobre as manchas roxas no meu antebraço e no pulso. Ainda estou com o outro braço sobre os seios. Em seguida ele passa a mão no meu ombro, descendo vagarosamente. Troco de braço para cobrir os seios; ele não precisa ver a pior marca que Justin deixou. Chase então repete o processo com o outro braço, deslizando a mão para cima e para baixo, literalmente lavando a memória do toque horrível daquele homem... pelo menos por enquanto.

Ele me vira de costas, enrola meu cabelo e o coloca sobre meu ombro. Depois de pôr mais sabonete na mão, ensaboa minhas costas, minha bunda e minhas pernas, para baixo e voltando para cima. Respiro fundo em reação ao carinho, sabendo que quem está ali é Chase, o homem que me ama e que nunca me tocaria com raiva. Depois de passar a mão por todo o caminho de volta, ele me coloca embaixo do chuveiro e vai tirando a espuma, que desce pelo meu corpo até o chão. Ainda estou de costas quando ele pressiona os lábios sobre a marca que Justin deixou no meu pescoço, delineia com a ponta da língua o contorno do ferimento e pontilha a pele com vários beijinhos rápidos.

— A curva entre o seu pescoço e o seu ombro ainda é o meu lugar favorito — ele murmura e eu reprimo um soluço, apoiando as mãos na parede enquanto aceno com a cabeça para que ele saiba que eu concordo.

Com um gesto delicado, Chase me vira de frente para ele, depois pega o gel masculino de banho, coloca algumas gotas nas mãos, esfrega e se agacha.

Ele segura um dos meus pés, ensaboa e sobe a mão pela perna, cobrindo cada centímetro de pele, depois repete tudo do outro lado. Todos os meus músculos estão finalmente relaxados, parecendo derreter com as carícias. Chase sempre soube exatamente como me tocar. Foi assim desde o primeiro dia. Ele possui o instinto de saber o que é melhor para mim.

— Tire o braço, baby — ele pede, me olhando sério enquanto coloca mais gel na mão.

— Eu não quero que você veja o que ele fez — falo com a voz cheia de emoção, vergonha e repulsa.

— Você é linda. Cada centímetro do seu corpo é perfeito e todo meu. Vou recuperar o que ele maculou.

Não há argumentos contra as palavras dele.

— Sem negociação — ele usa a frase que sempre me faz sorrir. Chase está tenso, mas expansivo ao mesmo tempo, e eu amo cada pedacinho desse homem.

— Só se eu puder te tocar também — digo.

— Sempre, eu sou seu... cada pedacinho, cada centímetro, cada célula... é tudo seu.

Lágrimas escorrem pelo meu rosto já molhado pela água que cobre nosso corpo. Respiro fundo, tiro o braço dos seios, coloco as mãos no abdome dele e sinto os músculos se retraírem no mesmo instante. Não quero olhar para sua masculinidade, com receio de ver que ele está decepcionado comigo e que não se excite com o meu corpo desse jeito. Nunca fiquei nua na frente dele sem ver a reação de seu corpo *ali*, viril e predominante entre as coxas fortes. Chase não diz nada, mas devora meus seios com o olhar. Com as mãos em concha, ele os envolve e usa o polegar para espalhar sabonete em cada mamilo. Respiro fundo quando o sabonete entra numa ferida aberta pelos dentes de Justin.

— Respire devagar, baby — ele sussurra, se aproximando.

Nesse instante sinto a ereção dele na minha barriga. Seguro seus ombros e apoio a testa na dele, feliz e aliviada.

— Eu tive tanto medo... — Minha voz está trêmula.

— Eu sei, mas estou aqui. Ele nunca mais vai tocar em você, juro. — E eu acredito nele, mas não é isso que está me incomodando.

— Você não entende... — digo, balançando a cabeça.

— Não entendo o quê? — ele pergunta, continuando a lavar meus seios, descendo pelas laterais do meu tronco e pela barriga.

— Eu tive medo que você não me quisesse mais depois de me ver assim. — Eu o abraço, puxando-o para mais perto, e ele me envolve com os braços. O jato de água cai sobre minhas costas doloridas.

— Gillian, basta você estar nua para eu te desejar, machucada ou não. — Ele beija minha testa. — Você continua sendo a coisa mais linda que eu já toquei na vida e sempre vai ser — promete.

— Então faça amor comigo, agora — suplico.

Ele balança a cabeça.

— Você não vê que eu estou te acariciando...? — Ele engole em seco e eu vejo o pomo de adão subir e descer. — Estou demonstrando quanto eu te amo. — E ele tem razão. Cada carícia tem o poder de apagar da minha memória os resquícios do ataque.

— Então faça amor comigo — peço mais uma vez, escorregando a mão até a ereção dele.

Ele tira minha mão dali e a leva aos lábios, beijando cada um dos dedos.

— Eu faço, baby, mas só quando você estiver melhor — fala naquele tom que deixa subentendido que não há negociação, que eu tanto adoro, só que neste momento não gosto nem um pouco. Deixo a cabeça pender para o lado e solto a respiração. Ele não vai me tocar enquanto eu não estiver recuperada.

Chase fecha a torneira, me enrola numa toalha macia e me seca devagar. Depois pega outra toalha e coloca na cintura, escondendo sua masculinidade de meus olhos gananciosos. Mais uma vez ele beija sem pressa cada machucado, até eu me sentir dolorida de desejo. Ele chega ao alto de minhas coxas e inspira profundamente.

— Caramba, Gillian, eu sinto o seu cheiro... — murmura e eu afasto as pernas, me oferecendo.

Ele balbucia algo que não entendo, chega mais perto, inspira e roça o nariz na minha pele.

— Isso tudo é para mim? — pergunta, umedecendo os lábios.

— Sempre — sussurro.

Ele fecha os olhos, demonstrando quanto está lutando para se conter. Sei o momento exato em que venço a batalha, pois ele me leva até o pufe e me faz sentar ali. Então abre a toalha e diz as palavras que me remetem a uma ocasião similar e mais feliz.

— Vou te dar um pouco de alívio, mas não vamos fazer amor antes que você esteja curada — ele diz, e eu aceno com a cabeça, feliz.

Conheço meu noivo tão bem... É difícil para um homem ignorar uma mulher com tesão, mas para Chase é impossível resistir quando essa mulher sou eu. Ele ergue meus quadris, se certificando de que estou confortavelmente encostada na parede, antes de afastar minhas pernas e em seguida morder o lábio e admirar quanto estou excitada. O rosto dele se contrai de maneira sexy antes de colocar as mãos debaixo da minha bunda, inclinando minha pélvis para me abrir mais um pouco. A visão dele ajoelhado diante de mim é muito sensual. Era disso que eu precisava para apagar a lembrança do horror que vivi horas antes.

Chase se abaixa, afasta os lábios da minha fenda úmida e me penetra com a língua. Com uma das mãos seguro e pressiono a cabeça dele para aproximá-lo o máximo possível. Ele geme e passa a me chupar com mais força, rodopiando a língua ao redor do meu centro com extrema habilidade. Não demoro muito para ficar ofegante. Minha cabeça lateja com uma dorzinha insidiosa, mas nem assim faço qualquer coisa para detê-lo. Ele me leva ao auge do prazer e continua, até me dar um orgasmo incrível e gratificante.

Quando os tremores do meu corpo cessam, fico ali recostada, sem forças, dominada pela letargia, me sentindo levitar. Chase me beija e eu sinto o meu sabor em sua boca, bem mais doce que o gosto ácido do meu lábio ferido.

Chase continua me beijando com todo o cuidado, descendo lentamente pelo pescoço. Em seguida chega ao meu peito ferido e beija cada hematoma, parando para fitar o mamilo escurecido e as marcas de mordida. Seguro o rosto dele e o prendo com o olhar, mas ele logo desvia a atenção e se aproxima do mamilo novamente, passando a ponta da língua em cada ferimento, cobrindo-os como um bálsamo só dele, que é ao mesmo tempo curativo e indicador de posse. Com uma candura que eu julgava impossível, ele consegue envolver todo o meu mamilo, rodopia a língua na pele ferida e beija carinhosamente. Não consigo controlar as lágrimas que descem dos meus olhos. Chase as captura com a língua, entremeando com beijos seguidos e ternos, cuidando para não pressionar muito. Ele é o único homem que me venera dessa forma.

Minutos depois, já no quarto, Chase termina de secar e acariciar cada centímetro do meu corpo e veste em mim uma camiseta dele, sem lingerie. Espero que isso signifique coisas boas para mim amanhã. Em seguida ele coloca uma cueca boxer, a ereção ainda proeminente. É difícil não olhar, com esperança de mais alguma coisa, mas ele balança a cabeça e afasta o edredom da nossa cama. Nós nos deitamos, ele atrás de mim, encaixados de conchinha para que eu sinta cada parte do corpo dele colada ao meu. Minutos depois, ele coloca a mão sob a camiseta e percorre a curva da minha cintura com a ponta dos dedos, até alcançar meu seio são e segurá-lo com a mão em concha.

— Eu te amo, Gillian — murmura com um suspiro.

Engulo em seco, me encaixo melhor no corpo dele e seguro sua mão sobre meu seio.

— Eu te amo, Chase. Obrigada por me ajudar a superar isso.

— Eu sempre vou te trazer de volta para mim — ele me relembra de sua promessa constante.

É o que ele está fazendo. E sempre vai fazer.

X

— *Ah, que ótima notícia!* — *ela exclama ao telefone.* — *Até que* enfim. — Suspira. — Sim, tudo bem. Vou liberar a agenda dele na semana que vem. Obrigada por me informar, Jack — termina, feliz, e desliga o telefone.

Depois pula na cama de novo. Os seios balançam, mas não são tão grandes quanto eu gostaria. Gillian é pelo menos um número maior que ela, mas por enquanto tudo bem.

— O que houve? — pergunto, sabendo que se trata de alguma coisa sobre o ricaço imbecil.

O sorriso de Dana brilha à luz fraca. Ela não é feia. Se fosse ruiva com olhos da cor de esmeralda, poderia servir para mim.

— Eles pegaram o cara! — Ela bate palmas e se senta com as pernas cruzadas, me proporcionando uma visão completa da sua boceta.

Eu me sento também, me apoiando em uma das mãos.

— Pegaram quem?

— Eu te contei que o meu chefe e a noiva dele estavam sendo ameaçados por um assediador anônimo, que atacou até os amigos deles? — Os olhos dela brilham ainda mais.

Isso não é bom. Finjo que lembro vagamente do assunto, aproximo as sobrancelhas e passo a mão pelo cabelo.

— Ah, sim... você contou por alto.

— Então, hoje, quando eu estava no pub com a noiva dele e as três amigas dela, ele estava lá!

Três amigas. Deveriam ser duas. Eu já tirei a Barbie Ioga do caminho.

— Pensei que uma delas tivesse morrido. Não foi o que você disse? — Fecho a mão sobre o lençol quando ela estreita o olhar e balança a cabeça.

— Pois então, foi o que todo mundo pensou na hora, mas não era ela. Era uma garota chamada Charity, que trabalhava no estúdio e parecia muito com a Bree. O cara matou a menina pensando que era ela. Uma tragédia... A Bree está mais reclusa, hoje foi a primeira vez que ela saiu nos últimos meses. Ela está muito fofa com aquela barriguinha de grávida. — Dana sorri.

Então aquela piranha maldita está viva? Tenho que me controlar muito para não esmurrar essa biscate na minha frente, mas preciso dela por enquanto. Inspiro e expiro várias vezes.

Balanço a cabeça depois de alguns instantes.

— Então ela sobreviveu... Você disse que o tal assediador estava no mesmo bar que a Gillian? — pergunto.

Dana me encara.

— Como você sabe o nome dela? — pergunta, estreitando os olhos.

Disfarço sorrindo.

— Amor, o seu chefe é uma celebridade. Todo mundo sabe com quem ele vai se casar. Está em todas as revistas de fofocas — explico.

Ela meneia a cabeça e prende o cabelo loiro atrás da orelha.

— O assediador estava no pub e atacou a Gillian no banheiro masculino.

— O quê?! — grito para disfarçar minha ira. Se ela não começar a falar logo, vou ter que esfaqueá-la. — Não é possível! — exclamo, genuinamente surpreso. Quem é o desgraçado que ataca minha mulher fingindo ser eu e fica com o crédito de todo o trabalho que tive? Nem a pau.

— Foi um antigo namorado dela. — Aquele porco imundo... Eu o avisei para ficar longe dela. — Acho que o nome dele é Justin.

Sim, Justin Durham. Eu sei exatamente de quem se trata. A última notícia que tive foi de que ele havia deixado a cidade quando soube que Chase Davis e seus capangas estavam atrás dele.

— Mas então... — Ela bate na minha coxa. Olho para aquela mão e me retraio. Se ela fizer isso de novo vamos ter um problema sério. No mínimo ela vai perder a mão.

Você precisa dela para chegar até Gillian. Controle-se.

— ... agora ele está sendo operado. Tudo indica que o segurança dela bateu tanto no cara que ele teve hemorragia interna. Não é louco? — Ela termina a narrativa ofegante. — Mas a pior parte é que ele machucou muito a Gillian. Bateu nela e tentou estuprá-la — Dana relata, num tom de voz mais baixo.

Estuprá-la? Ele tentou estuprar a minha mulher?! Ah, ele é um homem morto.

Olho para o corpo nu de Dana e penso em como vou sair daqui sem que ela fique furiosa. Vou ter que esperar um pouco mais.

— O que vai acontecer agora? Ela vai dar queixa? — pergunto, mesmo sabendo que muitas vezes no passado ela não deu queixa. Isso poderia ter parado aquele desgraçado há muito tempo.

— Sim, o Chase está providenciando tudo. Com certeza o Justin vai para a cadeia. Os advogados do Chase são implacáveis e nunca perderam um caso — ela diz, orgulhosa.

Sinto vontade de novo de acabar com a expressão vitoriosa dessa mulher. Toda vez que ela fala de Chase como se ele fosse um santo, tenho vontade de costurar seus lábios, deixando-a igual a um espantalho. Pelo menos ela não falaria tanto.

Eu me deito e começo a pensar no que vou fazer com o bom e velho Justin.

— Então ele está sendo operado... Em qual hospital?

— Por quê? — Ela vira a cabeça e me olha, confusa.

— Curiosidade. — Eu a puxo para mais perto e estimulo seu mamilo. Ela geme. Meu Deus, essa vagabunda é fácil.

— Hospital Geral de San Francisco — recita de uma vez só enquanto puxo e aperto o mamilo intumescido.

Boa menina. Acho que vou trepar com ela e depois ir dar uma olhada no Justin para garantir que ele nunca mais saia do hospital.

Ninguém além de mim encosta um dedo na minha garota. Estupro? Ah, ele vai pagar caro por isso. Vai pagar com a vida.

18

GILLIAN

— *Feche os olhos.*

Cubro os olhos de Chase com os dedos e, meio desajeitada, o conduzo para fora do carro e depois para a doca onde seu iate está ancorado.

Se não fosse por Dana, eu nem saberia que ele tinha um barco. Se bem que "barco" é a palavra errada. Aquilo é definitivamente uma embarcação, só que dez vezes maior que o meu antigo apartamento. É branco e apropriadamente chamado de *Angel*, escrito com letras cursivas douradas bem abaixo do ponto do convés onde Dana está. Todos os nossos amigos chegaram há pelo menos uma hora. Eu queria que a festa fosse especial. Chase nem faz ideia de que se trata da nossa despedida de solteiro e solteira. Caminhando devagar, eu o guio pela rampa de acesso.

Chase ri e segura minha mão com força quando tropeço em um dos degraus.

— Cuidado — ele diz, sorrindo de olhos fechados.

Mesmo sem ver nada, ele se preocupa em estender a mão para me amparar. Ainda não acredito que encontrei meu par perfeito, o homem com quem vou viver pelo resto da vida, e que em três dias vou me tornar a sra. Chase Davis. Como ele sempre diz, dá um nó na cabeça.

Chegando ao convés, eu o conduzo até o corrimão e coloco a mão dele ali.

— E aí, sabe onde está? — pergunto, incapaz de esconder a animação na voz.

— Bem... — Ele sorri e inclina a cabeça. — Estou ouvindo barulho de água e sentindo cheiro de maresia. Eu diria que estamos na marina, em um barco.

Que cara presunçoso. Sempre adivinhando tudo... Chego mais perto e o abraço. Fui buscá-lo no escritório, ele não teve tempo nem de se trocar.

— Sim e não. Pode abrir os olhos.

Quando ele obedece, encontra todos os nossos amigos e os primos dele, com exceção de Cooper, que gritam:

— Surpresa!

Os olhos dele brilham de alegria. Não é sempre que vejo esse olhar inegavelmente precioso no rosto de Chase.

— O que é isso, baby? — ele pergunta, passando o braço sobre meus ombros e me aproximando mais. — O que você fez, linda? — Ele beija minha testa.

Estou a ponto de pular de alegria.

— É a nossa festa de despedida de solteiros! A Dana e eu organizamos tudo.

Abro um sorriso. Dana se aproxima, ergue a mão e bate na minha.

— Valeu, garota! — digo.

— Tudo para o maioral e a noiva dele! — Ela une as mãos sobre o coração.

É incrível como ela está feliz por Chase. E pensar que tive tanto ciúme do relacionamento próximo deles. Hoje eu sei que eles são mais ou menos como irmãos, do jeito que eu sou com Phillip. Aliás, ela tem namorado. Falando nisso...

— Ei, e o seu namorado? — pergunto.

Toda a alegria abandona o semblante de Dana.

— Ele precisou trabalhar, mas vai vir quando estivermos chegando a Cancún. Você sabe como são esses viciados em trabalho... — ela diz, olhando de relance para Chase.

Acho graça, porque sei do que ela está falando. Chase está sempre mergulhado em trabalho, mas ultimamente, desde o ataque, tem ficado mais em casa. Todos voltamos para casa, mas Chase ainda tem os seguranças de olho em todo mundo. Austin não perdeu o emprego e, claro, Jack está com Chase o tempo todo; acho que sempre vamos precisar de guarda-costas. Enquanto houver muito dinheiro entrando e as empresas estiverem rendendo bons lucros, sempre vai existir risco, algo que ele se recusa a correr, principalmente quando tem a ver com a minha segurança.

— Ficou surpreso? — pergunto, enlaçando seu pescoço.

Ele me segura pela cintura com firmeza e meneia a cabeça.

— Nunca ninguém me surpreendeu nem planejou alguma coisa especialmente para mim. Estou impressionado. — Ele suspira e sorri para todos os nossos amigos e familiares. — Eu fico todo derretido com a sua gentileza.

Chase está de fato feliz, e isso me aquece por dentro. É triste saber que a mãe dele, depois que recuperou a saúde, nunca fez nada para surpreendê-lo. Bem, pelo menos ela vai nos encontrar em Cancún com o irmão, Charles. Eu não me importaria se o tio dele estivesse aqui, mas duas noites seguidas num barco com Colleen Davis... O iate é grande, mas não o suficiente para nos manter bem afastadas.

Abro um sorriso e ele me beija.

— Vou lembrar que você gosta de surpresas... como a que eu tenho pra você debaixo deste vestido justo. — Eu me afasto um pouco e passo as mãos nas laterais do corpo, descendo pela cintura até os quadris. Chase respira por entre os dentes, seguindo cada movimento meu com o olhar como se fosse um gavião espreitando sua presa.

— Não pode ter muito mais, baby. — Ele segura meus quadris, enterrando os dedos na pele. Depois se inclina para a frente e roça o nariz no meu pescoço e na orelha enquanto desliza as mãos até minhas coxas. — Não estou sentindo nada aqui — diz, escorregando a mão pela minha bunda e apertando-a.

— É porque eu estou sem calcinha.

Passo a ponta da língua no pescoço dele, escondendo o gesto audacioso com meu cabelo ruivo encaracolado. Ele geme e me puxa para mais perto. Ao me afastar, vejo que seus olhos estão escurecidos de desejo.

— Safada... — ele me repreende. Gosto disso e abro um sorriso malicioso. — Como é que eu vou curtir a minha festa sabendo que a qualquer momento posso levantar esse vestido e correr as mãos pelo seu corpo? — Ele me puxa com força para mais perto, encostando meu corpo na ereção impressionante. Acho graça e o beijo várias vezes seguidas.

— Ei, alôôô... *amigos*, aqui! *Conseguir una habitación!* — Maria grita.

Chase ri.

— O que ela disse? — pergunto.

— Ela disse para arranjarmos um quarto. — Ele sorri e mordisca meu lábio.

Eu me viro e fuzilo Maria com os olhos. Depois de todos esses anos, acho que já é hora de aprender espanhol. Não é inteligente deixar que esses dois tenham uma linguagem secreta para se comunicar um com o outro.

— Venha aqui — ela me chama, acenando com a mão.

— Só se você tiver uma bebida! — grito enquanto ela vai até o bar.

Chase me solta e eu dou alguns passos para admirar a paisagem. Como fomos os últimos a chegar, a tripulação prepara o iate para zarpar. Depois de partirmos na direção do horizonte, eu finalmente relaxo. Passamos meses horríveis, mas agora temos pela frente a vastidão do mar azul e a perspectiva de dias felizes para todos nós. Está na hora de nos soltarmos e sermos nós mesmos, aproveitar a companhia um do outro e celebrar a vida.

Sinto uma mão quente pousar no meu ombro. Eu me viro e vejo Phil, com o cabelo esvoaçando ao vento e óculos Ray-Ban sobre o nariz. Ele está tão bonito. Se recuperou muito bem nos últimos três meses e está andando melhor, apesar de mancar um pouco. Quase todas as fraturas já sararam e ele está fazendo progressos na fisioterapia.

Ele me puxa para mais perto e ambos olhamos para o mar.

— Finalmente está acontecendo. — A voz dele soa suave diante do ruído do motor do iate em movimento. Vamos levar dois dias para chegar a Cancún de barco, mas ninguém está preocupado com o tempo.

— O quê? — Abro um sorriso, com a sensação de saber a que ele está se referindo.

— A ruivinha difícil vai se casar. Pelo menos esse escolhido eu aprovo totalmente. — Ele sorri também.

Dou risada e troco olhares com Chase, que está do outro lado do convés. Ele está conversando com Maria, Kat e Carson. Seus olhos reluzem conforme o sol desce no horizonte. Sopro um beijo e ele o captura com a mão.

Phil ri ao meu lado.

— Quando eu te contei que estávamos namorando, você não gostou muito da ideia. — Franzo a testa, só para efeito.

Ele suspira e logo em seguida os cantos de sua boca se curvam para cima.

— Do meu ponto de vista, você estava namorando o seu chefe e o meu!

Continuo a encará-lo, sem me deixar impressionar.

— Tudo bem, eu estava errado e você certa. Te devo um almoço ou alguma outra coisa. Você vai mudar de cara agora que eu admiti o meu erro? — Ele ri.

— Humm... — Finjo pensar no assunto, colocando o dedo sobre os lábios.

— Ah, fala sério.

— Eu te perdoo por ser um amigo superprotetor, está tudo bem. Tenho bastante experiência com você e as meninas. Já o Chase não tem limites. Ele é doido. O chato é que eu não posso discordar dele depois de tudo o que aconteceu. — Apoio os dois braços dobrados na amurada e olho para o mar abaixo. — Minha esperança é que tudo isso tenha acabado.

— Nós temos alguma razão para pensar que não? — Phil pergunta, afagando minhas costas com carinho. — Quer dizer, o Justin foi preso e vai a julgamento pelo ataque e tentativa de estupro. É só questão de tempo para unir as pontas soltas que ficaram quanto ao responsável pela explosão na academia e o assassinato daquela moça.

Sinto meu coração se apertar.

— Espero que sim. Agora ele está quieto, mas o Tommy e o Chase colocaram alguns seguranças para vigiá-lo por precaução. A Maria me contou que ele pagou a fiança e está morando com a mãe até a audiência.

— A boa notícia é que daqui a três dias você vai se casar e partir para a lua de mel. Você não precisa pensar em nada disso por enquanto, a menos que pretenda ficar em Cancún na lua de mel.

Balanço a cabeça.

— Não. Vamos ficar em Cancún por mais três dias depois do casamento, para aproveitar o resort e a companhia de vocês, e aí vamos passar duas semanas na Irlanda. Não vejo a hora!

O vento levanta minha pele em arrepios. Não está mais adiantando esfregar os braços para me aquecer. Preciso que as mãos quentes de outra pessoa façam isso por mim.

— Está com frio, baby? Vi você de longe e achei que estivesse. — Chase está sempre preocupado comigo. Ele deixa claro que vai ser um marido carinhoso e atencioso de todas as maneiras possíveis. Pelo jeito isso inclui cuidar da minha temperatura corporal. — Vista isso. — Ele tira o paletó e o coloca sobre meus ombros. O perfume me envolve como um manto confortável, e o paletó me passa o calor do corpo dele, que me aquece até a alma.

— Hum... melhor. Que tal um drinque? — Eu me viro para Phillip, que estende o braço.

— Você primeiro, minha senhorita — ele diz, gesticulando na direção do bar.

— Acho que você quer dizer *minha* senhorita — Chase retruca, completamente sério, mas eu o conheço bem para saber que está brincando.

— Você tinha razão, Gigi. Chamar esse sujeito de possessivo é pouco. — Ele balança a cabeça para Chase e abraça Bree pela cintura.

Ela solta um gritinho de surpresa quando ele a gira. Bree está usando um vestido justo azul-turquesa que acentua a barriguinha redonda. Ela está curtindo bastante os seios aumentados pela gestação. Mesmo com apenas quatro meses, eles cresceram bastante e são foco de atenção. Maria sempre brinca que se trata de uma gravidez de gêmeos e que um está escondido atrás do outro. Que bom que ela está saudável, feliz e radiante, esperando um bebê de Phil.

Chase acompanha Phillip e Bree com o olhar.

— O roto falando do rasgado — ele diz, rindo.

— Ah, acertou em cheio! — Bree exclama, e todos nós rimos.

Chase me conduz até o bar. Peço champanhe e tomo tudo de um gole só, antes de estender o braço pedindo para repetir. Chase se inclina na minha direção.

— Vá com calma. Não quero que você apague esta noite — ele fala naquele tom de voz rouco que me deixa mais quente do que se eu estivesse num verão de quarenta graus em California Valley. Viro mais uma taça e finjo dançar.

— Eu queimo tudo na pista de dança. — Abro um sorriso sexy e sigo na direção das mulheres mais encantadoras do mundo. — Ei, meninas… — grito alto, com um tom de voz sério, e aguardo a reação.

— Vamos dançar até cair! — elas exclamam ao mesmo tempo.

Maria levanta os braços, estalando os dedos.

— Dana, peça para o DJ começar a trabalhar. Chegou a hora de *sacudir el culo*! — ela diz, rebolando.

Olho para os homens ao nosso redor. Todos estão observando o traseiro dela, uma dançarina perfeita. De repente somos presenteados com um mix de tecnopop e uma batida de funk tocada por ninguém menos que os Beastie Boys.

Dana sabe mesmo organizar uma festa. Eu ainda nem tinha percebido que havia um DJ, mas de repente, num canto, vejo um tablado com equipamentos de mixagem de som e um cara girando discos de vinil. Quando ouvimos a sirene, mandamos ver. Se fosse uma competição de dança, as quatro sairiam vencedoras. No instante em que os primeiros acordes da guitarra são tocados, não existem mais barreiras para nos impedir e ninguém nos segura.

Dana entra na pista usando seu terninho de trabalho. Chloe, a prima de Chase, balança os seios, que mais parecem dois pêssegos maduros pulando sob o top por baixo do blazer. Não entendo como ela não foi fisgada ainda, mas, assim que as coisas se acalmarem no meu mundo, as meninas e eu vamos arrumar um cara bem legal para apresentar a ela.

Nas duas horas seguintes, as garotas dançam para valer enquanto os homens as observam com admiração ou entram na pista para acompanhá-las. Enquanto dou meus passos, escuto uma conversa entre Chase e Carson. Sem deixá-los perceber que estou ouvindo, continuo cantando com Taylor Swift: "Shake, shake, shake...", e me aproximo dos dois.

— Primo, olha isso... Eu tenho a sensação de que ganhei na loteria. Caramba, você já viu alguém dançar como essas meninas? — Carson estala a língua.

Olho por cima do ombro e vejo que Chase não tem olhos para mais ninguém além de mim. Ele encara minha bunda com ar de posse, em seguida passa a mão no queixo e no mesmo instante sinto como se aquele rosto recém-barbeado estivesse arranhando a minha pele.

— Nós somos sortudos mesmo — ele concorda.

Depois de umas duas músicas, percebo que meu noivo já se encheu de me ver balançando o corpo para todo mundo. Antes mesmo de eu me dar conta, ele me puxa por trás e me segura com força. Chase sabe dançar como ninguém. Ergo os braços e serpenteio o corpo, enquanto ele passa as mãos pelas minhas curvas. Sem me virar, seguro o pescoço dele e roço a ereção protuberante. Ele murmura no meu ouvido e dá uma mordidinha no meu pescoço, deslizando pela pele um pouco suada, que parece excitá-lo ainda mais. De repente, os lábios dele capturam o lóbulo da minha orelha, e com a ponta da língua ele passa a explorar o interior dela em movimentos circulares. Essa doce tortura, acrescida da respiração quente na minha pele, quase me faz ronronar, e eu pressiono os quadris para trás com mais força.

— Cuidado. Você não vai querer que eu dê um show no meio da pista de dança, vai? — ele ameaça, passando o braço pela minha cintura para me segurar colada a ele.

Então o DJ começa a tocar "Dirty", de Christina Aguilera, e todo mundo pula, na maior animação. Os homens percebem que as mulheres estão movendo os quadris de maneira sensual e cada um deles se aproxima da sua garota. Dana está sumida, provavelmente com saudade do namorado. Chloe está se insinuando para um dos rapazes que trabalham com Chase.

— Quem é aquele que está com a Chloe? — murmuro, entrando no ritmo da música e me deixando ser abusada por Chase, que está enterrando a ereção na curva suave do meu traseiro.

Ele passa as mãos pelos meus braços, que envolvem seu pescoço, desce pelas laterais do meu corpo, pela cintura e segura possessivamente meus quadris. Deixo escapar um gemido quando ele traça uma trilha de beijos no meu pescoço.

— Hum... — ele sussurra, enquanto continua a seduzir todos os meus sentidos, e finalmente responde: — É um dos meus advogados. Além de ser meu amigo, é ele que vai cuidar da certidão de casamento e da documentação necessária depois que a gente se casar. — Ele dá uma mordidinha no meu pescoço e eu solto um gemido. Chase percebe o momento em que me desligo e me vira de frente. Os olhos dele estão tão escuros quanto o céu sobre o mar aberto. — Estou pronto para ver a surpresa debaixo do vestido. Diga boa-noite, Gillian.

— Boa noite, Gillian — digo, totalmente dispersa, perdida de desejo.

Se ele não me tocar logo, sou capaz de implodir. Ele ri e me levanta nos braços. Chase é mesmo meu príncipe encantado, prestes a dominar sua donzela em perigo e fazê-la cantar.

Sem dizer uma palavra, ele atravessa o grupo de pessoas e segue na direção da porta que leva para os camarotes no andar de baixo. Risos roucos e insinuações pairam no ar conforme ele passa e desce para a parte privativa do iate. No fim do corredor há uma porta dupla, que ele abre com uma mão, ainda me segurando com a outra.

Quando entramos, ele me coloca no chão e me pressiona contra a porta, cobrindo meus lábios com um beijo ávido. Imagens da primeira vez que transamos passam pela minha mente. Tenho a sensação de que as mãos dele estão por toda parte, deixando um rastro ardente na minha pele sensível.

— Chase, eu preciso... — sussurro, mas minha voz some quando as mãos dele sobem por baixo do tecido fino do meu vestido, descobrindo que estou usando meias finas até as coxas e nada mais.

— Porra, você me deixa louco... — ele diz, tensionando o maxilar.

Chase sempre tenta manter o controle de tudo, mas não quero que comigo seja assim. Ele é o único homem que eu tenho certeza de que, mesmo que perca o controle, não vai ser abusivo.

O calor que irradia do meu corpo é suficiente para incendiar um vilarejo. Ele geme baixinho, inclina a cabeça para a frente e roça o rosto entre meus seios, ao mesmo tempo em que puxa para baixo as alças do vestido, expondo a pele macia e beijando meu seio direito, circulando a língua sobre a pele arroxeada pelo pequeno hematoma. Desde o ataque de Justin, Chase tem feito questão de deixar suas próprias marcas de amor na minha pele. Agora, totalmente recuperada do ataque, estou pronta para me entregar a este homem.

Ver Chase perder o controle comigo é tudo o que eu preciso neste momento; é algo que desperta meu lado malicioso, e eu quero aproveitar isso. Eu o empurro até as pernas dele tocarem a cama e ele cair sentado sobre o colchão. Então dou alguns passos para trás e começo a mover os quadris e deslizar as mãos pelo meu corpo, numa dança sensual só para ele. Os olhos do meu amado escurecem de desejo enquanto observam cada movimento, conforme me viro de costas e serpenteio lentamente o corpo, puxando a barra do vestido para cima e desnudando as pernas e o bumbum. No momento em que vê minha pele nua, ele deixa escapar uma série de exclamações abafadas, dando um ar lascivo ao ambiente. Olho por cima do ombro, segurando o vestido na altura da cintura.

— Está gostando do que vê, marinheiro? — pergunto, sorrindo.

— Cacete, claro que sim. E é tudo meu. Vem, eu quero tudo isso para mim... — ele fala, com a voz rouca.

Claro que é tudo para ele, mas não já. Ainda não terminei de provocá-lo, então balanço a cabeça e pisco para Chase. Ele afrouxa a gravata, tira a peça pela cabeça e a joga de lado.

Continuo com aquela doce tortura de levantar o vestido um pouquinho de cada lado, no ritmo de uma melodia que só eu posso ouvir. Depois de tirá-lo inteiro, seguro-o em uma das mãos com o braço esticado e, sem olhar para Chase, o deixo cair.

— Agora chega, Gillian. Não vou pedir de novo. — Ele está começando a se descontrolar, e eu, adorando cada segundo.

Orgulhosa de mim mesma, sinto a umidade se espalhar entre minhas pernas, me preparando para uma noite que certamente será memorável.

— Só um minuto, baby — sussurro e me apoio na parede, me inclinando para a frente. Usando apenas as meias de seda sete oitavos, começo a tirar os sapatos de salto.

— Porra — ele grunhe, se ajoelha no carpete atrás de mim e espalma as mãos na minha bunda, abrindo-a e passando a língua no pequeno orifício que nenhum outro homem tocou além dele.

Apoio as mãos nos joelhos enquanto ele lambe minha seiva, que começa a escorrer, passa a língua onde eu mais gosto de senti-lo e volta para sua nova obsessão.

— Hoje eu vou te comer por trás, baby. É o único lugar onde o meu pau ainda não entrou, e está mais do que na hora.

Ondas de medo e nervosismo, intercaladas com outras de prazer, me atravessam, como se eu tivesse tomado uma dose generosa de uísque envelhecido. Minha garganta está seca; a única parte do meu corpo que não está encharcada de prazer.

— Chase... — Ainda estou um pouco incerta quanto a esse novo passo.

Ele afasta ainda mais minhas nádegas e me toca com a língua. A sensação é única, diferente, estranha e estimulante ao mesmo tempo. Me entregar desse jeito a Chase torna nossa união mais profunda, da maneira mais sensual possível.

— Você vai me dar o que eu quero, baby? Vai deixar o meu pau meter em você aqui? Eu quero te comer por trás.

Ele começa a falar aquelas palavrinhas obscenas que sempre têm o efeito de me levar às alturas, me fazendo me perder numa névoa de luxúria desenfreada. Sua língua complementa as palavras e me transporta para uma posição de total submissão. Estou me tornando escrava do desejo de Chase, mas não tenho intenção nenhuma de me libertar.

— Tudo o que você quiser, baby. Eu sou toda sua. Não deixe de me tocar, Chase. — Suspiro de prazer.

Minhas palavras o deixam louco. Ele me ergue e beija minha boca. Eu sugo a língua dele, dando e recebendo tudo o que sou e quero, e um pouco mais.

Chase me leva para a cama e me deita devagar, cobrindo meu corpo com beijos, mordidinhas, desenhando pequenos círculos com a língua habilidosa, até me deixar tonta a ponto de não conseguir pensar direito.

Ele tira a roupa e eu fico observando cada centímetro da pele bronzeada e cada músculo bem delineado daquele corpo escultural. Chase é o homem mais maravilhoso que eu já conheci, por dentro e por fora, e daqui a três dias vai ser meu para sempre. Com um gesto rápido, ele abre a gaveta da mesinha de cabeceira e tira um tubo novo de lubrificante. Talvez nem precisasse, porque estou bem molhada.

Mais audaciosa do que nunca fui na vida, abro as pernas para que ele perceba quanto eu o desejo.

— Acho que não precisamos de nada, baby. — Passo a ponta da língua pelos lábios e desço a mão até a virilha, apertando dois dedos sobre meu núcleo e molhando-os com a prova do meu desejo. — Olha — digo, levantando a mão para mostrar os dedos brilhantes e úmidos.

Ele se inclina para a frente e coloca meus dois dedos na boca, passando a língua por eles. Esse gesto me excita ainda mais, me fazendo ansiar por ser possuída.

O olhar de Chase está fixo na penugem que cobre meu baixo-ventre. Eu sei que ele gosta de me ver assim e sabe que, com ele, não tenho inibições. Ao contrário: me sinto sexy, linda e livre de amarras.

Ele me cobre com seu peso e me surpreende com um beijo ardente. Tem alguma coisa diferente nesse beijo, talvez esteja um pouco mais sedutor. E funciona, pois eu me contorço debaixo dele.

— Dessa vez vai ser diferente, baby — ele me lembra e começa a beijar minha barriga, descendo devagar.

Não demora muito para eu começar a gritar o nome dele, segurando seu rosto, movendo o quadril aos movimentos da língua libidinosa. Depois de dois orgasmos seguidos — raramente ocorre apenas um —, ele finalmente para. Transar com Chase é desfrutar de uma refeição completa e não apenas dos aperitivos. Estou certa de que, se eu deixasse, ele me chuparia incansavelmente, me levando a orgasmos múltiplos até eu desmaiar.

Enterro os dedos no cabelo dele.

— Já está satisfeita? — Ele sorri, com a boca e o queixo lambuzados do meu mel. É uma visão tão sexy que sinto vontade de montar nele. Levanto a perna e tento fazê-lo deitar de costas, mas ele não deixa e captura meu mamilo túrgido com a boca.

— Humm... — murmuro e me seguro a ele conforme sou mais uma vez levada ao auge do prazer. A atenção que Chase dedica a meus seios e mamilos é tão excitante que de repente me vejo simulando o ato sexual com os quadris, esperando que ele me preencha. Contudo, ao contrário do esperado, ele me vira de bruços e, com um braço forte, me coloca de joelhos.

— Eu preciso te comer por trás, baby. Quero que você seja inteira e totalmente minha — ele sussurra na minha orelha. Em seguida raspa os dentes nas minhas costas, parando para beijar e acariciar de vez em quando.

Ao chegar à minha bunda, ele belisca e mordisca até o fim da curvatura na minha coxa. Sinto cócegas e começo a rir.

— Humm... interessante — ele comenta, mordendo de novo, provocando mais risos.

Apoio os cotovelos na cama, mas permaneço com os quadris elevados enquanto ele enfia um dedo no meu sexo, recobrindo-o da minha seiva e o levando até o meio da minha bunda. Ele pressiona um dedo, abrindo o pequeno músculo, que se contrai com a intrusão. Então lambe o centro, enquanto continua a me estocar com um dedo. Acompanho os movimentos com os quadris, até sentir meu ânus queimar quando ele introduz o segundo dedo.

Posicionando-se melhor, ele começa a estimular meu clitóris e em seguida abre mais minhas pernas, se preparando para me penetrar por trás.

Quando já estou gemendo e implorando por libertação, ele retira os dedos. O ruído da bisnaga de gel abrindo e fechando penetra a névoa induzida pelo tesão, até que uma sensação fria e gelatinosa se espalha na minha pele, substituindo os dedos dele. Chase se debruça sobre mim e leva uma das mãos ao meu feixe de nervos, lembrando meu corpo de que estava à beira do orgasmo quando ele interrompeu o ato.

— Vai arder um pouquinho, mas eu prometo que vai passar logo e que a sensação vai ser incrível. Confia em mim? — ele pergunta.

Eu respondo arqueando o quadril e pressionando a bunda contra seu pau ereto.

— Caralho! — ele ruge e segura meu quadril com força.

A invasão queima como ferro em brasa, apesar de só a ponta ter entrado.

— Respira, baby — ele sussurra, pressionando três dedos sobre meu clitóris e os deixando escorregar no calor úmido entre minhas coxas.

Ele investe mais fundo, centímetro por centímetro, enquanto centelhas de prazer sobem pelas minhas costas. Deixo escapar um gemido rouco.

— Isso... — Ele penetra mais alguns centímetros e eu solto o ar, sentindo a força e a solidez de sua circunferência.

Os dedos continuam deslizando para cima e para baixo, circulando meu clitóris enquanto ele aprofunda a penetração. Eu me sinto cheia, preenchida. Cada terminação nervosa parece aferroar meus membros.

— Quase lá, baby. Só mais um pouquinho e eu vou estar inteiro dentro de você... — Ele geme e belisca meu clitóris.

Pontadas de prazer ondulam pelo meu corpo como gotas de chuva pingando na pele nua quando ele pressiona o resto do pau para dentro. Então Chase comprime meu clitóris, forçando as paredes internas do meu sexo a se contrair.

— Caramba, você é tão apertada... Que delícia comer a sua bundinha. — Ele tira devagar e eu sinto cada centímetro do pau sólido e maciço escorregando para fora do tecido pulsante.

Fecho os olhos e inspiro quando ele investe novamente, de uma vez. Sem dor agora, somente a pressão, a sensação de preenchimento e um imenso prazer tomam conta de mim. Chase move o membro grande e duro para dentro e para fora com movimentos lentos e gentis. Eu não aguento... preciso que ele se mova com mais força, que me leve às alturas aonde quero chegar. Os tremores e formigamentos de um orgasmo galopante se aproximam.

— Me fode, Chase! — grito, fora de mim, avassalada pela paixão e por um tesão indescritível.

A voz de Chase soa tensa, evidenciando a dificuldade para se controlar.

— Não... quero... te... machucar... — ele fala entredentes, ainda movendo apenas alguns centímetros para dentro e para fora.

Os dedos hábeis continuam a deslizar pela área entre minhas coxas, num movimento repetitivo que faz meu clitóris latejar e doer. Eu me contraio o máximo que posso, usando apenas o músculo do esfíncter.

— Me fode — imploro. — Com força. Eu preciso... — choramingo, arqueando as costas para acolher toda a extensão dele. Parece um tubo de metal, forte e inquebrantável, penetrando meu traseiro em câmera lenta.

Por fim ele assimila minha súplica. Seus dedos se movem até meu clitóris e beliscam de leve.

— Isso! — eu grito.

E então é como se ele despencasse ladeira abaixo, um animal selvagem procurando libertação. O latejar constante do pau na minha bunda dá a impressão de que a ponta dele chega à minha barriga. Eu me sinto ser lançada em órbita, entregue, sem volta, todos os músculos contraídos e encilhados, como que revestidos de uma armadura de metal impenetrável.

Enquanto me sinto flutuar, ele ergue minhas costas contra seu peito recoberto de suor. Envolve um seio com uma das mãos e com a outra segura meu quadril para sustentação, antes de se retrair e então investir de novo, repetidas vezes. Esse ângulo me deixa apoiada no pau dele, entrando tão fundo que chego a ver pontinhos brilhantes diante dos olhos. Ele mete sem parar, deixando a força da gravidade agir a favor. Quando penso que é impossível sentir algo mais intenso que isso, achando que vou perder a razão, ele retorce meu mamilo com força e puxa, enviando correntes de excitação lá para baixo, entre as pernas. O prazer é interminável, e ele prova que é de fato poderoso, me tocando entre as pernas e enfiando o membro colossal nas profundezas do meu ser em um orgasmo avassalador. Vejo luzes piscar através dos olhos fechados e meu corpo parece ter virado geleia, mas eu aguento firme, querendo, ou melhor, *precisando* que ele goze também.

Por fim ele chega lá.

— Eu adoro trepar com você — Chase exclama, segurando meu quadril contra o dele e se inclinando sobre mim.

Mal consigo apoiar as mãos na cama, sentindo as bolas dele roçarem minha virilha. Chase me segura com tanta força que chega a machucar a pele nas laterais do meu quadril, seu corpo rígido e contraído arqueado para trás enquanto derrama jato atrás de jato quente no meu traseiro. Com a mão trêmula, ele me suspende contra si e em seguida tombamos juntos, de lado, sobre a cama.

Nós dois estamos tão ofegantes que parece que acabamos de vencer uma maratona.

— Essa foi a prova.

Mal consigo manter os olhos abertos, me sentindo cambalear num lugar estranho que deve ser algo como o País das Maravilhas.

— Prova de quê? — balbucio.

— De que definitivamente nós vamos trepar até morrer. — Um largo sorriso e dois braços fortes me mantêm firme no lugar.

— Seria um bom jeito de ir dessa para a melhor — sussurro, antes de mergulhar no limbo da inconsciência.

19

GILLIAN

Bang... Bang... Bang...

Um ruído estridente invade aquela espécie de ninho quente e aconchegante, me tirando à força do sonho em que estou me casando com Chase, e continua com batidas fortes na porta. Eu me sento para olhar para a maldita porta de carvalho, desejando que um tufão leve tudo o que estiver ali, me deixando descansar por oito horas inteiras. Caramba, seis horas já estaria bom. Chase pula da cama nu quando as batidas recomeçam.

— Davis? — ouço a voz de Tommy através da porta de madeira.

Resmungando, cubro a cabeça com o edredom e espero. Ouço o farfalhar de roupas.

— Só um instante — Chase grita enquanto veste alguma coisa.

Barulho demais para uma manhã de sexta-feira de folga na cama com meu noivo.

As dobradiças rangem quando a porta é aberta.

— O que foi? — Chase pergunta, num tom ríspido e acusador.

— Temos um problema — sussurra Tommy.

Abaixo o edredom até o pescoço e tusso. Os dois olham na minha direção. Chase está usando um short largo de pijama que eu coloquei na mala para ele, e só. Lindo de morrer... Eu é que deveria usar essa expressão afetuosa que ele dirige a mim com tanta frequência. O cabelo dele está desalinhado, deixando-o com um ar mais jovem e menos conservador. Tommy vira a cabeça e empina o queixo, indicando o corredor, e Chase sai da cabine e fecha a porta. Que ótimo, me deixaram no vácuo...

Eu me jogo para trás na cama e espero, tentando imaginar qual seria o motivo que levaria Tommy a vir bater à porta do nosso quarto... olho para o relógio... às sete horas da manhã. Tenho certeza de que já passava das duas quando finalmente pegamos no sono, depois da transa mais intensa e erótica de toda a minha vida. Relembrando agora, percebo que Chase me introduziu nesse novo território de maneira natural. Fico pensando se nossa vida de casados vai ser assim. Apesar de ser apenas cinco anos mais velho que eu, ele é muito mais experiente e tem muito mais conhecimento do mundo. Tenho a sensação de que não chego nem aos pés dele, nos meus vinte e quatro anos, seja nos negócios ou entre os lençóis. Só nessas duas áreas ele tem uma experiência muito mais ampla que a minha.

Acabo pegando no sono leve até sentir o colchão se mover e o perfume de sândalo de Chase me envolver. Eu me espreguiço e estendo os braços para abraçá-lo. Ele ri baixinho e deita em cima de mim. Quando abro os olhos, no entanto, percebo que os dele não estão azuis e brilhantes como de costume. Ao contrário, estão um tanto frios.

— Ei, o que houve? — pergunto, mordiscando o lábio e entremeando os dedos pelo cabelo dele logo acima da orelha, do jeito que ele gosta.

Ele fecha os olhos, abre em seguida e me beija.

— Você sabe que eu vou te proteger, né? — pergunta.

Essas palavras geralmente precedem uma má notícia ou uma informação devastadora. Sigo o olhar dele, que percorre os traços do meu rosto.

— O que foi?

— O Justin está morto. Ele se enforcou — Chase me informa, sem nenhuma emoção.

Imagens dos quatro anos que passei com Justin circulam minha mente como se fosse uma luz estroboscópica ou um filme corrompido. Algumas cenas são felizes, bonitas até, mas nada encobre as surras, a degradação ou a perda do bebê que eu estava esperando. Mas... alguém como Justin se enforcaria? Não faz sentido. Balanço a cabeça.

— Não pode ser... Ele era muito egocêntrico para tirar a própria vida. Tem certeza de que ele se matou?

Chase encolhe os ombros.

— É difícil saber o que se passa na cabeça de um homem que está para ser preso.

Eu conhecia Justin melhor do que ninguém. Não há a menor possibilidade de ele ter se suicidado.

— Encontraram alguma conexão entre o Justin e o assediador?

Pronto, agora tenho certeza de que alguma coisa está errada. Chase baixa o rosto e suspira.

— O Jack está preocupado com isso. O Thomas e os investigadores não conseguiram encontrar um único elo com os bilhetes, as chamadas telefônicas, a explosão ou o assassinato daquela moça. Tinha que ser ele. Ele te atacou, tentou te estuprar naquele banheiro... — Chase termina a frase resmungando.

— Sim, mas, por mais que você deteste ouvir isso, não me surpreende que o Justin tenha feito isso comigo. Ele sempre me viu como um brinquedo, para ser usado do jeito que ele bem entendesse, me batendo, transando em público... Essas coisas o excitavam.

Percebo que Chase não está gostando dessa conversa, tanto que ele se levanta, furioso.

— Só sei que o filho da puta está morto e eu não lamento nem um pouco! — exclama, passando as mãos pelo cabelo antes de afastar as cortinas, revelando uma visão estarrecedora do mar. Chase abre a janela e a maresia invade o quarto.

Sem me preocupar com minha nudez, eu me levanto e o abraço por trás. A tensão de Chase é fisicamente perceptível, pelos músculos contraídos e o ligeiro tremor de seu corpo. Apoio as mãos no abdome bem definido e roço o nariz nas costas dele.

— Eu lamento pela família e por aqueles que se importavam com ele, mas fico feliz que ele nunca mais vai machucar ninguém. Tenho certeza de que os policiais vão encontrar alguma coisa que prove que ele era o assediador.

Chase respira fundo para se acalmar, subindo e descendo os ombros. Percebo que a tensão está se esvaindo dos braços e do peito dele. Ele segura minhas mãos e as leva até a boca, beijando dedo por dedo, como já fez tantas vezes antes.

— Eu tenho um presente para você. Eu ia te dar no dia do nosso casamento, mas quero que seja agora. Use agora e então você vai entender como o meu amor por você é profundo — ele fala para o mar aberto, sem se virar para mim.

Dou uma risadinha e abro um sorriso.

— Adoro presentes — digo e mordo o músculo firme do seu ombro.

Ele ri, gira, me abraça e me examina desde as unhas dos pés esmaltadas de vermelho até os cachos ruivos do meu cabelo.

— Não existe no mundo uma mulher mais linda que você. Eu nunca vou te abandonar nem trair o presente que você trouxe para a minha vida. Gillian, você faz de mim um homem melhor, mais feliz, mais forte e disposto pra vida. Eu quero significar tudo isso para você também.

Eu me inclino para a frente e roço o nariz no pescoço dele.

— Mas você é tudo isso, Chase. Tudo isso e muito mais. — Eu o beijo no pescoço e sinto em meus lábios o coração dele pulsar.

— Espere um pouco. — Ele me solta, vai até o paletó que usou ontem à noite e tira do bolso uma caixinha longa e estreita.

Pego o robe creme no pé da cama e visto. O cetim me cobre como se fosse um bálsamo sobre a pele nua. É sensual e perfeito para o momento. Chase me conduz até a poltrona virada para a vista do mar. A brisa do oceano sopra sedutoramente no cabelo dele.

— Abra — ele murmura, enquanto me sento no colo dele com os pés enfiados entre o assento e o braço da poltrona.

— Esbanjador — brinco enquanto desamarro a fita branca que envolve a caixinha verde-água da Tiffany.

— Quem, eu? Nunca — ele diz, se fazendo de ofendido.

Reviro os olhos e abro a caixa. Dentro dela há uma corrente fininha e um pingente de platina com o símbolo do infinito. A palavra "amor" aparece entrelaçada no símbolo em letra cursiva. O pingente é de tirar o fôlego e representa Chase tão magicamente que não tenho palavras para descrever o que significa para mim.

— Gostou? — ele pergunta, traçando o símbolo do infinito sobre o tecido que cobre meu joelho. Acho que ele faz isso inconscientemente, o que torna este presente ainda mais especial.

— Gostei não... *amei* o presente e o que ele significa. — Contenho a emoção. — Chase, é perfeito.

Ele me dá um sorriso jovial e incerto, que retrata um rapaz que não tem certeza se está agradando a namorada. É uma das poucas vezes em que o vejo inseguro e desamparado.

Ele me beija docemente.

— Você vai usar no dia do casamento? — pergunta, meio envergonhado. O Chase tímido.

É a primeira vez que vejo esse seu lado novo e encantador.

— Se isso significar que você é meu, vou usar todos os dias — sussurro, com os lábios bem próximos dos dele. Chase abre um sorriso largo.

— Nós vamos ser muito felizes — ele diz, colocando a correntinha ao redor do meu pescoço.

O pingente fica logo acima dos meus seios. Chase abre o robe e admira meus seios nus com os raios de sol incidindo sobre o pingente. Então se inclina devagar e beija o símbolo.

— Até o infinito, meu amor — respondo, antes de selar a promessa com um beijo.

Deixo o robe deslizar pelas laterais do meu corpo e agradeço apropriadamente ao meu futuro marido pelo presente de casamento.

A mesa no deque superior está pronta para o brunch, e as meninas estão esperando minha chegada. Quando saio do banho, vejo um biquíni branco pendurado na porta. A parte de cima são dois triângulos, e a de baixo é amarrada com lacinhos nas laterais. A grande novidade é a palavra "Noiva" escrita na parte de trás, com cristais e zircônias. Há um bilhete sobre a penteadeira com a letra de Maria:

Vista isso e nos encontre no deque para o brunch.

Sem querer ser estraga-prazeres, visto o biquíni, que me serve como uma luva, embora os triângulos revelem um pouco mais do que eu gostaria — mas, afinal, é uma festa particular. Vai ser divertido irritar Chase. Ele vai surtar quando me vir com esse biquíni minúsculo. Espero que o máximo que aconteça seja terminarmos na cama com as pernas entrelaçadas, como hoje de manhã. Abafo o riso enquanto faço um coque rebelde no alto da cabeça. Um pouco de filtro solar, gloss nos lábios, rímel e estou pronta. Antes de sair, visto uma túnica brilhante sobre o biquíni. O tecido é transparente, mas cobre o que precisa e evita que eu me sinta exibicionista.

A música ambiente é calma, como aquelas que costumam tocar em spas. Maria e Kat estão deitadas praticamente nuas, tomando sol e recebendo uma massagem com uma toalha cobrindo apenas o traseiro numa maca especial.

Dana pula da cadeira e me abraça quando chego.

— Hoje é a festinha particular das meninas! Os meninos estão no outro deque bebendo cerveja, fumando charuto e jogando cartas. Pedi ao chef que preparasse uma refeição masculina e mandei colocar algum jogo no telão. Então somos só nós, garotas! — ela quase grita.

Depois que começou a namorar, Dana ficou diferente. O namoro está fazendo bem a ela, que está mais doce, divertida e animada. A antiga Dana era educada, reservada e muito profissional. Acho que gosto mais dessa.

— É normal fazer massagem no sol? — pergunto.

— Não — Dana responde. — Elas queriam se bronzear enquanto são massageadas.

Maria levanta a cabeça e ajeita os óculos de sol, fazendo-os prender seu cabelo escuro.

— Que gata, *chica*! Pelo visto a noite rendeu, *cara bonita*. — Ela sorri. — O Chase está de parabéns por te deixar com esse brilho na pele. — Então ri e volta a deitar a cabeça na maca.

— Isso é inveja — retruco.

A resposta vem abafada, mas ouço bem:

— Você vai ver quando chegar a minha vez.

Damos risada e Bree chega com um biquíni maravilhoso. Os seios aumentados por causa da gravidez estão cobertos por dois triângulos estampados com a cabeça de um Buda em cada um. A parte de baixo também é de lacinhos, com um sol bem na pélvis. A estampa de fundo é em estilo indiano, com desenhos miúdos que parecem ter sido feitos com hena. A barriga já está bem evidente. Eu me inclino, beijo seu ventre e converso um pouquinho com o bebê. Bree fica parada, orgulhosa. A essa altura ela sabe que, se as amigas querem conversar com o bebê, é mais fácil não contrariar.

Um garçom surge com um drinque para mim, uma mimosa. O deque inteiro parece um minispa confortável. O espaço é gigantesco. Além das macas de massagem, há espreguiçadeiras e mesinhas altas sofisticadas. O oceano se descortina à nossa frente, e atrás há uma mesa enorme com o café da manhã, incluindo uma variedade de sucos. Um garçom está ali para preparar as bebidas, tirar a louça usada e providenciar o que quisermos. Vejo uma moça parada num canto, segurando uma bacia e uma sacola cheia de apetrechos.

— Dana, quem é ela? — pergunto, me sentando numa espreguiçadeira acolchoada na sombra.

Minha pele é muito branca, e eu logo viro um camarão se ficar ao sol. Vou tentar manter a pele mais protegida quanto possível. Sardas não são acessórios muito legais. Bem diferentes dessa linda correntinha com o pingente, que se tornou o meu acessório favorito.

— Ela está aqui para fazer a mão e o pé de todas nós, e pode começar por você — Dana oferece e eu meneio a cabeça.

— Pra mim está ótimo.

A moça é bem jovem e provavelmente acabou de sair da escola de estética; é loira e tem olhos castanhos gentis. Com toda a eficiência, ela arruma seus instrumentos e enche a bacia com água para que eu coloque os pés. Bree está sentada a meu lado, e Dana, um pouco afastada.

— Dana, você também participa — digo com firmeza. — Não é para ficar de lado. Você se tornou uma amiga. A Chloe também foi convidada, né?

Ela se aproxima e se senta em outra espreguiçadeira.

— Ela foi, mas acho que não vamos vê-la. Pelo visto ela precisa dormir para se recuperar da noite passada. — Dana para de falar e tosse. — O Maxwell, nosso advogado, também não está participando da reunião dos rapazes... pelo mesmo motivo.

— Ah, espero que eles fiquem bem.

Tomo um golinho do drinque e Bree me olha como se eu fosse idiota.

— Sério? Os dois estão se recuperando de ontem? — ela fala, com uma ponta de ironia. — Eles pareciam estar se divertindo bastante... Aposto cem dólares que estão na cama juntos agora.

Sinto o rosto esquentar ao perceber como fui ingênua em não ter somado dois mais dois.

— Eu não vou apostar nada. Você tem razão. Eles estavam se dando bem até demais. — Dou uma risadinha e ela meneia a cabeça. — Já que estamos falando de sexo... eu quero contar uma coisa para vocês — começo, sentindo necessidade de compartilhar o que aconteceu ontem.

Maria levanta a cabeça. Kat demora um pouco mais, mas faz o mesmo e coloca os óculos na cabeça.

— Vamos ao que interessa. — Maria se senta, nua como um pássaro, os seios balançando por *todos* os lados, literalmente, já que nossa amiga é muito bem-dotada.

Ela tem o corpo igual ao da Jessica Rabbit, só que mais musculosa, por causa da profissão de dançarina. Depois se levanta, veste o roupão, amarra na cintura e aceita a taça de champanhe com suco de laranja. Kat também se apressa, mas demora um pouco mais para se aproximar, preocupada em esconder o corpo.

Quando estamos todas sentadas em círculo, Maria me olha com firmeza.

— Fala, *hermana*. O que te passa pela cabeça?

Tomo o restante do meu drinque e gesticulo pedindo mais um. O garçom traz o champanhe e o suco de laranja.

— Só o champanhe, obrigada. — Dou um sorriso e me viro para as quatro mulheres, que esperam pacientemente. É estranho falar nesse assunto na presença de Dana, afinal Chase é o chefe dela. — Você não pode contar nada disso para o Chase — peço com franqueza.

Ela balança a cabeça e cruza os dedos sobre os lábios.

— Prometo — fala baixinho e olha ao redor para verificar se não há homens por perto.

— Então, ontem à noite, o Chase e eu... hum... vocês sabem... — tento explicar mas fico sem palavras.

— Transaram? — Maria completa.

— Sim — concordo, meneando a cabeça. — Mas foi outro tipo de transa. — Franzo as sobrancelhas e elas me olham, confusas. Eu suspiro. — Nós fizemos sexo anal pela primeira vez! — falo de uma vez, as palavras saindo da minha boca como pedras caindo por um desfiladeiro.

— E...? — Kat pergunta, imperturbável.

— Humm... eu adoro sexo anal — Bree murmura e, cruzando os dedos atrás da cabeça, se reclina na cadeira e fecha os olhos, feliz, como se estivesse relembrando alguma experiência similar.

Surpreendentemente, Maria não diz nada, mas eu insisto no assunto.

— Então todas vocês já fizeram? — pergunto, espantada.

Minhas três irmãs de alma respondem que sim com a cabeça. Dana está paralisada e também faz que sim.

— Kat, você faz sempre? — pergunto, perplexa diante do fato de que, nesses anos todos em que somos melhores amigas, nunca tocamos no assunto. Neste momento parece muito importante. Talvez porque tenha sido algo novo para mim. Eu me sinto uma virgem contando para as melhores amigas sobre a primeira vez.

Kat pega uma uva na mesinha lateral, que está repleta de petiscos, e coloca na boca.

— Sempre, não. Para mim é algo diferente e excitante. Além do mais, você precisa estar bem relaxada para achar bom. O Carson e eu só fizemos umas duas vezes.

— Você e o Carson fizeram? Como é que eu não sabia? — Agora estou me sentindo por fora de um grupo de mulheres descoladas e muito mais experientes que eu.

— O que você esperava? Você acha que eu ia pular de alegria e contar para você toda vez que fizesse sexo anal? — Kat pergunta, abafando o riso.

Balanço a cabeça, intrigada.

— E você, Bree? Como foi a sua experiência?

— Bem, com o Phillip eu não fiz ainda. Ele acha que pode machucar o bebê. Aposto que ele nunca fez e tem medo de tentar uma novidade. Se bem que ele foi casado... — Bree franze a testa com charme. Tudo nela é bonito. — As pessoas casadas não fazem de tudo? — Ela dá de ombros e contrai os lábios. — O meu último namorado gostava de sexo anal. Ele estava disposto sempre que eu quisesse. Depois que deixou de ser novidade, ficou meio entediante.

— Eu acho que o problema era ele — Maria comenta. — O seu ex era burro como uma porta, mas mais gostoso que o deus Hades no fim do verão.

— E não era?! — digo, brincando.

Bree sorri e meneia a cabeça com ênfase. Maria ainda não contou nada.

— E você, Maria? Como foi a sua experiência?

Ela tosse e vira a taça inteira de mimosa num gole só. Não é bom sinal. O garçom surge não sei de onde e enche sua taça até a borda.

— Minha experiência não foi nada bonita — ela diz, sem muita emoção.

Conheço aquele tom de voz. Deve haver monstros escondidos debaixo da cama dela. Estou prestes a mudar de assunto quando Bree pergunta:

— Você não gostou?

Maria balança a cabeça. A expressão em seu rosto se transforma e os olhos perdem o brilho.

— Não foi isso, amiga. Eu não tive escolha. O Antonio fez o que quis e quando quis, mas não gastou seu precioso tempo preparando o grande evento. — Ela se levanta e o roupão tremula com a brisa. — Preciso ir ao toalete.

— Droga, droga, droga! — Bree exclama depois que Maria se afasta.

— Que merda, Bree. Até eu identifiquei os sinais — Kat a repreende e joga uma uva nela.

— Eu não sabia... Ela nunca fala do Antonio. A Gigi sempre conta sobre o Justin, mas a Maria nunca tocou no assunto. — Bree massageia as têmporas com movimentos circulares.

Dana observa a troca de justificativas, e eu tento recolocar a situação nos eixos.

— Tudo bem, amiga. A Ria já é grandinha e consegue lidar com isso, mas não fale mais sobre o assunto quando ela voltar. É melhor. Quando ela quiser, vai comentar sobre a experiência. Tenho certeza de que não vai ser aqui nem agora, a dois dias do meu casamento. A Maria é assim com experiências ruins; ela guarda para si.

As três acenam com a cabeça, se deitam e mudam de assunto. Maria volta e se senta em sua cadeira, já com uma expressão mais alegre. O clima volta a esquentar quando Dana comenta:

— Gigi, que corrente linda. É nova?

Estreito os olhos. Vou ficar muito desapontada se souber que ela teve alguma participação na escolha.

— Por quê? Você já tinha visto? — pergunto, num tom malicioso que não foi intencional.

— Não, só achei bonita. — Ela se recosta na cadeira e leva a mão ao peito.

— O Chase não te pediu para ajudar a escolher? — Preciso saber se o presente foi tão especial para ele quanto é para mim.

Ela balança a cabeça negativamente. No mesmo instante, minha frustração desaparece e eu levanto a corrente para mostrar a todas.

— É o meu presente de casamento. O Chase adora o símbolo do infinito, tem mania de desenhar na minha mão com o dedo. Mandou fazer este pingente para me dar de presente. Ele vai morrer quando ganhar o dele! — Começo a rir.

— Por quê? O que você vai dar para ele? — Kat pergunta.

— Eu encomendei um par de abotoaduras com o símbolo do infinito. — Acho graça e as meninas também.

— Vocês dois vivem um amor de cinema — Bree reflete, melancólica.

— Eu sei. — Abro um sorriso, depois fecho os olhos e me recosto na espreguiçadeira, curtindo o momento e sentindo a brisa do mar. — Daqui a dois dias eu vou ser a sra. Chase Davis...

Dana se levanta.

— Vou ver como estão os rapazes e verificar se está tudo em ordem.

Nós quatro vaiamos de brincadeira, mas ela se afasta rapidamente para cumprir seu dever. Tenho que dar crédito a Dana, pois ela fez um trabalho excelente na organização do casamento e cuidou para que tudo ocorra dentro do previsto. Este passeio de iate é a cereja do bolo.

— Saúde! — Maria exclama depois que Dana sai.

Nós quatro erguemos as taças e brindamos. A taça de Bree está cheia de refrigerante, mas ela está curtindo mesmo assim.

— Minha vez de fazer um brinde! — Bree chama atenção, respira fundo e olha cada uma de nós nos olhos. — A sempre saber o que é importante na vida. — Ela coloca a mão sobre o ventre. — E a sempre lembrar que nos amamos e somos unidas por um elo que jamais vai se romper. Nós quatro vamos ser assim para o resto da vida.

— *Salud!*

— Saúde!

— Amém, irmã!

X

As sombras e as roupas escuras que estou vestindo me disfarçam entre os outros turistas, e assim entro furtivamente no lugar preparado para o casamento da minha garota. Imagine minha alegria quando cheguei dois dias antes do planejado e descobri que não há segurança alguma no local do casamento. Foi bem fácil conhecer os detalhes através dos papéis no escritório de Dana e o mapa das salas marcadas. Cada quarto tem um nome em espanhol, coerente com o tema mexicano. Eu nunca disse que Chase era burro. Ao contrário, ele foi esperto por escolher a mulher mais perfeita do mundo, mas é um tonto por não saber como mantê-la. Estudo a cópia do mapa que tirei da gaveta de Dana.

Cerimônia: pérgola exterior, com visão de cento e oitenta graus do oceano.

Festa: *Sala de Sol.*

Quarto do noivo: *Sala de Luna.*

Quarto da noiva: *Sala de Diosa*, ou seja, sala da deusa. Perfeito para a minha garota.

O quarto da noiva está aberto, decorado com acessórios luxuosos, apropriados para uma moça que está se preparando para casar com o suposto amor da sua vida. O lugar é perfeito. Olho para as janelas e portas de conexão e preparo uma estratégia. Há uma porta que sai desse cômodo para o jardim, de onde segue um caminho em que posso deixar o furgão da lavanderia estacionado. Vou pegar um uniforme da equipe de manutenção quando terminar aqui. O pior cenário vai ser se Chase colocar um capanga tomando conta da porta, mas isso não vai ser problema. Nada que um pouco de etorfina não resolva. Depois de muita pesquisa, descobri que esse sedativo de uso veterinário é a alternativa perfeita e mais fácil de conseguir. Só precisei invadir uma clínica veterinária para animais de grande porte. É um sedativo usado para dopar cavalos e fica trancado num armário, mas bastou usar um machado para abri-lo. Peguei o antídoto também, mas não pretendo usá-lo nesses idiotas. Se eles forem socorridos a tempo podem sobreviver... se bem que não estou nem um pouco preocupado com isso.

O som da minha gargalhada irrompe no cômodo deserto e mergulhado na penumbra, ecoando nas paredes e perturbando aquela paz exótica. Vai ser muito fácil.

Mais dois dias, meu doce, e você será minha mais uma vez.

20

GILLIAN

Contentamento.

Essa é a sensação que move o sangue pelas minhas veias e é a responsável por fazer meu coração disparar como se fosse saltar do peito quando olho para o lugar onde vou me casar com Chase. A brisa suave acaricia minha pele como se fosse uma pluma. À minha frente vejo cadeiras marrom-escuras forradas com tecido branco, dispostas em fileiras de quatro cada, dos dois lados do corredor. Este não é menos impressionante. Uma espiral de flores brancas sobe em amplos caracóis até a teto do gazebo, que foi construído para o evento de hoje com um tecido branco vaporoso, o qual também reveste cada uma das vigas de madeira, criando um efeito mais suave. Há uma variedade de cravos, lírios e outras flores cujo nome eu não sei em uma longa fileira de ramalhetes circulares ao longo da viga principal, a que vai ficar acima da nossa cabeça quando dissermos o sim.

— Incrível — sussurro para Dana, que está a meu lado em silêncio. — É muito mais do que eu sonhei em toda a minha vida...

Ela abre um sorriso largo.

— Fico feliz. Sabia que, antes de conhecer você, o Chase raramente sorria? Agora ele vive sorrindo, mas principalmente quando está do seu lado. Acho, sinceramente, que você foi a melhor coisa que aconteceu na vida dele.

Mentalmente me recrimino conforme as palavras dela atingem meu coração. Agora parece ridículo pensar que eu tive tanto ciúme do relacionamento deles.

— Obrigada, Dana. Eu sei que o Chase gosta muito de você. O seu namorado vai vir, né? — Toda a alegria dela se esvai e Dana balança a cabeça.

— Na verdade ele veio. Chegou ontem, enquanto todos do grupo estavam ocupados com outras coisas e você e o Chase estavam no quarto. Tivemos uma noite maravilhosa. — Ela sorri. — Mas hoje cedo ele me acordou e disse que tinha que voltar para os Estados Unidos porque surgiu *mais uma* emergência no trabalho. Ele está no aeroporto agora, aguardando o próximo voo de volta. Sei lá, ele é contador. O que pode ser tão importante no trabalho que não possa esperar um ou dois dias? — ela reclama.

— Que pena. — Eu a abraço. — Quem sabe da próxima vez?

Ela encolhe os ombros. Reparo que Dana reconstrói a armadura profissional, peça por peça. Endireita as costas, se apruma e olha para mim, pronta para enfrentar o mundo.

— Não se preocupe. Hoje o importante é o seu casamento com o Chase e a preocupação é tornar este dia o melhor da sua vida. Vamos, você precisa se vestir.

Sigo Dana até a *Sala de Diosa*. Entramos e a última pessoa que eu gostaria de encontrar está ali à minha espera.

— Olá, sra. Davis. Como vai? — Dana a cumprimenta. — A senhora está adorável como sempre. — Ela se desmancha em elogios.

— Sim, bem, algumas pessoas levantam cedo. Você me parece ótima, querida. — Os cantos dos lábios finos de Colleen se curvam para cima em algo remotamente semelhante a um sorriso.

Dana se aproxima e a cumprimenta com dois beijinhos. Aparentemente a antipatia de Colleen Davis se restringe a mulheres que amam o filho dela.

— Eu gostaria de dizer o mesmo da futura mulher do Chase — ela alfineta e me estuda com o olhar frio.

Coloco minhas coisas na cama e olho para mim mesma. Estou vestindo um agasalho branco de veludo, com as palavras “Noiva Bundelícia” escritas atrás da calça. Chase achou a coisa mais engraçada que ele já tinha visto, tanto que tirou uma foto do meu traseiro e salvou como papel de parede no seu iPhone.

— A senhora sabe que hoje é o dia do meu casamento, né? Com o seu filho? — eu a relembro com o mesmo desdém que ela merece pelo comentário.

Como sou de uma classe inferior, prefiro não dizer mais nada.

— Claro que sim, querida. Não precisa ficar tão irritada. Sou eu que estou com problemas. O meu filho vai se casar com uma vagabunda interesseira perseguida por um fulano que quer que ela e todos à sua volta morram. — Seu tom de voz é tão sibilante quanto o de uma serpente dos infernos.

Dana fica boquiaberta, chocada. Nesse instante, minhas amigas entram no quarto como uma avalanche para me salvar. Maria, Bree e Kat estão rindo, felizes.

— "Lá vem a noiva toda de branco..." — elas cantam e me puxam para dançar.

Quando terminam de cantar a música toda, eu relaxo e me sinto abraçada com amor. Era tudo o que eu precisava, depois das palavras amargas de Colleen. Maria estende os braços, põe as mãos nos meus ombros e me faz virar, enquanto ri.

— Você está linda, e o seu *culo* é uma bundelícia mesmo — ela diz, com aquela entonação ítalo-hispânica calorosa o suficiente para fazer a rainha dos urubus parar de tentar arruinar o meu bom humor.

— Ãhã. — Bree contrai os lábios e olha para o meu traseiro. — Não tenho dúvida de que isso aí é resultado das aulas de ioga. Nossa, eu sou muito boa no que faço! — Ela afasta uma mecha do cabelo loiro.

— Muito bem, meninas. Vocês vão fazer cabelo e maquiagem no salão lá embaixo. Quando estiverem prontas, vou chamar o fotógrafo para tirar algumas fotos de vocês — Dana anuncia.

Kat chega mais perto, segura minha mão e olha para a mulher amarga sentada na cadeira de rodas atrás de mim.

— Você está bem? — sussurra, franzindo o cenho.

Eu a abraço e meneio a cabeça.

As três saem do quarto cantando uma versão reduzida de "My Girl" e descem para o salão. Eu acabo me sentindo melhor, contagiada pelo bom humor delas. Não vou deixar que essa mulher feia e triste estrague o melhor dia da minha vida.

Alguém bate à porta.

— Gigi, eu trouxe um cabeleireiro para fazer o seu cabelo e a sua maquiagem — Dana avisa, abrindo a porta.

Um rapaz com uma frasqueira cor-de-rosa e uma mochila com apetrechos de salão entra no quarto como se fosse o dono do lugar.

— Onde está a minha noiva? — ele pergunta com a voz afetada e estala os dedos.

É óbvio pela calça skinny preta, a blusa amarrada na cintura e o cinto adornado que esse é o meu cabeleireiro. Seu cabelo é liso e cortado em estilo moderno. Um brilho perolado delineia seus lábios. Acho que não preciso pensar muito para dizer que ele é gay.

— Eu sou o Randi. — Ele se aproxima e entremeia os dedos no meu cabelo. — Para tudooo! Por favor, diga que você é a minha noiva.

Os olhos azuis muito claros lembram os de Maria. Eu confirmo, meneando a cabeça, e ele cai de joelhos, segura minhas mãos e as beija.

— Randi, às suas ordens, minha rainha — diz, sorrindo.

Eu gosto dele na hora. Olho para trás e vejo que Colleen obviamente não compartilha da minha simpatia por Randi.

— Vou verificar algumas coisas e volto depois — Dana anuncia. — A senhora não quer vir comigo, sra. Davis? — ela convida.

— Obrigada, querida. Você não se importa? Me faria a gentileza de...

Ela inclina a cabeça na direção do encosto da cadeira. Tenho certeza absoluta de que Colleen nunca empurrou a própria cadeira de rodas. Seria demais sujar aqueles dedos de ouro. Imagine, ela poderia quebrar uma unha... O mundo ruiria se isso acontecesse.

Dana vai até ela e passa com Colleen pela porta. Eu cantarolo um "obrigada" e ela sorri, me deixando sozinha com Randi para cuidar do meu cabelo e maquiagem.

Randi é um mestre. Duas horas mais tarde, meu cabelo está perfeitamente penteado e eu nunca estive tão bem maquiada. Eu realmente me sinto linda. Ele me dá beijinhos no ar dos dois lados do rosto e vai cuidar do seu material de trabalho.

— Não bagunce a minha obra de arte até o fim da cerimônia — avisa.

Coloco a mão na testa e o saúdo.

— Pode deixar, senhor!

— Nos vemos nos Estados Unidos. Eu sou o seu novo cabeleireiro, caso você não saiba — ele diz, enquanto guarda suas coisas.

— É mesmo? Eu não sabia que o Chase ou a Dana tinham contratado alguém. — Estou confusa. Por que não fui informada disso?

Ele sorri, abre a porta e se vira para mim antes de sair.

— Eles não contrataram, mas você vai contratar. Alguém precisa domar esse cabelo rebelde e deixar a sua pele rosada para todos os jantares dançantes que você vai ter de hoje em diante. Então, como eu já disse, te vejo nos Estados Unidos. — Ele me encara, claramente esperando uma resposta.

— Considere-se contratado, Randi — digo.

— Não deixe ninguém além de mim encostar em você até voltarmos para casa — ele recomenda, e ao sair tromba com um super-herói alto e moreno. Meu noivo.

Chase segura Randi pelo pescoço e o empurra para dentro do quarto, contra a parede. O cabeleireiro se apavora e grita como uma mocinha.

— Solte o rapaz, Chase! — berro, tentando soar mais alto que os gritinhos desesperados do garoto.

— Você conhece esse cara? — Chase vira a cabeça para mim e pergunta. Depois aproxima bem o rosto do de Randi. — Esta é a minha noiva, e só eu posso encostar nela, entendeu? Quem é você, afinal? — ele ruge.

— Calma, é um engano! — Os olhos de Randi estão esbugalhados, e Chase afrouxa um pouco a mão.

— Ele é o meu cabeleireiro, Chase! Largue o rapaz. Ele estava falando do meu cabelo! — grito com tanta ênfase que sinto meus dentes tilintarem.

Respiro fundo quando Chase deixa os pés de Randi tocarem o chão. Corro para acudir o rapaz, que está tossindo e engasgando. Providencio um copo de água e entrego a ele.

— Santo Deus, você vai se casar com o Hulk... — ele murmura antes de tomar um gole e me olhar com pavor.

Chase se aproxima de novo e Randi pula e se esconde atrás de mim, me empurrando para a frente. No mesmo instante, ergo as duas mãos para Chase, que está parecendo um selvagem.

— Ele é inofensivo, baby. Respire fundo — digo e acaricio seu peito. Finalmente ele volta ao normal e repara na minha aparência.

Estou com um lindo penteado, a maquiagem perfeita e usando o robe de cetim creme. Minha lingerie especial está logo abaixo do tecido. É uma surpresa para mais tarde.

— Por que você está sozinha com ele? Onde está o Austin? — ele me censura.

Austin aparece na outra porta, onde estava vigiando.

— O senhor precisa de alguma coisa? — pergunta.

— Quem deixou esse palhaço entrar? Ele podia ter machucado a Gillian — Chase fala, nervoso.

Austin dá um sorrisinho de lado, mas logo se recompõe quando Chase estreita os olhos na direção dele.

Randi solta um riso debochado.

— Eu? Machucar como, com a minha escova? Ora, por favor. Relaxa, fortão. Você vai acabar com uma hérnia desse jeito — ele brinca.

Chase tensiona o maxilar e cerra os dentes. Randi corre e se esconde atrás de mim de novo.

— Chase, a Dana o contratou para fazer o meu cabelo e a minha maquiagem. Viu? — Aponto para o lindo trabalho de Randi. A expressão no rosto de Chase se suaviza e ele esboça um sorriso doce.

— Você está maravilhosa, baby. — Ele me puxa para um abraço e respira fundo. — Desculpe se eu exagerei. — Roça o nariz no meu e me beija lenta e voluptuosamente, do jeito que eu gosto.

Randi começa a gesticular.

— Droga! Agora vou ter que refazer tudo. Não existe uma superstição que diz que dá azar o noivo ver a noiva antes do casamento?

— Eu precisava ver a minha garota. — Chase me encara. — Eu vou me casar com você em uma hora. Está pronta?

Abro um sorriso e o enlaço pela cintura, logo acima da bunda firme.

— Posso me arrumar em dois minutos. Que se dane a hora — digo.

— Ah, nada disso! — Ouço Dana entrando no quarto. — Chase, como você já está de smoking, vá tirar as fotos. O fotógrafo da *People* está esperando para tirar uma foto sua, do padrinho e das madrinhas.

Eu me reteso inteira.

— Nós não tínhamos combinado que não haveria imprensa? — pergunto e desmorono nos braços de Chase.

— Não deu para evitar. Assim eles têm uma exclusiva e nós não vamos ter helicópteros rodeando o resort. Por enquanto nada vazou, mas eu não queria arriscar chamar a atenção dos paparazzi quando chegarmos em casa.

Anuo e suspiro, encostando a cabeça no pescoço dele. O perfume de sândalo me transporta para outra esfera, bem mais sensual.

Chase se afasta e prende o olhar ao meu.

— Mais uma hora e você vai ser minha para sempre.

— Eu aceito de bom grado, baby. Até a eternidade — sussurro em seus lábios.

Os olhos dele escurecem até ficar azul-celeste, uma cor que me faz tremer os joelhos. Ele passa o dedo sobre o pingente no meu pescoço.

— Até o infinito está bom — promete e eu anuo.

Um último beijo e meu noivo sai pela porta com a mesma rapidez com que chegou. Randi passa um pincel no meu rosto e ajeita meu cabelo, cuidando para que tudo esteja perfeito.

Assim que todos saem, coloco o vestido de noiva. Kathleen se superou. Olho para meu reflexo no espelho de corpo inteiro. O vestido é de cetim com um pouco de tule. A barra é toda bordada com cristais Swarovski, que sobem um pouco pela saia em pequenos veios, para em seguida a salpicarem inteira. Quando mexo o corpo de um lado para o outro, os cristais brilham e formam semicírculos no ar com as cores do arco-íris. O decote atrás desce até a cintura, deixando as costas inteiras nuas. Chase provavelmente vai desmaiar quando me vir. Tenho certeza de que ele vai passar a noite inteira acariciando minhas costas. Ele não consegue se segurar. No fim das contas, Kat providenciou para que meu vestido de noiva fosse insinuante, elegante e tudo o que eu sempre sonhei desde pequena.

Eu, Gillian Callahan, finalmente vou me casar com o meu príncipe.

Enquanto estou sonhando com a vida incrível que vou ter, Colleen Davis volta para o quarto.

X

Falta uma hora. As três piranhas estão paquerando o fotógrafo da *People* e Chase está agitado por ali. Jack está vigiando a área e os idiotas deixaram Austin Campbell sozinho cuidando da porta dos fundos. Deslizo pelo muro, me escondendo atrás de um grande arranjo tropical. O imbecil está a poucos metros da porta, falando ao celular e olhando ao longe. Silencioso como uma cobra, puxo a seringa e a seguro com firmeza com a mão direita. O elemento surpresa está de novo a meu favor.

Como um guepardo, pulo nas costas dele e espeto a agulha no pescoço, do lado direito da carótida. Austin se vira e me acerta um soco no rosto. Com o maxilar deslocado, caio contra o muro, mas não antes de ver o corpanzil dele balançar. Ele estica os braços como uma múmia, tentando me alcançar. Alguns segundos depois, desmorona no chão. Quanto mais altos eles são, pior é o tombo. Eu o seguro pelas mãos e o arrasto até a folhagem acumulada perto do muro. Pelo menos ninguém vai encontrá-lo tão cedo.

Recompondo-me, colo o ouvido na porta. Ouço minha garota conversando com alguém.

— É bom que você faça o meu filho feliz — diz uma mulher.

— Sra. Davis, eu juro que é isso que eu pretendo. Ele é tudo pra mim. Vou fazer o que puder para que ele se sinta amado, feliz e completo. Isso é tudo o que eu quero no mundo — Gillian responde.

Nossa, eu odeio aquela velha encarquilhada. Fico doente com o jeito como ela fala com a minha garota. Levanto a lâmina afiada, sabendo o que preciso fazer. É agora ou nunca. Não vou deixar que uma velha aleijada arruíne minhas chances de finalmente ter Gillian.

Invado o quarto e sou recebido por duas mulheres chocadas.

— Danny?! — Gillian exclama. — O que você está fazendo aqui? — Ela olha para mim e vê que estou com o uniforme da equipe de manutenção e, principalmente, com uma faca na mão direita. — Não... — Ela arregala os olhos, abre e fecha a boca. — É v-você! — Os olhos verdes ficam marejados.

— Gillian — sussurro, admirando seu corpo inteiro, devorando com os olhos a visão etérea dela no vestido de noiva. De repente a raiva brutal me atinge como um soco no estômago. Ela não se vestiu para mim. Aquela beleza perfeita, o halo de luz que a circunda, é para *ele*... o ricaço imbecil.

— Meu rapaz, é melhor você sair antes que eu peça socorro — o saco de ossos berra.

Balanço a cabeça e me aproximo da mulher, seguro-a pela cabeça e olho para Gillian.

— Me solte, seu vagabundo! Você sabe quem é o meu filho? — Aquele tom esganiçado de voz é demais para a minha paciência.

— Se eu sei quem é o seu filho? — Puxo a cabeça dela para trás com força, inclinando seu queixo para cima.

— Não, Daniel. Vamos falar sobre isso... vamos conversar. Deixe-a fora disso.

Gillian começa a estreitar a distância entre nós. Puxo a faca e a aponto direto para o pescoço flácido e enrugado da velha, que parece o pescoço de um peru.

— Nem mais um passo. Vá até ali e se sente na cama. Agora! — ordeno, contendo o tom de voz, sem querer chamar atenção. Tenho mais ou menos quinze minutos antes que a biscate loira que tenho comido ultimamente venha chamar a noiva.

Antes que eu possa tomar uma decisão, a velhota morde meu pulso com tanta força que arranca sangue. Em menos de cinco segundos ela está com um novo sorriso no rosto, de orelha a orelha. O sangue jorra e se espalha pelo vestido roxo. Os olhos esbugalhados reviram para cima. Vejo a vida deixar o corpo dela. É o mínimo que eu posso fazer.

Um ruído chama a minha atenção. Gillian chegou até a porta e tenta abri-la. Avanço rápido até lá e a puxo para trás com força pelo vestido. Deixo a faca cair e a arrasto de volta para dentro do quarto, cobrindo sua boca com a mão. Assim como a velha, ela tenta me morder.

— Merda! Pare de lutar ou eu te mato — sussurro na orelha dela.

Ela para no mesmo instante. Fecho a porta com um pontapé e afasto a mão.

— Você vai me matar de qualquer jeito! — ela grita e finca o salto alto no meu pé, mas no segundo seguinte eu revido e acerto um soco no rosto dela.

Gillian cai no chão, com sangue escorrendo da boca machucada. Meu anel deve ter acertado o lábio dela no golpe. Sua queda me dá tempo suficiente para pegar a outra seringa no bolso e me preparar para espetá-la.

Gillian é rápida. Ela se apressa para levantar, embora o vestido a impeça de se movimentar com agilidade. Ela grita a plenos pulmões e eu pulo. Estou em cima dela. Ela chuta e grita o mais alto que consegue. Seguro um dos punhos dela, mas ela me arranha com a outra mão, as unhas parecendo pequenas lâminas me escalpelando vivo. O sangue escorre dos quatro vergões, sujando tudo enquanto rolamos no chão. Finalmente consigo levantar o joelho e prendê-la no chão. Com toda a força que tenho, eu a imobilizo e injeto a agulha no seu pescoço.

— Não, por favor, não! — O grito dela se transforma em um murmúrio enquanto a seguro por mais alguns instantes, até ela apagar.

Eu a levanto rápido e a jogo na cama. Em seguida enrolo o corpo dela no edredom, seguro pelas pontas e a puxo pelo chão. O sangue me cobre por inteiro. Sorte que estou com outro uniforme igual por baixo. Ter duas caras é comigo mesmo. Além do mais, roubar dois uniformes do quartinho da manutenção não fez diferença. Foi tão fácil quanto roubar um.

Já do lado de fora, levanto Gillian nos braços e a carrego rapidamente para o carrinho da lavanderia industrial, que deixei à nossa espera num local estratégico. Jogo lençóis em cima dela e empurro o carrinho na direção do furgão. Alguns funcionários do hotel cruzam comigo e eu sigo assobiando, como qualquer um fazendo seu trabalho. Não tem nada de diferente ou suspeito ali.

GILLIAN

Rosas mortas. O cheiro pútrido paira no ar como se fosse um gás tóxico, me acordando do sono induzido por alguma droga. O cheiro é familiar e enjoativo. O lugar onde estou está totalmente escuro. Vejo apenas uma fresta de luz prateada debaixo do que deve ser uma porta.

Os cristais do vestido arranham o piso frio e duro sob mim, como se fosse um rato raspando as unhas. A renda e as contas farfalham quando tento me sentar. A corda seca e grossa que me prende as mãos e os tornozelos fere minha pele conforme eu me mexo. É muito difícil respirar esse ar úmido e sufocante. O suor escorre desconfortavelmente em pequenos veios na linha do meu cabelo e entre os seios. Minha boca está tão seca que não tenho o que engolir.

Não é assim que eu esperava que fosse o meu dia. Neste momento eu deveria estar beijando o homem que amo, prometendo ficar com ele pela eternidade. Os pensamentos sobre Chase atravessam minha mente e as lágrimas escorrem em profusão, traçando um caminho na sujeira do chão. Faço o possível para enxugá-las com a manga rendada do vestido, pois não quero que *ele* me veja chorar. A última coisa de que preciso é provar a ele que estou fraquejando. Se eu quiser sair desta situação viva, voltar para Chase, meus amigos e minha vida, tenho que jogar o jogo pervertido desse sujeito e sair vitoriosa. Caso contrário, ele me mata.

Minha última esperança é que alguém o tenha visto me levando, ou que ele tenha deixado pistas. Nunca cogitamos o nome de Daniel "Danny" McBride como o meu assediador. Nunca houve razão para suspeitar dele. Terminamos o namoro meses antes de eu começar a sair com Chase. Não faz sentido. Namoramos por menos de um ano. Sim, fui eu que terminei, mas ele não me pareceu ficar nem um pouco abalado. Merda, como eu estava errada. Ele matou a mãe do Chase! Meu amor vai encontrá-la com a garganta cortada e notar meu sumiço.

Mais lágrimas escorrem pelo meu rosto. Meus braços estão doloridos, presos para trás. A corda nos meus tornozelos está dolorosamente enterrada na pele, cortando a superfície. Mas nada se compara com o vazio que queima meu coração. Eu tinha o que sempre quis, e em poucos minutos tudo foi tirado de mim.

A porta chacoalha e ouço o som de metal raspando em metal. A luz de fora invade o quarto e vem direto nos meus olhos, me cegando com seu brilho.

— Ah, você finalmente acordou, dorminhoca. Aposto que está com fome — ele diz.

Seus passos no concreto ressoam muito alto no espaço escuro. De repente a luz inunda a sala inteira. Danny está bem abaixo de uma cordinha de metal que acende uma lâmpada pendurada no teto. Encaro aqueles olhos vazios e sem vida. Ele não é mais o cara doce e gentil que conheci. O homem à minha frente é um estranho cruel e perigoso. Seus lábios finos esboçam um meio sorriso.

— Faz muito tempo... — Ele se agacha e acaricia meu cabelo, descendo um dedo pela minha bochecha.

Tento falar e viro o rosto, apoiando a cabeça contra o bloco de cimento da minha cela.

— Você quer falar alguma coisa? Nós temos muito tempo pela frente — ele diz, com a expressão alegre.

— Me deixe ir embora, Danny, por favor — imploro, as palavras saindo ríspidas da minha boca, num som arranhado, como se tivessem passado por uma lixa.

Danny inclina a cabeça para trás e gargalha com gosto, como se meu pedido fosse a coisa mais engraçada que ele já ouviu na vida.

— Ah, Gillian, meu amor. Finalmente você voltou. Olhe ao redor. Hoje é o primeiro dia do resto das nossas vidas... juntos... para sempre.

AGRADECIMENTOS

Às minhas irmãs de alma, Dyani Gingerich, Nikki Chiverrell e Carolyn Beasley, em primeiro lugar e acima de tudo. Sim, eu dediquei este livro a vocês, mas, sem as três me permitindo caracterizar personagens parecidas com vocês, esta série nem chegaria perto de onde chegou. Seria como assar cookies sem açúcar... o ingrediente essencial para adoçar. Vocês três são o meu açúcar. Sempre. O meu amor por vocês não tem limites.

À minha parceira de crítica, Sarah Saunders. Eu sempre sinto como se tivesse ganhado na loteria toda vez que recebo suas críticas. Cada uma delas é como um presente. Lembro-me de todo o processo de tentar encontrar uma parceira crítica que combinasse comigo e pensar: *Será que eu sou ruim mesmo e ninguém quer trabalhar comigo?* Apesar de já sermos amigas, eu acho que esse processo estreitou nossa relação e a solidificou. Não tenho nem palavras para lhe agradecer por manter meus personagens coerentes e por me fazer rir a cada comentário.

À minha editora, Ekatarina Sayanova, da Red Quill Editing, que eu tanto admiro. Poucos editores começariam no meio de uma série para então voltar e ler o primeiro volume, depois continuar editando numa transição perfeita. Isso só prova o seu profissionalismo e genuíno interesse pelo autor e sua história. Não vejo a hora de trabalhar com você em *Alma*, o próximo volume da série.

Qualquer autor sabe que não vale nada a menos que sua história seja endossada por leitores beta. E eu tenho as melhores!

Ginelle Blanch, você me poupa de fazer papel de idiota. Sua capacidade de encontrar cada erro, cada pastel, cada uso equivocado de palavra, ou termos que simplesmente não deveriam estar ali, me deixa impressionada. Tenho certeza de que minhas leitoras lhe enviariam bilhetinhos de agradecimento se soubessem de todos os erros que você corrige antes que o livro crie vida. E, apesar de ter feito você chorar e depois ter te deixado furiosa com o final deste volume, eu *prometo* deixá-la feliz e muito satisfeita com o final de *Alma*. Te amo, garota!

Jeananna Goodall, como alguém agradece à sua fã favorita? No meu caso, coloquei você como leitora beta. Você não é só uma fã adorável, mas minha líder de torcida, minha voz da razão e minha amiga. É parte integral do meu processo criativo, e eu adoro ter você em minha vida.

Anita Shofner, você é minha nova rainha dos tempos verbais. Como foi que eu consegui uma equipe beta com um conhecimento tão profundo de gramática? Não sei, mas me considero sortuda! Mesmo tendo sido esta a sua primeira leitura beta, parece que você faz isso há anos. Muito obrigada por aprimorar o meu livro.

Lindsay Bzoza, eu nunca tive uma leitora beta que conseguisse terminar um romance e compartilhar suas sugestões em dois dias. Perplexidade é pouco para definir o que eu senti. Obrigada por deixar tudo de lado e dar prioridade ao meu livro. Amo você, menina!

Jennifer Cazares, obrigada por me encaixar de última hora, quando você estava sobrecarregada com outras coisas. Você é um anjo e eu te prezo muito.

À minha equipe de campo, as Audrey's Angels. Eu mal consigo escrever estas palavras, de tanto amor e emoção. Cada uma de vocês me dá a esperança de que um dia meus livros sejam lidos e apreciados pelas massas. Vocês me fazem acreditar que um dia o meu sonho de estar na lista de mais vendidos do *New York Times* pode se tornar realidade. Obrigada, Angels, por dedicarem tempo, energia e esforço para ajudar esta autora independente a ter sucesso. *Besos!*

Se você tiver interesse em fazer parte do grupo de garotas mais adoráveis e malucas do mundo dos romances, entre em contato comigo pelo Facebook para ganhar suas asas e se tornar uma Angel.

E por fim, mas definitivamente não menos importante, agradeço ao Eric, meu marido. Seu apoio e sua crença em mim e nos meus sonhos me fazem te amar loucamente. Espero que meus livros vendam milhões, assim você poderá se aposentar mais cedo!

Agradecimentos especiais:

A Jess Dee. Mesmo que eu talvez já não precise de orientação com tanta frequência quanto antes, é bom saber que você está sempre disposta a me dar conselhos tão úteis. Obrigada por me responder, há mais de um ano. Foi o início de uma linda amizade, pela qual sou muito grata. Meu imenso carinho.

A Carol Ray. Meu anjo, você é incansável em seu dom de divulgar meus romances no mundo todo. Sou uma felizarda por ter o seu apoio. Nunca poderei agradecer o suficiente por tudo o que você faz. *Besos!*

A Drue Hoffman, da DRC Promotions, por organizar uma incrível turnê com blogueiros e compartilhar seus valiosos conselhos sobre a indústria. Obrigada!

A Emily Hemmer, autora extraordinária, por sempre ouvir meus desabafos, discutir ideias e compartilhar êxitos e fracassos. O mundo de uma autora fica menos solitário quando ela sabe que logo ali tem outra escritora incrível que simplesmente a compreende. Conheçam os livros dela, pessoal! www.emilyhemmer.com

Impresso no Brasil pelo Sistema Cameron da Divisão Gráfica da
DISTRIBUIDORA RECORD DE SERVIÇOS DE IMPRENSA S.A.